# バチカン奇跡調査官

## アダムの誘惑



藤木 稟

角川ホラー文庫
21730

# 目次

# プロローグ　ボルテックス・ゾーン

フロリダ半島南部に広がる低湿地帯、エバーグレーズ。

古くは半島南部を埋め尽くしていた広大な湿原地帯は、開拓民の流入と大規模な排水・堤防事業、水の流れを分断する大型道路の建設、農耕地の開発、宅地造成等によって、その半分が消失した。

今日見られるエバーグレーズは、縦横に無数の水路が通じ、その間を繋《つな》ぐように広がる浅い湿地の集合体だ。それでも面積およそ一万平方キロ、幅六十四キロにも及ぶ、この世界有数の大湿原は、昔も今もフロリダの代名詞であり続けている。

オキーチョビー湖を水源とする淡水は、標高差が僅《わず》か四メートルのフロリダ湾の河口へとゆっくり流れていくが、その汽水域でマングローブ林が成長し、深さ三十センチほどの水面を背の高いヒトモトススキが覆い、沼地や水より少し高い土壌に根を張った糸杉や松林、マホガニーが叢林《そうりん》を作り、それぞれが複雑な生態系を構成している。そしてそれらはまた、野生生物の格好の住処《すみか》になっていた。

推定五十万匹以上ともいわれる野生のアリゲーター。絶滅危惧《きぐ》種のクロコダイル。

ススキの茎で生活するタニシ類やオタマジャクシ、石灰岩の深い割れ目に暮らす淡水魚。

それらを食物とするアライグマやカワウソ、トガリネズミ。キツネやオジロジカ、フロリダクロクマ。シラサギやトキ、フラミンゴ。海草や水生植物を食べるマナティや、古代魚ターポンなどもひっそりと生息している。

ことにタミアミ街道から南の地域は、国立公園ならびにユネスコの危機遺産にも指定され、厳しい環境保護の対象地域となっていた。

ワイルドな自然を求める観光客達は、ここで限られたエリアでのトラムやボートツアー、サイクリングやハイキングを楽しんだり、カヌーやカヤックを漕《こ》いでマングローブの群生の中へ入り、釣りをしたりすることができた。

国立公園の敷地以外にも、条件付きのハンティングが許可されたビッグサイプレス国立保護区、フランシス・S・テイラー野生動物保護区、ホリー・ランド野生動物保護区などといった区域があったり、インディアン居留区があったりもする。

未知の地区も数多くあり、道路などの整備も不十分。

当然、徒歩や車で行ける場所は限られている。

それでも人を惹《ひ》き付けて止まない魅力を持った場所。それがエバーグレーズだ。

エマ・ダイソンはある日、エバーグレーズのパワースポットを訪ねるバスツアーに参加して、初めてこの地へとやって来た。

ツアーの主催者は福音派の宣教団体、創世《そうせい》学会。

バスツアーと言っても、バスで行けるのは目的地の途中までで、後は案内に従って道なき道を行くという過酷な行程である。

しかも参加を許されるのはごく一部の特別会員のみ。

そんな厳しい条件にも拘《かか》わらず、今日のツアー参加者は二百名、バスは七台という盛況ぶりである。

ツアーのカリキュラムである『福音を体験するための瞑想《めいそう》トレーニング』を終えたエマは、施設を出て先導者に従った。

湿原のぬかるみに足を取られ、一同の歩みは遅々たるものだ。

誰もが肩で息を継ぎながら、無言で歩いていた。

その時だ。

「ご覧なさい。これがボルテックスの力。地球のスーパー・パワーが作り上げた、貴方《あなた》がたへのメッセージです」

先導者が指し示した先にあったのは、渦を巻くように捻《ねじ》れた糸杉である。

ほうっ……と、一斉に参加者の溜息《ためいき》が漏れた。

エマも不思議な糸杉の形に地球の意思を感じて奮い立った。

母なる大地から発せられるエネルギーが、足元から螺旋《らせん》状に立ち上ってくる。

肌を撫《な》でる風も、旋風のように渦を巻いている。

海の渦潮、空の竜巻がそうであるように、大自然の強い力は渦を巻く。その渦の力が人体の気脈にも働きかけ、私達のチャクラを活性化させるのだ。

エマは新たな勇気と元気が泉の如く湧き上がるのを感じた。

他の皆も同様らしく、疲れを忘れたかのように微笑み、歩みを続けた。

太陽や土、水の輝き。

見るもの全てが生き生きと目映《まばゆ》い。

単調な草ばかりと思われた景色も、よく目を凝らせばその奥に、野生蘭やポーポーの花や、他の名も知らぬエキゾチックな花の色目を隠している。

大自然の営みの中へと分け入る度に、エマは心が浄化されていくのを感じていた。

泥が絡まり重いはずの足も、なぜだか軽い。まるで柔らかな風のカーテンにくるまれ、運ばれている心地さえする。

「さて皆さん、ボルテックス・ゾーンに入ったのが分かりますか?」

先導者が立ち止まり、一同を振り返った。

一同は歓喜に溢《あふ》れた表情で頷《うなず》いた。

エマも肌にピリピリとエネルギーを感じていた。

そこで皆が、思い思いの場所に腰を下ろしたり、寝転んだりし始める。

エマは少し辺りを彷徨《さまよ》った後、ひと気のない場所を探して乾いた土に座り、深く深呼吸をした。

そのまま十分ばかりが経っただろうか。

草の茂みの向こうに、ちらりと人影が見えた。

その人影の方も、どうやらエマに気付いたようだ。

草を踏みしめ、早足でエマの方へと向かってくる。

まるで運命の糸に引き寄せられるかのように……。

「エマ、エマじゃないか」

人影は優しく微笑むと、両手を広げてエマを抱きしめた。

「ああ、チャールズ陛下、本当に貴方なのね。また会えたなんて、信じられないわ……。

私、ずっとこの日を待っていたんです」

彼に再会できた喜びに、エマの胸は早鐘を打ち、頬は火照った。

「此処《ここ》は特別な場所なのだ。神聖な力が、私の世界と君の世界を繋いでくれる」

「ええ、本当にそうね。とても不思議で、とても嬉《うれ》しい……」

エマはチャールズの胸に身体を寄せかけながら、彼に出会った半年前のことをしみじみと思い出していた。


エマはホテルのコンシェルジェという忙《せわ》しい仕事に追い回されながら、斑《まだら》な赤に染まった夕暮れの空を見た。

無機的にそそり立つビルの群れの間に、立体高速道路が蜘蛛《くも》の網のように広がっている。

走り過ぎる車のランプの交錯が目まぐるしい。

エマは息苦しさを覚え、制服の上のボタンを一つ外した。

最近、肩の凝りが辛い。

だが、明日からは楽しみにしていた休暇が始まる。エマはどうにかその日の勤めを果たし、翌日、ロンドンへと飛び立った。

大好きな骨董《こっとう》を探して蚤《のみ》の市に繰り出したり、大英博物館に足を運んだりするうちに、エマを悩ませていた手足の先の痺《しび》れも消え、肩もいくぶん軽くなった。

（やっぱりリフレッシュには旅行が一番ね）

若い頃から一人旅を楽しんでいたエマは、休暇四日目にふらりとホテルを出ると、行先も決めず路面電車に乗った。

景色のいい駅で降りてみる。

緑美しい田舎町を気ままに散策し、お腹が減ったので、「ダニエルズ」と看板の出た小さな食堂に立ち寄った。

中に入ると、八人ほどが座れるカウンターと、小さなテーブル席が二つだけの、簡素なレストランである。店内には常連客らしい三、四名の客が、まばらに腰を下ろしている。

エマはカウンター席の端に座った。

メニューを探したが、それらしきものが見当たらない。

そこでカウンターの中にいる熊のように太った店主に声をかけた。

「すみません。ハンバーガーはありますか？　なければお勧め料理を下さい」

するとこ店主は薄笑いを浮かべた。

「うちはフィッシュ&チップスの専門店だよ」

「じゃあ、それを一つ」

「魚はハドックとコッド、カレイがあるがね」

「お勧めは何かしら?」

「今日はカレイのレモン添えだな。結構美味《うま》いぜ」

「じゃあ、それを下さい」

「サイズは普通とラージがあるが」

「普通がいいわ」

「はいよ」

十五分ほど待つと、揚げすぎて茶色くなった魚のフライと薄切りレモン、そして山盛りのポテトフライが載った楕円《だえん》形の皿が、エマの前に差し出された。

「これ、どうやって食べるのが美味《おい》しいのかしら?」

「レモンを搾って、ケチャップをたっぷりかけて、最後にビネガーをたーっぷりさ」

店主はカウンターに置かれた調味料トレーを指さした。

「分かったわ。有り難う」

エマは言われた通り、レモンを搾り、ケチャップとビネガーをかけ、魚のフライに齧《かじ》りついた。

「サクッと香ばしくて美味しいわ」

「そうだろう、そうだろう。あんた、旅行者だね？」

店主は機嫌よさそうに問いかけてきた。

「ええ、フロリダから来たの」

「こんな田舎町にわざわざかい。こっちに友人でもいるのかい？」

「いいえ。電車の窓から、いい緑が見えたから降りてみたの。私、写真が好きだから」

「へえ。流行《はやり》のインスタ映えとかいうやつかい？」

「私はフィルムカメラを使っているの。自分で現像するのが趣味よ」

エマは鞄《かばん》から一眼レフを取り出し、店主に見せた。

「ほう。今時、アナログの一眼レフとは珍しい。

そうだ。この先の森の中にある古城になんて、行ってみたらどうだい。歴史のある建物だし、いい被写体になるだろうよ」

「どんな歴史ですか？」

「それは行ってみてからのお楽しみだ。地図を描いてあげよう」

店主は地図を描いてくれた。

腹ごしらえが終わったエマは、古城とやらに興味が湧いて、地図通りに森の小道に入っていった。

辺りはひっそりとしていて、仄暗《ほのぐら》い。

初めはカメラを構え、うきうきと写真を撮りながら歩いていたエマだったが、森は意外に深く、終わる気配がない。

エマはだんだん心細くなってきた。

(この道で合ってるのよね？　ずっと一本道だったと思ったのだけど……)

地図を確かめるが、よく分からない。携帯電話は圏外で、マップは見ることができない。

不安に思いつつ前に進んでいると、遂にはぷつりと道が途切れてしまった。

途方に暮れたエマは、辺りを見回した。だが、視界には木以外に何も見えない。

周囲の物音に耳を澄ましても、何も聞こえない。

(仕方がないわね。引き返すしか……)

そう思った時だ。深い霧が湧いてきていた。

木々の間から流れ込んでくる霧が、周囲に煙幕を張り始める。

陽差しはみるみる薄くなり、影も光も失われていく。

とうとう小粒の雨も降り始めた。

雨が葉を叩《たた》く音が、まるで海鳴りのように耳に押し寄せてくる。

禍々《まがまが》しい何かが辺りを徘徊《はいかい》する気配がする。

(お城は何処なの？　きっともう遠くない筈《はず》なのに……。そこにさえ着ければ、雨宿りだってできるし、人だっている筈なのに……)

唇を噛《か》みながら、エマは駆け足で来た道を引き返し始めた。

すると途中の木陰に、見落としていた道が続いているのが目に入った。

(きっとこの道だわ。元の町に帰るより、城を目指す方がきっと早い筈よ)

エマは雨の中を進んで行った。

着込んだ服を通して雨水が染みてくる。

容赦なく降り注ぐ雨粒が、身体の芯《しん》まで凍らせる。

身体は鉄のように重く、視界がぼんやりと霞《かす》んできた。

自分のハァハァという、熱の息だけが聞こえている。

長く細い道はやがて緩やかな上りになり、上り切った先には、木々の根が泥土の上に平然と生い茂る場所があった。

(お城は? 何処にあるの?)

心細くなって涙ぐみながら、エマが周囲を窺《うかが》っていると、雨音の向こうから音楽が聞こえてきた。

エマは安堵《あんど》の息を吐いた。

良かった、あそこがお城ね
ずいぶん賑《にぎ》やかな音楽だけど、パーティでもしているのかしら
視界の悪い中を歩いていくと、大きな建物の輪郭が見えてきた。

霧のベールに覆われて、その形は定かではない。しかし、僅《わず》かな灯《ひ》を漏らして半開きに

なっている扉から、確かにワルツの音が流れている。

扉付近には、そこから出入りしている黒い靄《もや》のような人影も見えていた。

何かが奇妙だ。

それでも早く雨を凌《しの》ぎたい一心で、エマは扉へと駆け寄った。

広い廊下が目の前にあった。そこにも影法師のような人影が蠢《うごめ》いている。

なぜだか辺りの景色がよく見えない。奥の部屋から漏れてくる光が眩《まぶ》しすぎるせいだろうか。

エマは眼を擦《こす》りながら、賑やかなワルツが聞こえてくる光の部屋へと向かった。

一歩その部屋に入った瞬間、エマは自分が異常な世界に迷い込んだことを知った。

美しい天井画と素晴らしく豪華なシャンデリアの下で、中世のドレスを纏《まと》い、髪を高く結い上げた女性たちと、長い巻き毛のかつらにレースの胸飾りをつけた、貴族の男性たちが踊っていた。

ワルツを奏でるオーケストラの面々も、古い貴族の格好をしている。

エマのすぐ側には、床から一段高くなった場所があり、そこに真っ赤な肘掛《ひじか》け椅子に座った男性がエマに横顔を見せていた。

ダークブラウンの髪を肩まで垂らし、憂いのあるヘーゼルの瞳《ひとみ》に口髭《くちひげ》を蓄えた、美しい男性だ。彼もまた、襟元にレースのジャボをつけ、薔薇《ばら》の刺繍《ししゅう》があしらわれた紫色の服を着、毛皮のマントを羽織っている。ズボンは少し膨らみのある七分丈のもので、その下は白いソックスに、先のとがった黒い靴を履いている。

その姿は、いつか絵画で見た中世の王族にそっくりだ。


これは何なの……？

私は一体、何を見ているの……


エマはその男性にふらふらと近づき、夢中でカメラのシャッターを切った。

そのフラッシュの光に気付いたらしく、男性はエマを振り返った。

彼の瞳と目が合った瞬間、エマの心臓は今までに無い音を立てて震えた。

男性はマントを翻し、エマに駆け寄った。

「君はこんな所で何をしているんだ？　今から此処《ここ》は襲撃される。君は此処に来てはいけない人だ。さあ、出ていきなさい」

男性はそう言うと、エマが入ってきた扉の方を指さした。

「貴方《あなた》は誰？　ここは何処なの？　私はエマ。フロリダからの旅行者よ」

エマが問いかけた、まさにその時だ。

荒々しい扉の音とものものしい靴音と共に、古めかしい兵士の姿をした男達が、手に手に、銃と剣をもって迫ってきた。

フロアで踊っていた男女は悲鳴を上げて逃げ惑う。

オーケストラも音楽を止め、逃げ出した。
エマは恐怖に凍り付き、その場から一歩も動けなかった。
そんなエマの背中を男性はそっと優しく扉の方へ押しやった。
「さあ、逃げるんだ。大丈夫。君はまた、私と会うことになるだろう」
男性の言葉を信じて、エマは走った。
もつれる足で扉を出、廊下を駆け抜け、霧で煙《けぶ》った森へと逃げた。
今にも背後から暴漢達が追いかけて来そうで、無我夢中で雨の中を駆け抜ける。
もう一歩も走れないと思った頃、エマは日暮れの町に辿《たど》り着いた。
そっと背後を振り返ると、霧に煙った黒い森の影が魔王のように聳《そび》えている。
（あの城は何だったのかしら。それに、私を助けてくれたあの男性は……？）
気にはなったが、再びあの場所に戻るだけの気力も体力も、エマにはなかった。
その後の記憶がぷつりと途切れている。
気付くとエマは這々《ほうほう》の体《てい》でホテルに辿り着き、ベッドに倒れ込んでいた。
そして夜には高熱が出た。
エマは二日間、ホテルのベッドでぼんやり過ごした。
うつらうつらと浅い眠りについては、何度も何度もあの古城や男性のことを夢に見る。
エマはベッドから起き上がれるようになった三日目、再び同じ駅に降り立った。
地図と記憶を頼りに、再び城への道を歩く。

今度は脇道を見逃さず、正しい道を進むことができた。

そうして辿り着いたのは、銅葺《どうぶ》きの緑色の屋根を持つ古城だった。

あの時は霧でよく見えなかったが、城の前はこぢんまりとしたガーデンになっている。

エマは門をくぐって中へと入った。

だが前に来た時には開いていた扉が、固く閉じられている。

エマは何度もノックをしてみたが、誰も出てこない。

途方にくれて暫《しばら》く玄関先に座っていると、紺色のタキシードを着た老齢の男性が門から入ってきた。

「こちらのお城の方でいらっしゃいますか？」

エマが声をかけると、男性は不思議そうな顔でエマを見た。

「ええ、そうですが、あなたは？」

「フロリダから来た旅行者で、エマ・ダイソンといいます」

「私は当家の屋敷番のトマスです。当家に何の御用でしょうか」

「あの……。三日前の夜、こちらで舞踏会をしていませんでしたか？」

「舞踏会？　なんのことでしょう。当家のご家族はスイスにご旅行中で、私とメイドぐらいしか、この屋敷には居りません」

「でも……。私、見たんです。ここで大勢の人がワルツを踊っているのを……。まるで中世の貴族のような服を、皆さん着てらっしゃいました」

トマスは怪訝《けげん》な顔をした。

「何かの勘違いじゃありませんか？　夜には雇い人も家に戻るので、ここは無人になるのですよ」

「そんな……。あの、ダークブラウンの長髪の男性……。ヘーゼルの瞳をして、髭《ひげ》を生やした方は、ここには居ませんか？」

「そんな人は使用人にもご近所にもいらっしゃいませんね」

トマスの冷ややかな反応に、エマは茫然《ぼうぜん》とした。

旅行の日程も終わり、フロリダに帰ったエマは、急いで写真を現像した。

すると確かに、あの日見た舞踏会の様子と、あの男性が写っている一枚がある。

やはりあれは夢ではなかったのだ。

その日から、エマは懸命に、謎の男性の素性を調べ始めた。そして遂に、エマの写真と同じ男性、同じ城を突き止めたのである。

エマの写真とそっくり同じ城は、ホワイトホール宮殿のバンケティング・ハウスであり、エマが出会った男性は、時のイギリス王・チャールズ一世。

しかも一六四九年一月に処刑される数年前のチャールズ一世だったのだ。

あの日、エマは別の時空へと迷い込み、タイムトリップをしたのである。

エマは自らが辿り着いた真実に驚愕《きょうがく》した。

そうしてチャールズのことが、頭から離れなくなった。

それも当然だ。三百年余りの時空を超えた運命の出会いなど、他にあるだろうか？

「大丈夫。君はまた、私と会うことになるだろう」

チャールズの予言めいた言葉。

エマはそれを何度も思い起こした。

どうすればもう一度、彼と会えるのだろうか。

エマは仕事の合間を見ては、現実のバンケティング・ハウスを訪ねてみたり、ロンドン塔に幽霊が出ると聞いて、チャールズの手掛かりがあるのではと行ってみたりもした。

それだけではない。スピリチュアル関係の本を読み漁《あさ》り、異世界と繋《つな》がる場所やレイラインが通っているパワースポットを巡ったりもした。

だが、チャールズと再会する手掛かりをつかむことは出来なかった。

そんな時友人から教わったのが、奇跡を体験できる創世学会のバスツアーだ。

藁《わら》にも縋《すが》る思いで集会に参加し、熱心に働きかけた結果、エマは見事にツアーの参加権利を手にした。

創世学会に何十年も所属している人達ですら、なかなか参加を認められない秘密のツアーにである。

そうして今日、とうとうチャールズとの再会が現実になったのだ。

「チャールズ陛下、どうしてあの時、私を城から逃がして下さったんですか？」

エマは胸の中で何度も繰り返した疑問を、チャールズに投げかけた。

「それは君が特別な存在だから……」

「私が？」

「そう。君は二度も時を超え、私と出会った。この意味が分かるかい？」

「分からないわ。私に特別な使命があるとでもいうの？」

エマの呟《つぶや》きに、チャールズは憂い顔で頷《うなず》いた。

「そうさ……。君ならもしかすると、私を救えるかも知れない。私は間もなく敵に捕らえられ、処刑されるだろう」

「ええ……。貴方はバンケティング・ハウスで公開処刑されるわ」

「私を助けてくれ、エマ。君にしかできないことだ」

チャールズの悲痛な言葉に、エマは目を瞬《しばた》いた。

「どうやって？　どうすればいいのか教えて。私、何でもするわ」

エマがチャールズの頬をそっと撫《な》でた時だ。

ぎらり、と眩《まぶ》しい光が二人を照らし、鋭い声がした。

「そこに誰か居ますか？　誰です？」

その声に、チャールズが驚いて身を翻し、駆け去っていく。

エマは声のする方をじっと睨《にら》んだ。明かりを持っているのは、ツアースタッフのジャケットを着た男だ。

「私よ、エマ・ダイソンです」

「良かった、ツアーの参加者ですね。こんな遅い時間まで帰ってこないので、探しに来たんですよ。バスがもう出る時間です」

「そうなの……？　もうそんな時間？」

エマは驚いて訊《たず》ね返した。

「そうですよ。余りの気分の良さに、眠っておいでだったのでは？」

スタッフの言葉に、エマは「えっと……」と口籠《ご》もった。

するとスタッフは薄《うっす》らと微笑んだ。何かを知っているような顔つきだ。

「エマさん、貴女《あなた》は奇跡を体験されたのではありませんか？」

エマは言葉に詰まった。チャールズの秘密をどう話していいのか、分からない。

困惑しているエマに、スタッフは再び微笑みかけた。

「いいんですよ。奇跡の内容を無理に伺うことはしません。この場所には聖なる周波数の渦が生じていますので、宇宙や異次元空間と交信することができるのです。そうしてここでは様々な奇跡が起こるのです」

「ええ、そうね、確かにそうよ」

エマは深く頷いた。

「私達がこの場所を秘密にしている理由がお分かりでしょう？　誰かに知られでもしたら、たちまち見物客や学者を名乗る者達が押しかけて、この場所を踏み荒らしていくでしょうから。

他の安っぽいパワースポットのように卑しく落ちぶれたり、この奇跡の力が弱まったりすることを、私達の主はお望みになりません」

「当然ですわ。この聖なる場所のことは、秘密にして守っていくべきです」

「では、バスに戻りましょう。ここにはまた、来ればいいのですから」

「そうですね。また来ます。また、必ず来るわ！」

エマは草陰に隠れているチャールズに聞こえるように声を高くして、自分がまたここに来ることを伝えたのだった。

# 第一章　天啓　Revelation

## 1

六月のフロリダの空はどこまでも青く、柔らかな風が漂う雲の輪郭を滲《にじ》ませていた。青々とした芝生から真っ直ぐに伸びる椰子《やし》の木々と、アトランティコ・ブルーに煌《きら》めく巨大なプール。プールサイドには、ビーチチェアと煉瓦《れんが》色のパラソルが並んでいる。

それらの向こう側には、スペイン風の尖塔《せんとう》を持つ十六階建てホテルが聳《そび》えていた。

ホテルの名はビルトモア。

一九二六年、フロリダの不動産王ジョージ・メリックによって建てられた歴史あるホテルで、第二次大戦中は軍人病院として使用された後、一九八三年に大改修され、再びホテルとして営業している。

最上階にはアル・カポネが泊まったアルカポネスイートなどもあり、クリントン元大統領が贔屓《ひいき》にしていることでも有名だ。

ベージュ色のファサードは装飾を排したシンプルな形状で、開口部には素朴なアーチ型の意匠が設けられ、木枠のついたケースメント窓の連なりが、外観にレトロで上品な味わいを添えている。

屋根付きの屋外廊下で囲まれたパティオには、緑陰を生み出す木々や花籠《はなかご》が飾られ、休憩所やレストランになっていた。

エントランスを一歩入ると、大理石の床に、石造りの装飾的な円柱で支えられたヴォールト天井、銅像や調度品、テーブルや椅子がゆったりと配置された、荘厳なロビーが広がっている。

敷地内の広大なゴルフ場や庭園には、燦々《さんさん》と日差しが降り注いでいた。

庭の一角には、清楚《せいそ》な印象の漂う小ぢんまりしたチャペルが建っている。ファサードに施された控え目な浮彫装飾が、まだ白くて新しい。

そのブライズルームでは今、エリザベート・モーリエが純白のウェディング・ドレスを身に纏《まと》い、結婚式の開始を厳かに待っていた。

新郎は勿論《もちろん》、ビル・サスキンスだ。

――話はおよそ二週間前に遡《さかのぼ》る。

＊　＊　＊

仲夏《ちゅうか》のワシントン。休日の遅い朝。

ＦＢＩ（米連邦捜査局）捜査官、ビル・サスキンス宅の電話がプルルと鳴った。

呼び出し音はすぐ機械音に切り替わる。

「只今《ただいま》、留守にしております。御用の方はメッセージをどうぞ」

『よう、ビル、調子はどうだ？　俺だ、ジョージ・キャロルだ。今、ワシントンに来てる。久しぶりに会いたかったが、留守とはツイてないぜ』

その時だ。ルージュ・ピュイサンの爪が受話器を摘《つ》まみ上げた。

「お電話有り難う、ミスター・キャロル。ビルはシャワー中よ。少し待って下されば、貴方とお話しできるわ」

『……失礼ですが、貴女《あなた》は？』

ジョージの声は不審げだ。

「初めまして、私はエリザベート・モーリエ。ビルの婚約者です」

エリザベートは軽やかに答えた。

『婚約者だって？　ビルの⁉　マイガッネス！』

ジョージは悲鳴をあげた。

「ふふっ。貴方のお名前、彼から聞いたことがあるんです。FBIを退職されたビルの友人で、彼とは度々チームを組んでいたんですよね」

『その通りさ。しかしビルの奴、俺に婚約を黙ってるとは水臭いぜ』

「ほら、彼って照れ屋だから、言いそびれていたのね。それでジョージ、貴方は今、ワシントンにいるのね」

『そうなんだ。仕事の都合でな』

「お仕事って？」

『警備関係さ。昨夜《ゆうべ》はキャピタル・ワン・アリーナの警備を任されて……』

「キャピタル・ワンですって？　もしかして、ゾーイ・ズーの復活ライブの⁉」

『君、ゾーイ・ズーを知ってるのかい？』

「ずっと前からの大ファンよ。盛り上がったでしょうね、彼女のコンサート」

『凄《すご》いなんて言葉じゃ言えないね。それはともかく、古巣に寄ったことだし、ビルの出世祝いをと思ったんだが、えらいニュースを聞いたもんだ。たっぷりと婚約祝いをしなくちゃな。この後、君達の予定は？』

「何も無いわ」

『オーケー。食事に行こう。俺に二人を祝わせてくれ』

「有り難う。是非、ご一緒させて頂くわ。まだランチに間に合う時間かしら？」

『いや、やっぱりここはディナーだろう。場所はヒルトンかリッツでいいかい？』

「もっと気取らないお店がいいわ。一杯飲みながら決めません？」

『なら、リッツ・カールトンのロビーラウンジで五時に待ち合わせ、これでどう？』

「分かったわ。電話、ビルに替わりましょうか？」

『いや、構わんさ。後で二人に会えるのを楽しみにしてるよ』

ジョージとエリザベートの話は和やかに終わり、受話器を置いた所で、ビルがシャワールームから出てきた。

角刈りのブラウンの髪に、ブラウンの目。誠実そうな一文字の眉《まゆ》で、鼻は高く、唇はやや大きく、顎《あご》が二つに割れている。典型的なアメリカンハンサムの若者だ。

「今、話し声がしてなかったか？」

タオルで頭を拭《ふ》きながら、ビルは不思議そうに訊《たず》ねた。

「ミスター・キャロルから電話があったの」

「ジョージから？」

「ええ。貴方《あなた》に取り次ぐつもりで電話に出たら、私達の婚約をお祝いしなくちゃ、ですって。今夜の食事に誘われたわ。さ、私も支度しなきゃ」

エリザベートは満面の笑みで、ビルとすれ違うようにシャワー室へ消えた。

ビルは点滅しているメッセージランプを見、小さく溜息《ためいき》を吐いた。

（ジョージにまで、婚約のことを知られてしまったか……）

ビルとエリザベートは現在、偽装婚約中である。

以前にビルが巻き込まれたイルミナティ絡みの事件の真相を探る為、そしてFBI内部に巣くう組織の動向を探る為、二人は敵に怪しまれずコミュニケートする方法として、恋人同士のふりをしている。

そうして週末のデートや泊まりを繰り返しながら、ビルの周囲に異変がないか探ったり、彼の家に仕掛けられた盗聴器に、二人の熱々ぶりを聞かせてやったりしている。

互いに協力を誓う意味で、二人は揃いの指輪もはめている。それは秘密通信用のアイテムでもあった。

二人の婚約も敵を欺く嘘で、エリザベートは迫真の演技が得意な頼もしい同志。ビルはそのつもりでいた。

だが、エリザベートと彼女の組織の考えは違う。

早くビルの両親に彼女を紹介し、結婚しろと迫られている。その方が、二人の関係が怪しまれず、工作活動がしやすくなるというのだ。

実際、エリザベートは近頃、どんどん積極的になっていた。

ある週末にはテーブルの上に新婚旅行のパンフレットが置かれていたり、デート中に「洋服を見たい」と言われ、ウェディング・ドレス売り場に連れて行かれたりする。

家を訪ねてきたビルの母とエリザベートが鉢合わせしてからというもの、デンバーの母からも「いつ結婚するの？」と、電話が来るようになった。お陰で家の電話は常に留守電状態だ。

職場にも、エリザベートの存在はバレている。どこかでデートを見られていたのだろう。無理もない話である。エリザベートは恐ろしく目立つ美女なのだ。

とにかく職場の廊下で知り合いとすれ違う度、「ビル、あの美人は元気か？」とか、「結婚はまだか？」と、からかい半分に声をかけられる。

ビルは、知らないうちに宇宙ロケットに乗せられたアカゲザルにでもなった心地がしていた。窓の外では皆が笑顔で手を振り、カウントダウンを読み上げているのだ。

「もう偽装婚約はしちゃったんだし、あとは偽装結婚すればいいだけじゃない」

エリザベートはいとも簡単にそう言うが、そんな不実な結婚はしたくない。

結婚とは、神聖な誓いであるべきだ。互いの深い愛情に基づくべきものだ。

こんな不実な偽りの関係が、神の祝福を受けられる筈《はず》がない。

せめてエリザベートと腹を割ってとことん話し合いたいが、家に盗聴器が仕掛けられている状態では、それもままならない。

それに第一、エリザベートや、彼女を派遣してきたマギー・ウオーカー博士の協力なしに、敵の組織と渡り合えないことも事実である。

（一体、私はどうすれば……）

ぼんやり立ち尽くしていたビルは、肩を叩《たた》かれ振り返った。

「ビル、今日はこれを着て行って」

シャワーを済ませたエリザベートが、アイロンのきいたシャンブレーシャツに白パンツ、ベージュのジャケットを持って立っている。

「貴方によく似合うわよ」

「……有り難う」

ビルは礼を言い、服を受け取った。

正直言うと、こういう所は助かっている。

リッツ・カールトン・ホテルはダウンタウンとジョージタウンの間に建っている。

ドアマンが恭しく開いた扉の向こうには、大理石の床と繊細なシャンデリア、重厚なマホガニーに囲まれたエントランスが広がっていた。

シックで重厚な空間で、グロリオサの生け花が燃えるように咲いている。

ロビーラウンジへ進めば、生演奏のピアノが上品なブルー・ノートを奏でている。

幅広で豪奢《ごうしゃ》なソファセットには、十人ばかりの客が寛《くつろ》いでいた。

まだジョージの姿は見当たらない。

ビルとエリザベートは、入り口近くの席に腰を下ろした。

すぐにウエイターがやって来て、メニューをテーブルに置く。

「いらっしゃいませ。ご注文は如何《いかが》しましょう？」

「ビールだ」

エレガントな雰囲気に緊張しながら、ビルは硬い表情で答えた。

「ビールはどちらの銘柄がお好みでございましょう？」

慇懃《いんぎん》なイントネーションで、ウエイターが問い返す。

ビルが慌ててメニューのページを捲《めく》っていると、エリザベートが横から答えた。

「彼の好みはクアーズよ。ゴールデン・バンケットはあるかしら？」

「はい。勿論《もちろん》ございます」

「ではそれを。私はキール・カーディナルを頂くわ」

「畏《かしこ》まりました」

ウエイターは恭しく礼をして去った。

「どうもこういう場所は慣れないんだ」

ビルは凝った肩をゆっくりと回した。

「自信を持ちなさい、ビル。貴方がこのフロアで一番素敵よ」

エリザベートがウインクをする。

「お、おう……」

エリザベートの言葉の多くは嘘で出来ている。それはよくよく知っているが、突然こんな風に言われると、一寸《ちょっと》ドキリとしてしまう。そして、そんな自分が嫌になる。

ビルは咳払《せきばら》いをし、ジャケットの襟を正した。

長い沈黙が続いた後、エリザベートが突然言った。

「このソファ、座り心地がいいと思わない？」

「ふむ。言われてみれば、丁度いい固さだ」

「流石はベイカー社製ね。ねえ、今の家は単身者向けの間取りだから入らないけど、結婚したら、リビングにこういうのを置きたいわね」

「……」

「どうかした？　家具はセンチュリー派だった？」

「いや。そういうことじゃない」

ビルは真剣な顔でエリザベートを見た。

「君に折り入って話がある」

「何よ、そんなに畏まって。もしかして、プロポーズ？」

「ばっ、馬鹿を言うんじゃない。友人を待つ合間にプロポーズする男がいるか」

「分からないわよ。広い世の中、人の数だけ、色んなプロポーズがあるわ。

ハリウッド俳優のセス・ローゲンは、彼女がウォークイン・クロゼットで着替えの真っ最中、パンツ一丁だった時に、プロポーズしたんだって」

「嘘だろう？」

「本当よ。彼はいつ彼女にプロポーズしようか悩み過ぎて、頭がパンクしたみたい。勢いをつけて、うわーっと彼女に突撃したら、そのタイミングになったたって」

エリザベートはクスッと笑った。

「悲劇だな」

ビルは眉を顰《ひそ》めた。

「でも喜劇でもあり、ロマンチックでもある。とにかく一生忘れられないプロポーズだわ。二人の思い出が一生残るって大切よ。その為にみんなサプライズを考える。

海辺に置いた貝殻の中に指輪を仕込んで拾わせたり、プレゼントした手袋の中に指輪を隠しておいたりね。あとは、バンジージャンプやスカイダイビングの最中にプロポーズする人もいるそうよ」

「馬鹿げてる」

「そうかしら？　結婚情報誌で見たわ。二人でスキューバダイビングしながら、海底でプロポーズするのも、一寸流行《はや》ってるんだって」

「海底で？　手旗信号ででも会話するのか？　そもそもプロポーズに奇をてらう必要がどこにある。もっと普通でいいだろう」

「普通っていうと、具体的にはどんな？」

「えっと、そうだな……」

思わず数秒考え込んだビルだったが、いや、そうじゃない、と頭《かぶり》を振った。

「違うんだ、待ってくれ。その前に、私達は話し合う必要があるだろう？」

「話し合い？　私には必要性が感じられないけれど、そうかしら？」

「そうだ」

ビルは素早く頷《うなず》き、「誰にも話を聞かれない場所でな」と、小声で付け足した。

「二人で水入らずの時間を過ごすとなると、やっぱり新婚旅行が最適よ」

エリザベートが本気なのか、ふざけているのか分からない口調で言った。

「駄目だ駄目だ、それじゃあ遅い。しかし、旅行はいいかもな」

「婚前旅行ね。何処がいい？」

「何処でも構わん。静かな所がいい」

「私がパッと思いつくのは、マクマードドライバレーね」

「何処だそれは？」

「ロス島のマクマード基地の対岸辺り」

「マクマード基地というと、南極じゃなかったか？」

「ええ、正解。南極って、雪と氷だけじゃないの。南ヴィクトリアランドの無雪地帯には、水底湖や、氷河が侵食した圏谷《けんこく》があって、『地球で一番火星に近い場所』なんて言われてるの。見てみたくない？」

「南極は勘弁してくれ」

「じゃあ、ソコトラ島は？」

「聞いたこともない」

「アラビア半島の南にある世界遺産の島よ。通称インド洋のガラパゴス」

「ほとんど地球の裏側じゃないか。少しは真面目に考えてくれ」

「あら。私はいつも大真面目よ」

エリザベートは胸を張った。

本当だろうかと、ビルは彼女の顔を覗《のぞ》き込んだが、何も読めない。ＦＢＩで学んだ、表情を読む技術など、彼女にはまるで歯が立たない。

ましてや彼女と心が通じ合うなど、夢のまた夢だ。

ビルが溜息《ためいき》を吐いた時だ。

ラウンジの入り口に大きな人影が現れた。学生時代はアメフト部のセンターで、FBI時代も武闘派でならしたジョージである。

高価そうなダブルのスーツに身を包んだジョージは、ビルを見てにやりと笑い、両手を広げながら大股《おおまた》で近づいて来た。

「おお、ジョージ！」

席を立ったビルとジョージはハグをし、互いに小突き合った。

「元気そうだな、ビル」

「何とかな。お前も元気そうで良かった」

「それよりどうした、その格好は。えっ、洒落《しゃれ》た服着やがって、この野郎」

「それはこっちの台詞《せりふ》だ。立派なスーツで見違えたぜ」

「なんの、俺は元から洒落者さ。だが、お前がそんな格好するとは、彼女の見立てなんだろう？　さあ勿体《もったい》ぶらず、美人の婚約者を紹介してくれよ」

「あ、ああ、そうだな。彼女がその、エリザベートだ」

ビルに紹介され、エリザベートも席を立った。

「エリザベート・モーリエです。今日はお誘い下さって有り難う、ミスター・キャロル。お会い出来て光栄です」

サックスブルーのシンプルなワンピースに、纏《まと》め髪、ナチュラルメイクを施したエリザベートは、初々しく頬を染めた。

「ほお、美しいだけじゃなく、しっかり者のいい子じゃないか」

ジョージは一目で彼女を気に入った様子だ。

三人が着席した所に、ウエイターがビル達の飲み物を運んで来た。

ウエイターはボトル入りのクアーズをビールグラスに半量注いだ。

「俺はバーボンを頼む。ビル、お前ももう一杯、飲むだろ？」

ジョージの言葉にビルが頷く。ジョージはバーボンのストレートを二つ注文した。

「モーリエさんは？」

「エリザベートと呼んで。私もバーボンを頂くわ。トニック割りでライムを搾って」

エリザベートが言い、ウエイターが「畏まりました」と答える。

ビルはビールグラスをジョージに手渡し、自分はボトルを手に取った。

「ひとまず乾杯しよう」

「ああ。美しきエリザベート・モーリエ嬢に」

「有り難う。今日の三人の出会いに」

「乾杯」

三人はグラスと瓶を合わせ、各々喉《のど》を鳴らした。

「さて。で、どうなんだい、最近、仕事の方は？」

ジョージの問いに、ビルは苦笑いをした。

「どうということはないさ。閑職だからな」

「もっと喜べ、なんせサスキンス課長だ。大出世じゃないか」

「まぁ、そういうことになってるがな」

「不満か？　確かにまあ、事務作業をやってるお前ってのも、想像つかないがな」

ジョージは肩を竦《すく》め、クックッと笑った。

「そうだろう？」

ビルがぐっとビール瓶を呷《あお》る。

「まあ、いつかは前線に戻れるさ。今は少し休めと神が仰《おつしや》ってるんだろう。それに内勤職なら、彼女との将来を考えるのにも最適だ」

「まあな……。私の話なんかより、ジョージのことを聞かせてくれよ」

するとジョージは、腕に嵌《は》めた金無垢《きんむく》の時計を、ビルの目の前に突き出した。

「ご覧の通りさ。FBI時代の十倍近く稼いでる。辞めて正解さ。あそこの堅苦しい空気は俺に合わなかった。

けど、感謝はしているぜ。その経歴がなきゃ、VIP向けのボディガード会社を立ち上げるなんて、とても無理だったからな」

「ミスター・キャロルは、ボディガード会社のボスだったのね」

エリザベートは驚いた顔をした。

ジョージはニカリと笑った。

「仕事は不定期だが、収入は破格なのさ」

「経営の才があるのね。誰にでも出来ることじゃないわ」

「ハハハッ、有り難う。ここだけの話だが、経済界のVIPから、金融や投資に関する事情を漏れ聞いて、小遣い稼ぎをすることもあるのさ」

「それこそ顧客に信頼された証拠だわ。いいお仕事をしているからよ」

エリザベートの言葉に、ジョージはソファから身を乗り出し、ビルを小突いた。

「いい事言ってくれるなあ、畜生、お前さんが羨《うらや》ましいぜ。俺はずっと、お前が仕事に没頭して生涯独身を貫くもんだと思ってたぜ」

するとエリザベートが小さく笑った。

「皆さん、ビルにそう言うの」

「そりゃそうさ。こいつときたらとんだ朴念仁《ぼくねんじん》で、ガチガチのカソリックでさ、女性と付き合ったら結婚すべきだし、結婚しない女性とはデートもしない、なんて言ってたんだぜ。一体、二人は何処で出会ったんだ？」

「最初はダブルデートだったんです。といっても、ビルはデートだなんて知らされてなくて、フットボールを観に来ただけ。私もモデル仲間に誘われて、付き合いで行っただけだったんですけど」

エリザベートは、しゃあしゃあと嘘をついた。

「それが運命の出会いって訳か」

その時、三人の前にバーボンが運ばれてきた。

「改めて、二人の結婚に乾杯だ」

「うふふ、有り難う」

ジョージとエリザベートがグラスを高く掲げる。

「まだ婚約中なんだが……」

小さく呟《つぶや》いたビルの台詞は、二人のはしゃぎ声にかき消された。

ごくりと喉を鳴らし、ジョージがバーボンを呑《の》む。

「それじゃあ、俺からの結婚祝いを受け取ってくれ」

そう言うと、ジョージは上着の内ポケットから封筒を取り出し、エリザベートに差し出した。

「まあ、何かしら」

エリザベートが封筒を開いた。中から二枚のチケットが現れる。

そこに書かれた文字を見るなり、エリザベートは叫んだ。

「キャーッ！　ゾーイ・ズーのライブチケット！」

「しかもツアー最終日の、アリーナ特等席だ」

「嘘でしょ、信じられない、ワオ、夢みたい！　本物のプラチナチケットよ！」

チケットを胸に抱き、はしゃぐエリザベートを、ビルは不思議そうに見た。

「ゾーイ・ズーっていうと、有名歌手か？」

「おっ、流石のお前も、名前ぐらいは知ってたか」

ジョージはからかうように笑った。

エリザベートはくるりとビルを振り向いた。

「ゾーイはただのシンガーじゃなく、曲作りもするミュージシャンよ。ニューアルバムの売上げはチャート一位を独走中で、一番チケットが取れないアーティストなんだから。ライブの抽選確率は二万分の一以下と言われてて、定価の三十倍をつけた違法ダフ行為のチケットが飛ぶように売れちゃうの」

「それは凄《すご》い。ジョージ、よくそんな貴重品が手に入ったな」

ビルは驚きに目を見張った。

「俺の会社が今、ゾーイの全米ツアーの警備をしてるからさ。それでゾーイに言ったんだ。俺の親友が結婚するんだが、その婚約者は君の大ファンなんだ、ってな。

そしたら彼女が特別席のチケットを手配してくれたんだ」

「へえ……。大スターなのに、親切な人なんだな」

「ああ、ゾーイは驚くべき女性さ。ライブは必見だぜ。彼女と楽しめよ」

ジョージはぐっと親指を立てた。

「行く以外の選択肢があるなんて、言わないわよね、ビル。会場はマイアミだから、いい旅行にもなるわ」

エリザベートが畳み掛ける。

「そうだな、有り難い話だ。ジョージ、是非行かせてもらうよ」

ビルは大きく頷《うなず》いた。

## 2

土曜の朝、ビルとエリザベートは飛行機に乗り、ワシントンを発《た》った。

三時間弱でマイアミに到着する。

コンコースの窓の外には、アクリル絵の具で塗ったようなスカイブルーが広がっていた。強い日差しが壁や床に反射して目映《まばゆ》い。

「まさにサンシャインステートね。一気にバカンス気分が盛り上がっちゃう」

エリザベートは大きなサングラスをかけ、鼻歌を口ずさんだ。

空港ターミナルはタンクトップに短パン姿や、水着の上からパーカーを羽織っただけという、ラフな格好の人々でごった返している。

マイアミは世界有数の高級リゾート地だ。と同時に、海でバハマやキューバに接する、国境地帯でもある。かつては中南米系の貧民や難民が大量に流入し、麻薬密輸入の拠点となったり、全米有数の犯罪都市と呼ばれたりもした。

治安強化が図られた今も、殺人、強盗、傷害、窃盗等の犯罪率は全米平均の二倍と高く、空港やビーチでは、観光客狙いの盗難事件が多発している。

ビルは表情を固く引き締めた。

ターミナルを一歩出ると、蒸し暑い大気が肌に纏《まと》い付く。大きなスーツケースを曳《ひ》くビルの背中には、どっと汗が噴き出した。

二人はまずレンタカーショップに立ち寄った。

無難な車を選ぼうとしたビルの指を止め、エリザベートが選んだのは、鮮やかなレーシングイエローをした、ポルシェのターボカブリオレだ。

「目立ち過ぎだ」

ビルが眉《まゆ》を顰《ひそ》める。

「ここはマイアミよ」

「浮かれてるみたいで恥ずかしいだろう」

小声でビルが言うと、エリザベートは吹き出し笑いをした。

「マイアミで浮かれない人のほうが怪しまれるわ。いいから、いいから」

結局、車選びはエリザベートに押し切られた。

ビルがハンドルを握る。エンジンをふかすと、重いトルク音が響き渡った。ペダルから強烈な火力が伝わってくる。

シートに身体が押しつけられるような加速で、車はエクスプレスウェイを走り出した。

青空に聳《そび》える椰子《やし》の木のシルエット。前方からはせり出すようにして、エメラルドグリーンの海が迫ってくる。

煌《きら》めく海にヨットの帆がはためき、遥《はる》か遠くをクルーズ船が航行している。

ラジオから流れるのは、陽気なＤＪとパーティチューンだ。

緊張していたビルの頬も次第に緩み始めた。

「ワシントンとは別の国に来たみたいね」

「全くだ」

ビスケーン湾を渡ると、マイアミビーチに出た。

車道の反対側には高級リゾートやコンドミニアムが、互いの高さを競い合うように建ち並んでいる。鮮やかな花々が目に眩《まぶ》しい。

ビルは一軒のホテルに車を乗り入れた。

マリンスポーツに興じる人々の嬌声《きょうせい》が近くに聞こえ、足元の芝生で大きなイグアナが昼寝をしている。

フロントで受付を済ませ、二人が案内された部屋は、バルコニー付きの十八階だ。

客室係が去るなり、二人は部屋中を歩き回り、盗聴器や盗撮器が仕掛けられていないか、チェックした。

「異常なし」

「こっちもだ」

「監視はないようね」

「ああ、ここは自由だ！」

ビルは大の字になってベッドにダイブした。

「これからどうする？　開場は五時だから、余裕があるけど」

エリザベートがスーツケースを開きながら訊《たず》ねる。

「酒でも飲んでのんびりしたい」

ビルの台詞《せりふ》に、エリザベートは肩を竦《すく》めた。

「こんなに綺麗《きれい》な海が目の前にあるのに？」

「君はなんでそんなに元気にしていられるんだ？」

「貴方《あなた》こそ、なんで疲れてるの？　いつも神経をすり減らして。そんなの、意味がないじゃない。いい加減、慣れれば？」

「すり減るものは仕方がないだろう」

ビルは冷蔵庫からビールを取ってプルトップを開けた。

「そんなに苦痛？　私と過ごす週末は」

エリザベートはズバリと切り出した。

「そりゃあ、苦痛は大いにあるさ。口にする言葉一つ一つ、ちょっとした日常の行動にも気を遣うんだから」

「だって仕方がないでしょう」

エリザベートはすげなく答えた。

「一番疲れるのは、君との結婚話だ。私は役者じゃないんだ。望まない事態を喜ぶ振りもできない」

「私が相手じゃ不足というの？」

「君のことは、その、優秀な工作員だと思っているが……」

「そう、良かった。他の工作員にチェンジなんて、したくはないもの。私はこの任務を続けたいし、貴方は私の力を認めてくれてる。そこまではいいとして、問題は貴方が今すぐ結婚したくないという気持ちね。もし仮にそれを考慮するならば……」

エリザベートは顎《あご》に人差し指を当て、考え込んだ。

「何か解決策があるのか？　あるなら教えてくれ」

ビルは固唾《かたず》をのんで訊ねた。

エリザベートはキラリ、と目を光らせた。

「貴方が浮気すればいい」

「え？」

「今の彼女はキープしておきたいけど、結婚はしたくないってことでしょ？　まだ一人の女に決めたくない、遊び足りないって思う男が取る態度よね。

そんな男が浮気する。当然、女は怒る。でも、なんだかんだでまた元の鞘《さや》。別れたりくっついたりを繰り返し……なんてこと、世間ではよくある話でしょ？」

「私に最低男になれというのか」

「時間は稼げるじゃない」

「他に策はないのか？」

「言っておくけど、私が浮気するのは嫌よ。この任務が終わるまで私、貴方のご両親に嫌われたくも、疑われたくもありませんから」

「……一寸《ちょっと》、考えさせてくれ」

ビルは頭を抱えた。

「そうね。今みたいに疲れてる時にあれこれ悩んでも、いいアイデアは出ないわ。今夜、ゾーイのライブでストレスを吹き飛ばして、明日ゆっくり考えましょう。休暇は月曜の夜まであるわ」

「そうだな、そうしよう」

「お腹空《す》かない？」

「空いたな」

「外へ行かない？　すぐ近くでレストランの看板を見たわ」

ホテルを出てエリザベートが向かったのは、ビーチ沿いのキューバレストランだ。

二人は黒い豆のシチューと揚げバナナ、キューバ式焼豚とチキンフライ、キャッサバの煮物を食べ、モヒートをたっぷり飲んだ。

それからエリザベートが「マイアミらしい服が必要」とブティックに立ち寄り、二人分の海亀Tシャツやバミューダパンツ、水着を買った。

ホテルに戻って再び盗聴器チェックを行い、ピッタリ並んでいた二つのベッドを引き離す。

シャワーで汗を流した後、ビルは寝転がってビールを飲み始めた。

一方、鏡に向かったエリザベートは、顔に化粧水をつけ、泥パックを塗り、髪を乾かし、器用に編み込みを始める。

髪が仕上がると顔のパックを洗い流し、メイクを開始した。鏡の前に沢山の小瓶を並べて次々と肌に塗り、眉を整え、マスカラをつけ、口紅を塗る。

(今日は随分と手間をかけるんだな)

ビルが鏡越しにぼんやりエリザベートを見ていると、突然、彼女は絵の具チューブと絵筆を構え、片方の眉を赤に、もう片方を黒に塗り始めた。

ビルは目を丸くした。

さらに左のこめかみから額にかけて赤と黄の太い線を大胆に描き、瞼《まぶた》には緑を、頰に向かって青と紫の線を描いていく。

右の頰には大きな星形の絵を描き、「ZOOEY」と文字を書き添えた。

「よし、上手《うま》く描けたわ」

「まさかその顔で外を歩くのか?」

「そうよ。ノーティカルスターのタトゥーは、ゾーイのトレードマークだもの。貴方もやりたい?」

「いや遠慮する」

準備を終えた二人は、ホテルの前からタクシーに乗った。

会場のアメリカン・エアラインズ・アリーナは、最大収容人数二万一千人の大ホールで、人気のNBAチーム、マイアミ・ヒートの本拠地でもある。ジャネット・ジャクソンやマライア・キャリー、レッド・ホット・チリ・ペッパーズ、ジャスティン・ビーバーらがコンサートをしたことでも有名だ。

タンブラーグラスを連想させる丸い建物が、椰子《やし》の並木の向こうに見えてくる。

開演まで一時間半もあるというのに、辺りは列をなす観客で一杯だ。

歩道には、フードトラックやグッズの販売ブースが並び、DJがお祭りムードを煽《あお》っていた。

タクシーを降りた二人は、長い列の後ろに並んだ。

列にはゾーイのロゴ入りTシャツを着ている者や、エリザベートのようなライブメイクをしている者が大勢いる。ざわざわと渦巻く声の中には外国語も混じっていた。アメリカのみならず、世界中から人が来ているのだろう。

人々の期待感が独特の熱気となって充満している。

「凄《すご》いな。まるでスーパーボウル並みだ」

「当然でしょう？　私だってこの日を四年も待ってたんだから」

「四年もチケットが取れなかったのか？」

ビルの言葉に、エリザベートは呆《あき》れた溜息《ためいき》を吐いた。

「ビルったら、知らないの？　ゾーイ・ズーは四年前、人気絶頂で突然、音楽活動を休止したの。それが今年、見事なポップアルバムを引っさげて復活したというわけ」

「そうだったのか」

「そうですとも。十六歳でデビューして九年間、ゾーイはスター街道をどんどん駆け上っていった。それが突然、『もう音楽も人生も楽しめなくなった』ってコメントが発表されて、ファンは大ショックを受けたのよ。彼女が自殺するんじゃないか、って大騒ぎになったし、マスコミは彼女がドラッグの問題を抱えていたと書き立てた」

「ドラッグだと？」

「彼女はオキシコンチン依存だったと、最近のインタビューでカムアウトしたわ。薬で心身の不調を抑えているうち、どんどん自分を見失っていった、って」

「オキシコンチンか。オピオイド系鎮痛薬の過剰摂取は、この二十年で四十万人余りの死者を出した、アメリカ史上最悪の薬物汚染問題だ」

「そうね……。だけどゾーイは又、みんなの前に現れた。ヒット中の『ボーン・フリー・アゲイン』という曲は、誰もが人生を再びやり直せると歌ってるの」

「あの歌にそんな意味があったのか」

「だから今回のニューアルバムは、通称ヒーリングアルバムなんて呼ばれてる。ゾーイも昔は結構なハードコアロックとか、絶叫ボーカルもやってたんだけどね」

「へえ。よく知ってるんだな」

「みんな知ってるわよ。貴方《あなた》の読まない本に書いてあるの」

「私の読まない本？」

「音楽雑誌とか、タブロイド紙ね」

「確かにな。読まない」

　ビルは軽く頷《うなず》いた。

「逆に聞くけど、ビル。貴方はワシントンポスト以外に、何を読んでるの？」

「えっ」

　ビルは意表を突かれて口籠《ご》もった。

「前から気になってたの。貴方って無趣味だなって。最近はアメフト雑誌も買わなくなったでしょう？　何か趣味を持たないと、早く惚《ぼ》けるわよ」

「そういう君はどうなんだ？　君だって仕事中毒だろう」

　ビルはムッとして問い返した。

「あら。私は音楽が好きで、ギターやピアノが弾けるわ。色んな本や映画を観るし、クラブに踊りに行くことだってある。スキューバと乗馬と華道のライセンスも持ってる」

「なっ……それは知らなかった……」

「貴方の家のリビングに私が花を活《い》けてるのも、知らないんでしょう？」

「馬鹿を言うな。ちゃんと見てる」

「じゃあ、先週は何を活けてたか覚えてる？」

「薔薇《ばら》だ」

「いいえ。マリーゴールドよ」

ビルはコホリと咳《せき》をした。

「すまない、エリザベート。一杯飲まないか？」

ビールを一杯やっているうちに、太陽が西へ傾き始めた。人々の影が長く伸び、アリーナの外壁が夕日色に変わっていく。

空がオレンジとピンクに染まる頃、ようやく行列が動き出した。前も後ろもぎゅうぎゅう詰めになりながら、群衆が会場へ吸い込まれていく。

会場の入り口には四つの受付が設けられ、チケットと身分証明書のチェックを行っていた。持ち物はX線スキャンにかけられ、客は金属探知ゲートを潜る。

空港並みのしっかりしたセキュリティだ。

二人はアリーナ席用の入り口からホールに入った。

楕円《だえん》形のホール中央に舞台があり、それを取り巻くように観客席が配置されている。

ビルとエリザベートの席は、正面ブロックの三列目だ。

二人は通路を前へ前へと進んだ。

ぞろぞろと押し寄せる人波があちこちの入り口から入ってきては、四方へと広がり、各々の席へ座っていく。

インカムをつけた警備員が、あちこちで目を光らせている。

ビルとエリザベートは自分達の席につき、改めてその舞台との近さに驚いた。

「確かにこれはプラチナシートだな」

「ジョージにお礼をしないとね」

次第に客席が埋め尽くされ、着席を呼びかける放送が会場に流れた。

ライトが一つ、一つと落ちるにつれ、ホールに満ちていたざわめきも落ち着いていく。

真っ暗な舞台に、人の動く気配があった。

音合わせをする楽器の微《かす》かな音が漏れ聞こえてくる。

客席は静かな期待感に満ちている。

ビルとエリザベートも息を呑《の》んで暗い舞台を眺めていた。

すると突然、花火のような爆音が響き渡り、一筋のスポットライトがステージ中央を照らし出した。

スモークが弾《はじ》け、煌《きら》めくドレスを身に纏《まと》ったゾーイ・ズーが、舞台の迫《せ》りから登場する。

「マイアミ！　ナウ、アイムヒア！」

ハスキーな声が谺《こだま》した。

観客席から一斉に歓声が沸き、耳馴染《みみなじ》みのあるビートが刻まれる。

一曲目はヒットチャートを独走中の「ボーン・フリー・アゲイン」だ。

会場の熱気がいきなり加速する。

ビッグスクリーンに、ゾーイの顔が大写しになる。

個性的なベビーフェイスに、輝く大きな瞳《ひとみ》。太く跳ね上がったキャットラインと、首筋に見えるノーティカルスターのタトゥー。

セクシーな唇から飛び出した歌声は圧倒的で、四年のブランクなど、全く感じさせない声量がある。

曲がサビの部分に入ると、観客たちはリズムに合わせ、頭上で手拍子をした。

地面が揺れ、空気が揺れる。

あっという間に一曲目が終わり、息つく間もなく次の前奏が始まった。

リズムに合わせてレーザービームが広がり、舞台袖《そで》から現れたダンサー達が圧巻のダンスを展開する。

中央に立つゾーイがドレスのスカートに手をかけ、一気にそれを引き抜くと、ショートパンツから伸びる美脚が露《あら》わになった。

ゾーイはダンサー達とピッタリ息の合ったダンスを披露し、ハンドマイクで歌い始めた。

タイトなサウンドにエモーショナルな歌声が絡みつく。

観客達も身体を揺らして踊っている。

万華鏡のように次々と展開するダンスナンバー。エネルギッシュなパフォーマンス。

曲に合わせてステージ上に炎が噴き上がり、そうかと思うと噴水があがった。

頭上を流星の様に紙吹雪が舞い、数多《あまた》のペンライトが揺れる。

会場のボルテージはどんどん高まっていく。

歌の度にバックダンサーが入れ替わり、照明は七色に変化を繰り返す。

ゾーイは全身から圧倒的な存在感を放ちながら、広いステージをカバーし、弾けるように踊り、客に呼びかけ、歌っていた。

ある曲の終わりにダンサー達がステージの前面に飛び出すと、今度はインストゥルメンタルが始まった。アクロバティックなダンス技が繰り出されていく。

ステージから暫《しばら》く姿を消していたゾーイが黒と白のドレスで再登場すると、ダンサーと共に一糸乱れぬステップを踏み、ポーズを決めた。

割れるような喝采《かっさい》がホールに谺する。

「ゾーイ！」

「お帰り、ゾーイ！」

「君は最高だ！」

ゾーイは笑顔で会場に手を振り、ピアノの側へ歩いて行った。

「有り難う、みんな。さあ、深呼吸の時間よ。座って息を整えて。そして私の思い出の歌を聞いて下さい。私の初めてのヒット曲で、『Rに捧《ささ》げるバラード』」

ゾーイはピアノを弾きながら、円熟した歌声を響かせた。

観客は皆、舞台に釘付《くぎづ》けだ。感動の涙を浮かべる者もいる。

（いい曲だ……）

ビルも感動を噛《か》みしめていた。

ビルは流行《はやり》の音楽やましてダンスなど、自分には無縁の世界だと思っていたし、むしろ苦手意識を持っていた。だからライブというものにも、滅多《めった》に来たことがない。今回の招待だって、ジョージの縁で来ただけで、期待はしていなかった。

だが、流石に全米一位の名は伊達《だて》じゃない。

ゾーイの歌声、そして次々と繰り出されるエンターテインメントに胸が騒ぎ、いつの間にか舞台に夢中になっている。

ゾーイがバラードを歌い終えると、長いスタンディングオベーションが起こった。

それはまるでステージの外に生まれたもう一つの音楽のようだ。

ゾーイと観客が生み出すエネルギーが調和し、ハーモニーを奏でる。

ゾーイは腕を上げて歓声に応《こた》え、次の曲を歌い始めた。

甘く切ない歌声に、会場中が抱きしめられているかのようだ。

そうしてすっかりステージに見入っていたビルだったが、ふと、舞台の袖にジョージらしき黒服が立っているのに気が付いた。

(どうした？　客席から丸見えだぞ)

違和感を覚えたビルは、さらに辺りを見回した。

するとステージ前に陣取る黒服の数が、いつの間にか増えている。しかも、やけに緊張した気配を漲《みなぎ》らせているではないか。

「一寸《ちょっと》、妙だと思わないか？」

ビルはエリザベートの肘《ひじ》を突《つつ》き、視線で黒服達を示した。

「相当な警戒態勢ね。何があったか、ジョージに訊《き》いてみれば？」

「そうだな」

ビルは携帯を取り出し、ジョージにメッセージを送信した。

すぐに戻って来た返信は、驚くべきものだった。

## 3

『先程、ゾーイのホームページに殺害予告が送られてきた。今日のステージで「NO　EXIT」という曲を歌え、歌わなければ殺すと』

ビルは急いで返信を打った。

『悪戯《いたずら》かも知れないが、指示通りに歌った方が安全だ。彼女にそう伝えたか？』

『バックステージで伝えた。だが、彼女はその曲を歌わないし、ショーも中断しないと拒否している』

メッセージを読んだビルとエリザベートは顔を見合わせた。

「ビル」

「ああ」

「犯人がいるとしたら、私達からそう遠くない場所よ」

「私もそう思う。時間になれば予告を決行できる距離で、私達と同じようにステージを見ている筈《はず》だ。セキュリティをすり抜けた小型爆弾あたりを持ってな」

ビルは大きく背後を振り返った。

途端に、人、人、人の波に圧倒される。

するとエリザベートがビルに耳打ちをした。

「前を向いて、ビル。犯人に気付かれないよう、慎重に動きましょう。警備の味方が客席にいるなんて、犯人も想像してないわ。その隙を突ける」

「だが、どうやって犯人を探す？」

「私が足で探す。探し物は得意なの」

「君なら気付かれないと？」

「私なら多少彷徨《うろつ》いても、コンサート酔いしたファンが席に迷ってるように見える。しかも女だから誰もが油断する。いかにも警官ってタイプの貴方《あなた》より、偵察向きよ」

「それはそうだが」

「怪しい奴を見つけ次第、貴方に知らせるわ」

丁度その時、ステージにダンサー達が戻って来た。照明が点滅し、ヒットナンバーの前奏が始まる。歓声の渦がホールに谺する。

ビルは少し考え、頷《うなず》いた。

「よし、分かった。だが偵察だけだぞ」

「ラジャー」

エリザベートは姿勢を低くして、席の間を移動し始めた。

ビルはもう音楽どころではない。

祈るような気持ちで刻々と動く時計の針を見詰めていると、携帯が震えた。

『Dセクションの九列六番に不審な男がいる。チェックして。私は他を探す』

ビルは座席表を確認し、そうっと斜め後ろを振り返った。

すると楽しげに身体を揺する観客の合間から、棒立ちで舞台を睨《にら》み付けている男が見えた。黒いリュックをぎゅっと胸に抱え、目だけを動かして、辺りを警戒している様子だ。

確かに不穏な雰囲気だ。だが、確証はない。

ビルはジョージに、その客を調べるようメッセージを送った。

＊　＊　＊

メッセージを受け取ったジョージは警備室へ向かった。

そこには数人の部下と、ゾーイの事務所関係者が集まり、客席に向けた監視カメラをチェックしている。

ジョージはDセクション九列六番をモニタに映すよう指示し、その席のチケット購入者をリストから洗い出した。

名前はヘンドリック・コネリー、三十九歳。

カメラが男の顔にフォーカスした途端、ゾーイのマネージャが大声をあげた。

「こいつ、知ってます。何度もファンレターを私に手渡ししてきて、『最近のゾーイは商業主義に毒されて堕落してる、昔のゾーイに戻ってくれ』とか言ってた奴です。確か、ファンクラブの会員ですよ」

運営スタッフがファンクラブのデータから「ヘンドリック・コネリー」をサーチすると、登録情報が表示された。


『Q　貴方が一番好きなゾーイの曲は？
A　NO EXIT』

ジョージはうむ、と頷いた。

「こいつが犯人と見ていいだろう。だが、奴の座席はDセクション中央だ。下手に取り囲んで奴を刺激し、自爆テロでも起こされたら大惨事になる。そこで作戦だ」

ジョージはそう言うと、ビルにメッセージを送った。

『Dの九列六番の男を速やかに確保したい。手を貸してくれるか』

ビルからは『勿論《もちろん》だ。指示をくれ』と返事がある。

ジョージはニヤリと笑い、インカムで部下達に指示を出した。

「これよりターゲット確保の作戦行動に移る。ターゲットはDセクション九列六番。私が後列のドアから奴に近づき、Cセクション三列にいる協力者と共に確保する。

SP一同は指示があるまで待機。私と協力者の動きを敵に気取られるな。いつでもクライアントの盾になれるよう、備えておけ！」

＊　＊　＊

『ジョージだ。ターゲットの七メートル後方まで接近。作戦マイクを開始せよ』

『ビル了解。作戦マイクを開始する』

ジョージとビルはそれだけを伝え合った。

ビルは「失礼」と声をかけながら、夢中で踊る観客の間を縫って移動し始めた。ただでさえ狭いスペースの足元に、荷物も置かれているので歩きづらい。

ようやくCセクションとDセクションの間の通路まで出ると、ビルは出口を確認するように軽く辺りを見回し、大股《おおまた》で後方へ歩き出した。

あっという間に、ターゲットのいる九列目付近に接近する。

背を丸め、上目遣いに周囲を警戒していたターゲットが、ちらりとビルの方を見た。

ビルもくるりとターゲットの方を振り向いた。そして友人に挨拶《あいさつ》するかのように、やおら大きく手を振った。

「よう、マイク、マイクじゃないか！」

ビルの声はステージの音にかき消されて、誰にも聞こえなかった。

実際、ビルは殆《ほとん》ど声を出していなかった。

パクパクと口だけを動かし、笑顔で人波を押し分けながら、ずんずんとターゲットへ近づいていく。

ターゲットは焦り、戸惑い、人違いだというように首を振った。

「あ、あっちへ行け！　お前なんか知らない！」

男は苛立《いらだ》ち、叫んだ。注意は完全にビルへ向いている。

その時、背後から一気に間合いを詰めたジョージが、太い腕で男の首を絞め上げた。

「ぐうっ」

男の足が地面から浮き上がった。

「ヘンドリック・コネリーだな。殺人予告犯の疑いで、君を拘束する」

ジョージが低音で囁《ささや》いた。

「は、離せえっ！」

ヘンドリックは必死に藻掻《もが》きながら、リュックの中に右手を突っ込んだ。

そうはさせまいと、ジョージが男の手をぐっと摑《つか》む。

その弾みでリュックはヘンドリックの手を離れ、床へとすべり落ちた。

（まずい！）

　ビルは咄嗟《とっさ》に大きく一歩踏み出し、ギリギリまで腕を伸ばした。床に落ちる寸前で、何とかリュックをキャッチする。

　ビルが拾い上げたリュックの口は大きく開き、中には白い粉を詰めたガラス瓶に導火線を挿した物体があった。

（有機過酸化物を用いた手製爆薬らしいな）

　ビルは冷静に導火線を処理し、ＯＫサインを出した。

　犯人はジョージの絞め技で、声も無く気絶している。

　ぐったり伸びた男の身体を、ジョージがひょいと担ぎ上げた。

（よし、行くぞ）

　ジョージとビルはアイコンタクトを交わし、早足で出口へ向かった。

　二人が犯人確保に要したのは、僅《わず》か十数秒だろう。目の前で起こったことを見ていた者でさえ、その意味は分からなかった。

　周囲の観客達は、奇妙で一寸《ちょっと》物々しいアクシデントに首を傾げた後、再びステージに夢中になった。

　ホールの出口にはジョージの部下達が待機している。

　ジョージは気絶したままのヘンドリックを部下の手に委《ゆだ》ねた。

　ビルも男のリュックを彼らに渡した。

　ジョージはほっと息を吐き、満面の笑みでビルの肩を叩《たた》いた。

「よう、上手《うま》く行ったな、相棒」

「ああ、お前もな。いい連携だった」

ビルもジョージの胸を拳《こぶし》で小突いた。

「ビルお前、昔より演技が上手くなったんじゃないか？」

「えっ、そうか？」

（少しはエリザベートに鍛えられたかな？）

ビルはそんなことを思った。

「さて、俺達は奴を少しばかり聴取して、警察に引き渡す。お前はどうする」

「私は残りのステージを見て行くよ」

「そうか、悪いな。こっちが誘っておきながら、楽しみの邪魔をしちまった」

ジョージは眉《まゆ》を下げ、すまなそうに言った。

「いや、気にするな。素晴らしいコンサートが中止にならなくて良かったのさ」

ビルは本心から答えた。

「相変わらずいい男だ。この礼は改めてするよ」

「ああ、またな」

二人は軽くハグをして別れた。

ビルが席へ戻ると、エリザベートがそっと話しかけてきた。

「見てたわよ、二人の活躍。お見事ね」

「君が犯人を見つけてくれたお陰だ」

「ふふっ。チームの勝利ね」

「ああ」

二人は頷《うなず》き合い、舞台のゾーイを見上げた。

ステージのボルテージはまさに最高潮だ。あっという間に、エンディングへと雪崩れ込む。

「サンキュー、マイアミ！　またね！」

ゾーイは大きく手を振って、舞台から去って行った。

「えーっ、もう終わりなの？」

エリザベートは唇を尖《とが》らせた。

「アンコール！」

客席からコールが沸き起こる。

ビルとエリザベートも大声を張り上げた。

「アンコール！」

「アンコール！」

どれほど叫んだろうか。

ようやくバンドメンバーがステージに戻って来た。

歓声が一層高くなり、拍手が起こる。
ゾーイはなかなか戻って来ない。
やきもきしていると、ステージにゆっくりと白い霧が立ち上った。
その中から、飛びきり澄んだ声が聞こえてくる。

Ave Maria, Jungfrau mild……

それはシューベルトのアヴェ・マリアのアカペラだった。
まっ白な羽根飾りのついたドレスのゾーイが、幻想的な霧の中から現れる。

アヴェ・マリア、慈悲深き乙女よ
聞き給え、私の祈りを
固く荒々しい岩壁の中から
どうか祈りが貴女《あなた》のもとへ届きますよう
貴女の慈悲の下、安らかに眠ろう
世間がどんなに残酷であっても
乙女マリアよ、聞き給え、この祈りを

聖母よ、聞き給え、懇願する子の祈りを

ゾーイの歌声は、祈りが結晶したようなピュアな響きを持っていた。

すっと胸の奥へ染み込んで、錆《さ》びかけていた心の琴線を震わせる。

「凄《すご》い……」

エリザベートの溜息《ためいき》が、ビルにも聞こえてきた。

ビルも新鮮な感動に胸が揺さぶられるのを感じていた。

観客達も同様だ。誰もが彼女の表現する美しい世界に引き込まれていた。

ゾーイが歌い終えると、津波のような拍手が沸《わ》き起こった。

「有り難う……。皆さんに、心からの感謝を捧《ささ》げます。皆さんに応援して頂いて、またステージに戻って来られて、これ以上の幸せはないわ。

長い間、お休みしていてごめんなさい。私を待っていてくれて、本当に有り難う。

色々な……本当に色々なことがあったけど、今、やっと自信を持って言える。

私に起こった全てのことが、起こるべくして起こったんだと。この世に無駄なんて一つもなかったんだと。だって……」

ゾーイは胸にぎゅっと手を当て、涙ぐんだ。

「だってこんなに素晴らしい皆《み》んなに、今、ここで出会えたから！」

うおーっ、と拍手の渦が巻き起こった。

ゾーイは涙を拭《ぬぐ》い、大きく手を振った。

「ゾーイ、有り難う、愛してる！」

「有り難う、愛してるわ！」

会場の喝采《かっさい》が応《こた》えた。

「ゾーイ！」

そしてパワフルなドラムが打ち鳴らされた。

観客はゾーイと共に歌い、踊った。

エリザベートも笑顔で飛び跳ね、踊っている。

ビルも熱気の渦に巻き込まれていた。

自然に膝《ひざ》がリズムを取っていた。

身体が揺れる。熱くなる。鼓動が高鳴り、音楽が染み通る。

全身の細胞が脈打って、身体と心が同じリズムを刻んでいた。

まるで会場が一つの大きな心臓になって、ドクドクと動いているみたいだ。

ずっと胸に蟠《わだかま》っていた憂鬱《ゆううつ》は勢いよく外へ流れ出し、空っぽになった自分に新たな息吹が注ぎ込まれる感覚がする。

汗ばむ肌に、爽《さわ》やかな風が吹き付ける。

身体が軽かった。

まるで十代の昔に戻ったようだ。

ゾーイが歌っている。

とても若くて私だけが孤独だった頃、
風の音にも涙を流した
とても若くて私だけが不幸だった頃、
幸せそうな皆を妬《ねた》んだ
冷たい目に鞭《むち》打たれ、苦痛に締め付けられ、哀れみに打ちのめされて
凍えた心が見た世界を、たった一つの真実と思った

曲がりくねった道を照らす冴《さ》え冴《ざ》えと輝く月が
今私を蘇《よみがえ》らせる
どんな優れた医者より深く
今私を目覚めさせる
泥だらけの私の両手は今、私の命に触れている

いつの間にか、ビルも観客と一緒になって歌っていた。

# 4

五曲にも及んだアンコールが終わり、終演のアナウンスが会場に流れる。

客席の明かりが点《とも》り、観客達は興奮の余韻を残しながら席を離れ始めた。

「ああー、終わった、最高だった。久しぶりに燃えたわ。来て良かった!」

エリザベートはうんと伸びをして、席に座っているビルを振り返った。

「そうだな」

ビルは赤い目をして頷いた。余程感動したのだろう、目尻《めじり》に涙が滲《にじ》んでいる。

「貴方《あなた》のそんな顔、初めて見たかも。私といる時は、いつも苦虫を嚙《か》み潰《つぶ》したような顔をしてるのに。貴方もゾーイのファンになった?」

エリザベートはビルの隣にすとんと座り、一寸《ちょっと》自慢げに訊《たず》ねた。

「当然だ。まるで魔法のようなステージだった。彼女は最高だ。胸を打つ歌というのは、ああいう歌を言うんだな」

「その言葉、ゾーイファンとして最高に嬉《うれ》しいわ。だけど、一寸妬《や》けるわね」

「妬ける? 何故?」

「だって貴方、私のことは褒めたことがないんですもの」

エリザベートは拗《す》ねた口調で言った。

いつもよりずっと無防備な表情に、ビルの胸がドキリと鳴る。

(褒める、だって？　そういえば、考えた事がなかった……)

ビルは改めてエリザベートをじっと見た。

彫刻のように整った顔の中で、ターコイズブルーの瞳《ひとみ》が輝いている。ワインレッドの髪が汗ばんで、額に少し張り付いているのがセクシーだ。

スレンダーな身体にあでやかな雰囲気。いつも白い肌は興奮の余韻で上気している。

しかし、何よりも彼女を彼女たらしめているのは、瞳の奥に輝く強い意思の光だろう。

彼女の大胆さや強さには、何度も驚かされてきたし、助けられてもきた。

これまでの様々な思い出が脳裏に蘇り、ビルは自然に笑顔になっていた。

「君にはずっと感謝してるんだ」

噛み締めるように言ったビルに、エリザベートは目を瞬《しばた》いた。

ビルはそっとエリザベートの手を取り、温かく握りしめた。

「有り難う、エリザベート。休暇を取ってここへ来て、良かったよ」

「ストレスは解消できた？」

「ああ。君のお陰で、最高の気分だ」

「良かった」

エリザベートは笑って立ち上がろうとしたが、ビルは衝動的に握っていた手にぐっと力を込め、彼女を引き留めた。そして、エリザベートの目を真っ直ぐに見詰めた。

「どうしたのビル？」

エリザベートは驚いた表情をしている。

「あっ……。なんだか君がいつもよりずっと素敵に見えたものだから、つい……」

「あら、嬉しいわね。結婚する気になった？」

ビルはそう問われ、いつになくドキリとした。

(私は何故、彼女と結婚するのをそう拒んでいるんだろう。確かに仕事がらみだというのは気にかかっている。けど、目の前にいる彼女は、私の結婚相手としては非の打ちどころのない女性ではないのか？)

ビルは真剣に考え込んだ。

エリザベートは微笑みながら、ビルに向かい合い、その両手を握った。

「少しは、心が揺らいできた？」

ビルが小さく頷《うなず》くと、「大きな第一歩ね」と、エリザベートはビルに抱き着いた。

(そうとも……。もしかすると、エリザベートと結婚する事は悪いことではないかもしれない。私が勝手に愛の無い生活になるだろうと憶測しているだけで、意外と彼女とは馬が合って、本当に愛し合えるかも知れないじゃないか……)

ビルがそう思って、エリザベートを両手で抱き返そうとしたその時だ。

ゴホンゴホン、と大きな咳払《せきばら》いが近くで聞こえた。

「そこのお二人さん、一寸いいか？」

ハッとして振り向くと、ジョージが立っている。

「ジョージ！」

ビルは耳まで真っ赤になって、エリザベートの手を離した。

「盛り上がってる所に悪いな」

ジョージがからかうように言う。

「どうも、ジョージ。貴方に招待のお礼を言おうと思っていたのよ」

エリザベートの言葉に、ジョージは首を横に振った。

「礼を言うのはこっちさ。招待したつもりがとんだ世話になった。無事にコンサートを終えられたのはビルのお陰さ。

ところで不思議だったんだが、お前、どうやって犯人の目星を付けたんだ？」

「実はな、エリザベートが見つけたんだ」

ビルは愚直に答えた。

「マジかよ！」

ジョージは驚き、仰《の》け反った。

エリザベートは慌てて首を横に振った。

「本当に偶然なんです。ちっともライブを楽しんでない、妙な感じの人がいたから、ビルに愚痴を言っただけなんです」

「ほほう、女の勘ってやつか？　大したもんだ」

「後でビルから話を聞いて、びっくりしました。その人、自供はしたんですか？」

エリザベートが水を向けると、ジョージは両掌《りょうてのひら》を上に、肩を竦《すく》めた。

「それが呆《あき》れた話さ。犯人は『NO EXIT』って曲を歌ってた頃のゾーイのファンだったんだ。今のポップスターのようなゾーイは、体制に日和《ひよ》った裏切り者に見えた。それで鉄槌《てっつい》を下すべく、殺害を計画したんだ。

彼女が昔の歌を歌えば許してやるが、そうでないならゾーイを殺し、自分も自殺するつもりだったんだと」

「なんて身勝手な理由なの」

エリザベートは憤慨した。

「そういう訳でだ。事件の顚末《てんまつ》をゾーイに伝えると、是非、君達に会いたいと言っている。ゾーイは、ライブのスタッフ達と一緒に打ち上げパーティ会場に移動するから、二人とも、俺に付いて来てくれ」

ジョージはくいっと顎《あご》をしゃくった。

ビルとエリザベートは、ジョージとともにリムジンカーに乗り、「マイアミナイト」というクラブへ到着した。

クラブの正門周辺ではSP達が警護をしていた。ドアには貸し切りの札がかかっている。

ジョージと、その連れであるビル達は顔パスで中へと入った。

前面ガラス張りのフロアからは、ネオン輝く夜景が見渡せる。

フロアの四方にはバイキングのコーナーが設けられ、様々な料理が用意されていた。

ドリンクバーではバーテンがシェイカーを振るい、人が列をなしている。

それとは別に、シャンパンを配り歩くボーイの姿もあった。

大勢の人々がいた。

雇われた大道芸人達が、いろんな場所で様々な芸を見せている。

そして、あるものは食べ、あるものは酒を酌み交わしながら談笑していた。

また、バイキングゾーンの奥に見えるクラブフロアは、踊る人々で溢《あふ》れていた。

「凄《すご》いな。これが全部、ライブ関係者なのか？」

「ああ、そうさ。ダンサーからバンド、裏方の舞台セットを組む奴らや、カメラマン、照明関係、音楽編集、演出関係なんかを含めたら、総勢で百六十八人いる」

「そんなに？」

「ああ。ライブってやつは、想像より大変なものなのさ」

ビルとジョージが話をしている間に、エリザベートはボーイからシャンパンを受け取ってきた。

両手で持っていたシャンパンの一つをビルに手渡す。

「有り難う」

シャンパンを受け取ったビルは、エリザベートと乾杯して、一気に飲み干した。

「さて。ここで食事でもしながら待っていてくれ。ゾーイが全員に挨拶《あいさつ》し終わったら、VIPルームに招待するよ」

ゾーイはフロアにいるスタッフたちにまんべんなく話しかけては、握手をして回っている。

「ゾーイって、気遣いが細やかな人なのね」

「そうだな」

二人はひとまずバイキングコーナーに移動した。

アメリカ料理から中国料理、イタリアン、寿司《すし》も並んでいる。

それらを皿にとり、腹一杯食べた後、エリザベートはフロアで軽く踊り出した。

ビルも酒を飲みながら、音楽にあわせて身体を揺すっている。

エリザベートはそんなビルを見て微笑んだ。

「たまにはこんな時間を持つのもいいわね」

「ああ。たまには何もかも忘れて人生を楽しまないと」

「それってとても大切よ。やっぱり休暇を取って良かったわね」

そんな会話をしながら、ビルの頭の中はエリザベートとの結婚の可能性について一杯になっていた。

二人がいい雰囲気になっていた時に、ジョージが迎えに来た。

「ゾーイがVIPルームで待っている。さあ来てくれ」

ジョージに手招きされ、二人はジョージの後に続いた。

フロアの奥へと向かうと、通路の前に『立ち入り禁止』の看板が立っていて、二人のSPがその脇を固めていた。

ジョージ達の姿を見ると、SPは看板をどかした。

通路の先に、黒い磨《す》り硝子《ガラス》の扉がある。ジョージは扉をノックした。

「ジョージです。例の二人を案内してきました」

「入って」

中からゾーイの声がする。

「失礼します」

扉を開くと、革張りの巨大なソファが壁に沿って置かれ、シャンデリアが輝く空間が広がっていた。

正面の大きな鏡を背に、ゾーイが座っている。

舞台衣装を脱いで、タンクトップにジーンズというラフな出《い》で立ちに着替え、メイクも淡いものに変えたゾーイは、舞台で見るよりずっとほっそりして、小柄であった。

浮かべた笑顔は柔らかく、どこかあどけない印象がする。

「ハイ。貴方《あなた》がジョージの親友のビルね。そしてそちらがビルを私のコンサートに誘ってくれた、婚約者のエリザベート。今日は有り難う。貴方達は私の命の恩人でもあり、ライブの恩人だわ」

ゾーイは二人に駆け寄り、親しみを込めてハグした。

「ほら、ここに座って頂戴《ちょうだい》」

近くのソファを叩《たた》いて、二人に勧める。

ビルとエリザベートは緊張と興奮に硬くなりながら、ソファに浅く腰掛けた。

「今日は楽しんでくれているかしら」

ゾーイの問いかけに、二人は同時に頷《うなず》いた。

「はい、勿論《もちろん》です。素晴らしいステージに感動しました」

「私もです。この場にお招き頂き、光栄です」

「私達の出会いに乾杯しましょう」

ゾーイはシャンパングラスを持ち、側にいたスタッフに、ビル達にもシャンパンを配るように命じた。

「二人とも、私に出来るお礼があれば何でも言ってね」

「お礼だなんて。当然のことをしたまでです」

堅苦しく答えたビルの横で、エリザベートは鞄《かばん》からコンサートのパンフレットとペンを取り出した。

「お願いします。サインして下さい！」

いつの間にそんなものを用意していたのかとビルは驚いたが、ゾーイは軽く頷くと、ペンを手にしてサインを書いた。

「はい、どうぞ」

「有り難うございます。やった！」

エリザベートはキラキラした笑顔でパンフレットを受け取り、胸に抱きしめた。

「ふふっ、可愛い人ね。そうだ、これも貴女《あなた》にあげるわ」

ゾーイはつけていたペンダントを首から抜き取り、エリザベートの手に握らせた。金鎖に寄せ木細工でノーティカルスターを象《かたど》ったペンダントトップがついている。

「えっ……いいんですか」

「もう貴女の物よ。大切にしてね」

「勿論です！　有り難う」

エリザベートはペンダントを大切そうに首にかけた。

「次はビルね。貴方の望みは何かしら？」

「一つ、質問があるのです」

ビルは疑問に思っていたことを切り出した。

「ええ、どうぞ」

「いくらプロの歌手とはいえ、殺害予告を受けながら堂々とステージで歌うなんて、なかなか出来ることじゃありません。どうしてあんな事が出来たのでしょうか」

「ステージは私の命だからよ。死を恐れては何も出来ないわ」

ゾーイは毅然《きぜん》と答えた。

「確かに貴女は素晴らしいプロフェッショナルです。でも、それでも私には疑問なんです。犯人の要求は、曲を歌えということだけでした。歌えば危険を免れただろうに、何故、歌わなかったんです？　卑劣な犯人に屈したくなかったからですか？」

「それは……」

ゾーイは少し口ごもり、下を向いた。

「歌の持つ力に私が気付いたから」

「歌の持つ力？」

ビルは目を瞬《しばた》いた。

「ええ。以前の私は自分の苛立《いらだ》ちや怒りを、歌を作る原動力にしていたの。とても良くない歌を作っていたわ」

「ハードコアをやってた頃のことですか？『NO　EXIT』もその頃の歌ですけど」

エリザベートが横からそっと訊《たず》ねる。

「その通りよ。今の私から見れば、恥ずかしくて忘れてしまいたい記憶だけど、決して消えない過去でもあるわ」

「恥ずかしいだなんて。その頃の貴女も、とっても格好良かったわ」

エリザベートの言葉に、ゾーイはゆっくり首を横に振った。

「当時の私はね、暴力や死、体制への不満、世の中の理不尽に対する怒り、それにドラッグやキンキーセックスのことばかり歌っていた。それが自分の魂の叫びだと勘違いして、ネガティブな曲を作り続けていた。それらは、ただの私の未熟さから出た感情だと気づかなかった……。

中でも『NO　EXIT』は最悪よ。あれは呪いの歌だった」

「呪い？」

ビルとエリザベートは声を合わせた。

「そう……。あの曲に傾倒して、自殺した子達がいたわ。あの曲を聞きながら遺書を書き、歌詞と同じように首つり自殺をね。彼らの死は新聞の片隅にも載らなかったし、マスコミも騒がなかった。だけど一人死に、二人死んで、三人目の自殺者が出た時、警察が事情聴取にやって来たの。

三人……。そう、三人の人間が私の曲を聞きながら、命を絶ったと聞かされたわ。警察が知らないケースはもっと何十人もあるでしょう、と。そして警官は『三人目は私の娘だったんです』と言って涙を流したの。

その時、私は思ったの『それがどうしたの？』って。

そんな自分が怖くなって、嫌になったわ。だって自分のことしか頭にない、酷《ひど》いエゴイスティックな利己主義者、それが私の姿だって気付いたから。

そうして歌が人に与える影響に気付かされた。どうしてあんな曲を作ったんだろうと、頭を抱えたわ」

ゾーイは辛《つら》い思いを噛《か》み締めるかのように、顔を歪《ゆが》ませ、涙ぐんだ。

「ゾーイのせいじゃないわ。その人達には自殺を選ぶような葛藤《かっとう》が、他にあったからよ。実際、貴女は罪に問われなかったのでしょう?」

エリザベートの慰めに、ゾーイは首を振った。

「彼らが何を抱えてたにせよ、ネガティブなメッセージを発信したのは、この私。指を振り立て、私を責める大勢の声が頭の中から消えなくなった。

『人殺し、人殺し』

昼も夜もそんな声が追いかけてきたわ。

それまでの私はね、どんな恐れも苦痛も、自己嫌悪や後悔も、自分自身を焚《た》き付ける燃料に変えて、ひたすら成功を目指してきたの。

なのに突然、それが出来なくなったのよ。まるで魔法が消えたみたいにね。音楽に纏《まつ》わる全てが、私にとって耐えがたいものに変わったの。

私はまるで無力な子どもだった。どんどん押し寄せる真っ暗な恐怖に向かって、『来ないで、来ないで』って、ただ泣きながら祈ってた。嫌な思いを頭から閉め出す為に、薬にも縋《すが》ったわ。

最後はベッドから起き上がれなくなって、このまま消えてなくなるんだと思ったの。

だけどね、ある出会いが私を救ってくれた。その人のお陰で、世の中には絶望と同じ数だけ、希望があることに気付いたの。

愛や思いやり、希望、生きる喜び……。私がずっと目を背けてきた、世の中のあらゆるポジティブな側面が見えるようになった。そして、そういうものこそ、歌で伝えるべきものだと気付いたわ。

私は自分の愚かさを知って生まれ変わった。それが今ここにいる、この私。

あの歌を歌いたくない理由を、これで分かってくれたかしら？」

「ええ。ハッキリと分かりました」

ビルは大きく頷いた。

「なんだか暗い話になってしまって御免なさいね」

「いえ、私の方こそ、辛い話を思い出させて申し訳ない」

「ううん、いいの。すっかり誰かに話してしまいたい気分だったから。聞いてくれてスッキリしたわ」

## 5

「ゾーイの休養に、そんな事情があったなんて知りませんでした。でも、本当に見事な復活ライブでしたね。ますます貴女のファンになったわ」

エリザベートの言葉に、ゾーイは意味ありげな微笑を浮かべ、声を落とした。

「ここだけの秘密を二人に教えてあげるわ。今日は歌の精霊も来てくれていたの」

「歌の精霊？」

ビルは思わず問い返した。ゾーイは少しはにかんだような顔をした。

「そう……。変だと思われるかもしれないけれど、歌っていると、時々、歌の精霊が私の近くに姿を現すのよ。そうすると、とてもいい感じで歌うことができるの」

「それって、アーティスト特有のゾーンに入るっていうことかしら？」

エリザベートが興味津々に訊ねる。

「そうかも知れないわ」

「素敵ですね。どんな精霊なんです？」

「私の歌の精霊は、人魚のような姿をしているの。ほら、ローレライの伝説ってあるでしょう？　ライン川を航行する舟に歌いかける美しい人魚たちの話よ。彼女たちの歌声を聞いたものは、その美声に聞き惚《ほ》れて、舟の舵《かじ》を取り損ねて、川底に沈んでしまうっていう……」

その時、VIPルームのドアがノックされ、マネージャのロジャーが入ってきた。

「アダムが来たよ」

「まあ、アダムが？」

どうやら、ゾーイに来客の様子だ。

「お客人なら、僕らは外に……」

立ち上がろうとするビルをゾーイが制した。

「大丈夫。これから来るのは、私の気の置けないプライベートな友人だから。よければ、是非、お二人にも紹介したいの」

「いいんですか、お邪魔しても」

「ええ、きっと楽しい話が出来るわ」

ゾーイはロジャーに「アダムに此処《ここ》に来てもらって」と言った。

ロジャーは頷《うなず》き、部屋を出ていった。

「アダムは私が歌えなくなって苦しんでいた時に、心の師となって、私に新しい世界への目を開かせてくれた牧師様なの。彼が私の心の目を開いて、もう一度歌うことに目覚めさせてくれたのよ」

「じゃあ、今のゾーイの生みの親のような人ね」

エリザベートの言葉に、ゾーイは笑って頷いた。

「そうね。親というには、アダムは若いけれど」

ドアの開く音がして、牧師服の若い男がＶＩＰルームに入ってきた。

ビルの目は、男に釘付《くぎづ》けになった。

不思議な雰囲気を纏《まと》った男だ。

褐色の肌。艶《つや》のある長い黒髪。エキゾチックで彫りの深い顔立ち。静かな熱情が込められたような黒い瞳《ひとみ》。

ネイティブ・アメリカンの血が入っているのは明らかだ。

筋肉質で引き締まった身体は、草原を駆ける野生馬を連想させる。

ぞくっとするほど艶《なまめ》かしい。男でも魅せられてしまう。

「ライブの成功おめでとう、ゾーイ」

アダムはゆっくりと近づいてきて、ビルの前を横切り、ゾーイと握手を交わした。

「君にプレゼントを持ってきたよ」

アダムはリボンのかかった小箱をゾーイに手渡した。

「いつも有り難う、アダム」

ゾーイはそれを受け取ると、アダムの頬にキスをした。

「こちらの二人は？」

アダムがビル達を振り返る。

「今日のライブに暴漢が紛れ込むトラブルがあったのだけど、この二人が私を助けてくれたの。私の命の恩人よ」

「それはそれは」

アダムの黒い瞳が、ビルとエリザベートをゆっくりと見た。

心の中まで見通されてしまいそうな不思議な瞳だ。

ビルはごくりと唾《つば》を呑《の》んだ。

アダムは柔らかな笑顔を浮かべ、ビルの肩にそっと手を置いた。

アダムの顔がどんどん近づいてくる。その唇が囁《ささや》きを発した。

『貴方《あなた》は迷いの中にいるようですね。可哀想に……絶望は限りなく深い。

ですが、誰にも心を開くことが出来ないとしても、今日、一つの希望の兆しが貴方に訪れたはずです。示された愛を信じなさい。神はそれをお望みです』

その瞬間、ビルの心臓は警鐘のようにドキンと鳴った。

（希望の兆し……示された愛を信じる……。彼女のことか……）

アダムの言葉を心の中で反芻《はんすう》しながら、エリザベートを振り返る。

心臓が速く動いている。

頭が混乱して胸が熱い。こめかみが激しく脈を打っていた。

「……牧師様の言う通りかもしれません。今日を境に、私は変わるべきなのかも……」

ビルはそう答えながら、熱病のように火照った身体を持て余していた。

（なんだか調子がおかしいぞ。一度、外の風にでも当たらないと……）

ビルは咳払《せきばら》いをし、唐突に立ち上がった。

「えっと……私は一寸《ちょっと》失礼して、新しい酒を取ってきます」

「シャンパンじゃ駄目なの？」

ゾーイがワインクーラに入っているシャンパンを取り上げながら言う。

「いや、その、ウオッカがいいんだ」

「私が取ってきますよ」

ロジャーが声をかけてきた。

「いえ、自分で取ってきます。エリザベート、君も何かお替わりするかい？」

「あ、ええ、じゃあ同じものを」

エリザベートは不思議そうにビルを見上げた。

ビルはそそくさとVIPルームから出て、長い溜息《ためいき》を吐いた。

SP達の横を通り過ぎ、通路を歩いていく。

そうしてフロアに出た瞬間だ。酔っ払った男がビルに絡んできた。

「なあ、アダムはそっちにいるのか？アダムだよ、いるんだろう？」

男の息は酷《ひど》く酒臭い。

「アダム牧師ならゾーイと一緒だが……」

「あんた、アダムに言ってくれよ。俺にかけた呪いを解いてくれって」

「呪いだと？」

「俺はなあ、ソドミーじゃねえ、妻も子もいる……。なのにアダムが……アダムが……あいつがインディアンの呪いを……」

(何を訳の分からないことを言ってるんだ？)

「なあ、俺を助けてくれよ……。寝ても覚めても、アダムのことで頭が一杯なんだ。俺は……俺は……アダムを……」

男は悶絶《もんぜつ》するように身体を捩《よじ》って、ビルに取り縋《すが》ろうとした。

ビルが身体をかわすと、男はずるずると床に倒れ込んでしまった。

(何だこの男、まさか牧師様に惚れているのか？　悍《おぞ》ましい酔っ払いめ)

ビルは溜息をつきながら、バーカウンターへ行き、ウオッカを二杯頼んだ。

それからベランダに出て、夜風を吸い込んだ。

ウオッカを一口飲むと、アルコールと共にアダムの言葉がじんわりと胸に広がる。それがビルの中で一つの確信へと変わった。

ビルはウオッカを両手で持ちながら、急いでVIPルームに戻った。

扉を開けてみると、既にアダムの姿は無い。

ビルはエリザベートの隣に戻り、彼女にウオッカを手渡した。

そして深く息を吸い込むと、エリザベートの目を真っ直ぐに見た。

「エリザベート、私と結婚してくれないか？」

エリザベートは一瞬、驚いた顔になったが、すぐに華やかな笑顔を返した。

「ええ、勿論《もちろん》よ、ビル」

それを見ていたゾーイは目を丸くして、二人に拍手を送った。

「驚いたわ。でも、素敵なプロポーズね」

「す、すみません、こんな所で……」

ビルは急に羞恥《しゅうち》を覚え、頭を掻《か》いた。

「いいのよ、感動的だわ。それで二人の結婚はいつにするの？」

「いえ、予定はまだ何も」

「でも、私は早い方がいいって思ってるんです」

二人が口々に答える。

「そう。一寸、ロジャー」

ゾーイは部屋の隅で控えていたマネージャを手招きした。

二人は顔を近づけて二言、三言話し、ゾーイがニッコリと笑った。

「命の恩人へのお礼がサインだけじゃあね。だから二人のウェディングで、お祝いの歌を歌わせて頂戴《ちょうだい》。私のスケジュールは次の日曜日まで、完全にオフなのよ」

「本当ですか⁉　是非お願いします！」

エリザベートは素早く叫んだ。

「いや、流石にそれは無茶だろう。身内だけの小さな式なんかに来てもらう訳には」

焦ったように言うビルに、扉の前に立っていたジョージが声をかけた。

「ビル、こうした好意は受け取っておくものだ」

「そうよ。受け取って頂戴」

ゾーイが笑って畳み掛ける。

マネージャのロジャーも側で頷いている。

「一生のお願いよ、ビル、イエスと言って！　ゾーイとジョージと私の為に！」

エリザベートはビルの腕を掴《つか》んで揺さぶった。

「……分かった。それでは、お言葉に甘えます」

「キャーッ！」

エリザベートは歓喜の悲鳴をあげて、ビルに飛びついた。

「こらこら、危ないだろう」

「だってゾーイよ、ゾーイ・ズーなのよ！　ああ、人生って素敵だわ。一寸先は何が起こるか分からないものね！」

ビルも確かにそうだと思った。

今朝ワシントンを発《た》つ時は、結婚をどうにか取りやめにしようと考えていた。

それなのに、いつの間にかスーパースターが二人を祝福することになっている。

（人生なんて、本当に分からないものだ……）

「それじゃあ私はサプライズゲストとして登場して、皆を盛り上げるわ」

ゾーイの言葉に、「素敵ですね」と、エリザベートが答える。

「当日は宜《よろ》しくお願いします」

マネージャのロジャーがそう言って、ビルに握手を求めてきた。

「こちらこそ、お世話になります」

「もし宜しければ、こちらの会場をご利用になっては？　懇意の者がおりますので」

ロジャーは会場からほど近い、ビルトモアホテルの支配人の名刺と、自分の名刺をビルに手渡した。

「有り難うございます。早速、確認してみます」

ビルは名刺を受け取った。

「結婚式の打ち合わせは明日、私の別荘でゆっくりしましょう。まずは乾杯よ」

ゾーイはそう言って、シャンパングラスを高く持ち上げた。

# 第二章　怪死　Die Loreley

## 1

バチカン市国。

イタリアはローマ、テベレ川の西に位置する、面積・人口共に世界最小の国家。

イエス・キリストより「天国の鍵《かぎ》」を授けられた聖ペテロの代理人たる、ローマ法王の住まう場所。

別名、「魂の国」とも呼ばれる其処《そこ》は、全世界に十三億人近い信者を持つカソリックの総本山だ。三二四年にローマ皇帝コンスタンティヌスが、ペテロの埋葬地に最初の聖堂を建設して以来、キリスト教世界に多大なる影響を与え続けている。

国章に描かれた交差する金銀の鍵は、鍵の先を上に握り手を下にし、二つの鍵を紐《ひも》が結んだ形をしており、その意味は『マタイの福音書』に由来している。

「わたしも言っておく。あなたはペテロ。わたしはこの岩の上にわたしの教会を建てる。陰府《よみ》の力もこれに対抗できない。

わたしはあなたに天の国の鍵を授ける。あなたが地上でつなぐことは、天上でもつながれる。あなたが地上で解くことは、天上でも解かれる」

イエスの言葉通り、金の鍵は天の国の鍵を、銀の鍵は地上における権能を表している。鍵の握り手が下方にあるのは、それが地上にいるイエス・キリストの代理人に委《ゆだ》ねられていることを示し、二つの鍵を結ぶ紐は、教会が天と地の結び目であること、「つないだり解いたりする権限」を代理人が有することを象徴しているという。

アダムとイヴが堕落して以降、二人の子孫である全ての人間は罪人となり、天国は二度と戻ることのできない閉ざされた場所となってしまった。

しかし、主イエス・キリストが現れ、天国の門は再び大きく開かれた。そしてまた、イエス・キリストを救い主であると信じ、告白することによって、誰もが罪を赦《ゆる》され、天国へ迎え入れられることとなったのである。

キリストの福音は教会に於《お》いて説かれるが、地上の教会で赦された者は、天でも裁かれることはない。地上の教会と天の教会は一体であるからだ。

そんな教会の務めは、キリストの福音を伝え広め、自ら戒規を行うことにある。そして、不信仰な者に悔い改めを説き、戒規を破る者には、それがキリスト者と名乗る者であっても、必要ならば除籍する力を持ち、施行することにある。

近年ではローマ法王自らが、子ども達がマフィアの犠牲となっている問題を巡ってイタリア南部のカラブリア州を訪問し、「破門宣言」を下して話題になった。

「マフィアのように悪の道を歩む者たちは、神に属すことはない。彼らは破門される」

「（マフィアは）悪魔を崇拝し、公益をさげすむ者たちだ。このような悪は叩《たた》きのめし、追放せねばならない」と。

破門され、教会から追放された者は、悔い改めない限り、神の怒りと永遠の刑罰の中に留《とど》まるとあって、法王の発言は極めて重大である。

その一方で、現法王は就任後間もなく、「同性愛者が善良な心で神を求めているなら、私に彼を裁くことができるだろうか」と発言し、ローマ・カソリック教会が長年「罪深い行為」としてきた同性愛に対して、寛容な姿勢をみせた。

あくまで男女間の結婚を最高の理想とする教会の方針と教義を示し、同性愛者が聖職に就くことは禁止した上で、巷《ちまた》の同性愛者や離婚した信者といった「変則的」な状況にある人々にも、より寛容な姿勢を取るよう世界各地の司祭に要請し、「司祭は人々の人生に石を投げるようにして単純に道徳規定を適用するだけで満足するわけにはいかない」、「混乱の余地を生まない厳格な導きをよしとする声があることは理解している。だが、聖霊が人間の弱さの中に育んだ善良さを大事にすることこそ、イエスが望む教会のあり方だと私は心から信じている」と、述べている。

社会の急速な変化と共に多様な価値観が生まれ、それに対する反発も激しさを増す現代にあって、現法王は中東やアジア、アフリカ、中南米からも枢機卿《すうききよう》を幅広く登用し、教会の多様性実現を目指す改革を進めている。

外交面でも精力的に外遊を行い、アメリカとキューバの国交回復を仲介したり、ロシア正教の最高位キリル総主教と会談し、歴史的な対立関係を修復したりした。

一九五一年以来、国交断絶が続いていた中国との関係も、中国側が独自に任命したキリスト教司教を法王が承認するという形で合意がなされ、バチカンで開かれた世界代表司教会議に中国人司教二名が初参加するという展開を見せている。

バチカン銀行のマネーロンダリング疑惑、内部告発文書の流出、前法王の執事逮捕、聖職者による児童の性的虐待問題が次々と発覚するといった、数々のスキャンダルに揺れながらも、バチカンはペテロの代理人たる使命を果たさんとし、今日もカソリック世界の道《みち》標《しるべ》であり続けている。

そんなバチカン市国の国家運営は、主権者たるローマ法王を筆頭に、国務省ほか九省、六官署、三裁判所、事務局などからなるローマ法王庁が、法王の委託を受けて行うという形を取っている。

そして九省の一つには、列福、列聖、聖遺物崇拝などを取り扱う『列聖省』があり、そこには『聖徒の座』という秘密の部署が存在していた。

世界中から寄せられてくる『奇跡の申告』に対して、厳密な調査を行い、これを認めるかどうか判断して、十八人の枢機卿からなる奇跡調査委員会にレポートを提出する部署である。

かつての『異端審問所』が魔女などを摘発する異教弾劾の部署であったのに対し、『聖徒の座』は、法王自らが奇跡に祝福を与えるという目的で設立された経緯《いきさつ》がある。

奇跡調査官達は皆、某《なにがし》かのエキスパートであり、会派ごと、得意分野ごとにチームを組んでいる。そして各々が世界各地を飛び回ったり、またバチカンに報告されてくる様々な奇跡の調査に明け暮れたりと、多忙な日々を送っていた。

科学者である日系人神父、平賀《ひらが》・ヨゼフ・庚《こう》と、古文書・暗号解読のエキスパートであるイタリア人神父、ロベルト・ニコラスも、奇跡調査チームのコンビである。

その日、スラウェシ島での調査から帰国した二人は、空港から直接、平賀の家に立ち寄っていた。

「今回も残念ながら、奇跡には出会えませんでした」

平賀は玄関扉を解錠しながら、残念そうに呟《つぶや》いた。

「そうだねえ。村長の息子さんが買ったパソコンからマリア様が飛び出して預言をするなんて、何とも不思議な話だったけれど、彼は視覚に異常を生じる、いわゆる『不思議の国のアリス症候群』だった」

荷物を抱えたロベルトが相槌《あいづち》を打つ。

「はい。アリス症候群といわれるものには、自分の身体や物のサイズが変形して見えたり、風船玉のような物体が視界に広がったり、パソコンの画面が歪《ゆが》んで見えたりといった、様々な症状があります。

重い偏頭痛を伴うことが多く、中には脳腫瘍《のうしゅよう》が原因だったケースもあります。今回はへルペスウイルス感染による、中枢神経系の一時的な炎症が原因でした。深刻な病状でなかったのは、不幸中の幸いでしたね」

平賀が部屋の明かりを点《つ》けた。

途端に散らかり放題のリビングが目に飛び込んでくる。

崩れかけた雑誌の山と、床一面に散らばった書きかけのメモ用紙。

少し傾いだ天球儀。埃《ほこり》をかぶった騎士の鎧《よろい》。ドゴン族の仮面。ダウジング棒やドリームキャッチャー。鎖で巻かれたブードゥー人形に、天使と悪魔のゲーム盤。エトセトラ、エトセトラ。

「君の家は相変わらずだな」

ロベルトが苦笑する。

「わざわざ来て頂いてすみません、ロベルト神父」

平賀は床の空きスペースにトランクを置き、開けながら言った。中には新聞でくるまれた物体がいくつも入っている。

「空港であんなに買い物をするからだろう」

ロベルトが開いたトランクにも、同じような包みが並んでいる。

「すみません。でも、あんまり可愛かったものですから」

二人はそれぞれ新聞包みを解《ほど》き、平賀の戦利品を床に置き始めた。

最初に平賀が取り出したのは、不気味な木の人形だ。「おいでおいで」をするように右腕を突き出し、口元は笑っているのに両目を大きく見開いている。頭にはターバンを、身体にはぼろ布を巻き付けた男性像である。

「可愛い……ね。確かに、文化的価値は認めるが」

ロベルトは肩を竦《すく》め、同じような人形をその隣に並べた。

そちらは女性像だ。頭にターバンを巻き、白装束を纏《まと》っている。全体が灰をかぶったように白く、所々塗装が剝《は》げていた。無表情な顔の中、大きく見開いた目が怖い。

「はい。スラウェシ島山間《やまあい》に住むトラジャ族は、キリスト教徒になった今も、土着のアニミズム信仰を守っているのです。村人が亡くなると、魂が天国に昇れるようにと断崖《だんがい》の高所に墓を作って死者を埋葬し、生前の姿を象《かたど》った人形を墓のそばに置いて、死者を偲《しの》ぶのです」

「それがこのタウタウ人形という訳だね。『死ぬために生きている』とも言われるトラジャ族の社会において、葬儀や墓はとても重要なものだ。とはいえ、村の山肌にずらりと死者人形が並んでいた光景はインパクトがあったな」

ロベルトは遠くを見るような目をして、次の包みを開いた。

今度の包みの中からは、白、黒、黄色と弁柄《べんがら》色で彩られた、木彫り細工の板が現れた。

「あっ、それは掘り出し物です。本物のトンコナンに使われていた壁の一部です」

平賀が嬉《うれ》しげな声をあげる。

「ふむ。見事な彫りだ。しかしどこに置く……」

「見て下さい、ロベルト。こっちはトンコナンのミニチュアです！」

平賀はロベルトの言葉を遮って叫んだ。その手にあったのは、尖《とが》った船形屋根を持つ伝統家屋のミニチュアだ。ミニチュアといっても四十センチほどの高さがある。

平賀はすっかりその精巧な装飾に見入っている。

「その調子じゃ、片付けに手間取りそうだ。珈琲《コーヒー》でも淹《い》れるか」

ロベルトは勝手知ったるキッチンに立つと、戸棚からパーコレータを取り出し、水を注いで火にかけた。

湯が沸くのを待つ間、携帯でも充電しようとポケットから取り出すと、メッセージランプが瞬いている。

着信履歴に表示された名は「ビル・サスキンス捜査官」とある。

（サスキンス捜査官が、僕に電話を？）

彼とは調査先で何度か顔を合わせたり、事件解決に協力してもらったりした間柄だ。

又、ガルドウネ絡みの事件でも起きたのだろうか。

ロベルトは眉《まゆ》を顰《ひそ》め、時計を確認した。

現在時刻は午後四時。ワシントンは日曜の午前十時だ。

ロベルトはガスの火を切り、緊張しながら履歴の名前をタップした。

数回のコールでビルの声が聞こえてくる。

『はい、ビル・サスキンスです』

「バチカンのロベルト・ニコラスです。お電話を頂いていたようですので」

『こ、これはわざわざ申し訳ありません、神父様。ご多忙中とは知りながら、昨日は思わず電話をしてしまいました』

「いえ、どうぞご遠慮なく。どのようなご用件でしょう？」

『実は私の結婚が来週末に決まりまして、そのご挨拶《あいさつ》にと』

思わぬ話の展開に、ロベルトは目を瞬《しばた》いた。

「それは……お目出度《めでと》うございます」

『有り難うございます。相手は、かねてからお付き合いさせて頂いていた、エリザベート・モーリエ嬢です』

「婚約指輪を交わした方ですね？」

ロベルトはそつなく訊《たず》ね返した。

ビルの指輪のことは以前に目にして、説明を聞いたことがある。その時、「二人は偽装婚約の関係だ」「他にこの事を知っているのは、マギー・ウオーカー博士だけ」と、秘密を打ち明けられたのだ。

『はい、そのエリザベートです。ご記憶でしたか、流石はロベルト神父ですね』

ビルは屈託なく答えた。

ロベルトは首を傾げた。

訳ありだと聞いていた自分の記憶が間違いだったかと不安になってくる。

二人の間に愛情が生まれたのだろうか。勿論《もちろん》、その可能性も考えられた。

別の可能性としては、彼が今、非常な危機にあるか、盗聴されている等の事情があって、自分に暗号的なメッセージを送っているというケースである。

「急な話で、少しばかり驚きました。僕に何か、出来ることはありますか？」

ロベルトは慎重に問い返して、相手の反応を待った。

すると電話から聞こえてきたのは、ハハッ、という照れ笑いのような声だ。

『図々《ずうずう》しいと思われるでしょうが、思い切って言ってしまいます。もしも出来ることならば、ロベルト神父に、私達の式の司式者《ししきしゃ》を務めて頂ければ、と……。

勿論、ご多忙なのは承知しております。無理を言うつもりはないのです』

ビルは真摯《しんし》な、それでいて嬉しそうな口調で応じた。その声に隠し事や、ましてこちらをからかおうとするような意図は感じられない。

「貴方《あなた》の結婚式の司祭を、僕に務めて欲しいと？」

『はい。平賀神父とご一緒に、お願いできないかと』

「……少しお待ち下さい。平賀が側にいるので、聞いてみます」

『ええ、是非』

「一度切って、かけ直しますが宜《よろ》しいですか？」

『はい、神父様。お待ちしております』

ロベルトは狐につままれたような気分で通話を切り、平賀の側へ歩いて行った。

そして床にぺたりと座ってミニチュアハウスを眺めている平賀の手から、ハウスを取り上げた。

「あっ」

「平賀、一寸《ちょっと》話がある」

「何ですか」

平賀は不満そうだ。

「今、サスキンス捜査官と電話で話した。彼から連絡があったんだ」

それを聞いた平賀の顔がハッと険しくなる。

「事件ですか？」

「なっ、そう思うよな、やっぱり」

ロベルトは得心したように微笑んだ。

「何が可笑《おか》しいんです？　サスキンス捜査官と何を話したか、早く教えて下さい」

「うん。事件というよりニュースなんだがね。彼、結婚するそうだ」

「なんと！　それは素晴らしいニュースです。是非お祝いしなければ」

平賀は天真爛漫《らんまん》な笑顔で答えた。

ロベルトは一瞬、黙り込んだ。

(そうか。平賀には余計な心配をかけまいと、サスキンス捜査官の婚約の事情は話していなかったんだ)

「結婚式はいつです？　私達もお祝いに駆けつけたいですね」

平賀はわくわくした様子で、膝立《ひざだ》ちになった。

「来週末だそうだ。サスキンス捜査官が言うには、僕らの都合さえ良ければ、二人で司祭として出席し、司式者を務めて欲しいそうなんだ」

「私達の友人をそのような形でお祝いできるのであれば、とても光栄なお話です。私にお役が務まるかどうかは別として」

平賀は最後のフレーズを小声で付け加えた。

「ふむ、そうだな。僕は取りあえず彼に会いに行って、事情を聞きたい所だけどね」

「打ち合わせも必要ですし、早めに動けるといいですね。私の来週の予定は未定ですが、有休はたっぷり残っていますので、多分大丈夫だと思います」

「僕もそうさ。有休を消化しろと、事務局から突《つつ》かれてる」

ロベルトは一度言葉を切ると、改めて平賀を見た。

「じゃあこの話、受けてもいいね？」

「はい」

平賀は迷い無く答えた。

「サスキンス捜査官にそう伝えるよ」

電話をかけ直すと、すぐにビルが出た。

「ロベルトです。是非、平賀と二人でそちらに伺います」

『本当ですか！　有り難うございます。神父様方がいらして下されば百人力です。会場は、フロリダのビルトモアホテルを予定しています』

「フロリダですか？」

『はい。神父様に隠し事はできませんので告白しますが、実はゾーイ・ズーが祝いの歌を歌ってくれることになりまして』

「ゾーイ・ズー？　あの世界的ミュージシャンのですか？」

　ロベルトは危うく携帯を落としそうになった。

『ええ、詳細は改めてご連絡します。それでは、又』

「分かりました」

　ロベルトは電話を切り、暫《しばら》く考え込んだ。

　事情はよく分からないが、ビルが結婚することは確からしいし、本人は心底、それを喜んでいる様子だ。

　友人の結婚。それは素直に喜ぶべきことだ。

ただ、結婚式というからには、ビルの両親とも顔を合わせることになるだろう。彼らがイルミナティの一員で、ジュリアと通じていることをロベルトは知っていた。

(彼も家族のことでは深く悩んでいたようだが、どうやら乗り越えたらしいな。実に良かった。平賀に詳しい事情を伝えていなかったのは正解だ。彼は顔に出るから)

　ロベルトはそんなことを思いながら、休暇願のメールを書き始めた。

## 2

ロベルトとの電話を終えたビルは、応接室のソファに戻り、ビルトモアホテルの支配人と向き合った。彼とエリザベートは、会場の下見に来ているところであった。

「お待たせしました。バチカンの神父様がたが、来て下さるそうです」

ビルの言葉に、支配人はほくほく顔で揉《も》み手をした。

「実に結構なお話です。流石はゾーイ様やロジャー様のご友人ですね。ご交友関係も素晴らしい。

それでは式のお日取りは来週の日曜日、お式は十四時から。当方のチャペルとレストランをご利用頂くということで、宜しいでしょうか」

「はい、お願いします。急な話にご対応頂き、感謝します」

「いえいえ、とんでもございません。さて、詳細は当方のウェディング・プランナーと打ち合わせ下さいませ」

支配人は微笑んで立ち上がり、二人に握手を求めた。

続いてソファの隣に座っていた黒服のプランナーが、机の上に分厚いファイルを置き、細々とした説明を始める。

最初に祝別式《しゅくべつ》の流れについての説明があり、司祭と打ち合わせるべきポイントについて、互いにメモを取りながら話し合った。

それが終わると、パーティに招くゲストの数と宿泊客の有無についての確認があり、パーティの進行と演出プラン、司会やカメラマンの手配について、料理や飲み物の種類とランク、様々なオプションプランについての説明があった。さらに衣装の選択から控え室や着替え室の準備について、ヘアメイクの手配の有無、テーブルフラワーや飾り付けのテーマ、BGMからチェアカバーの種類に至るまで、決めるべきことが山のようにある。

二人は一つずつ、それらを選んでは決めていった。

音響や照明については最高ランクのものを予約しておき、ゾーイとの打ち合わせ後に、再調整することにした。

続いては衣装合わせである。ビルの衣装はレンタルと決まり、一同がレンタルショップへ移動する。

衣装選びは当然、エリザベートに一任された。

すると彼女は、光沢のある深いラピスブルーのショートフロックコートに、上品なストライプのあるパンツ、白いベスト、ネイビーブルーのタイを選んでいき、たちまち正統派タキシードスタイルのコーディネートを完成させた。

ビルが試着してみると、少しシェイプのあるシルエットが、測ったように身体にピッタリである。

しきりに感心しているプランナーと共に、次はホテルに併設されたウェディング・ショップへ移動する。そこには純白のドレスばかりが数百着と並んでいた。

ビルが眩暈《めまい》を感じていると、ショップの女性店員が話しかけてきた。

「花婿さんはロビーでお待ち頂いて結構ですよ。花嫁姿を見るのは、当日のお楽しみでございますから」

「そうさせてもらおう。時間が結構かかりそうだから、一休みしておくか」

「そうですわね。大抵は三、四時間ばかりかかりますので」

店員が澄ました顔で答える。

「待っててね、ビル。私は三十分で決めるから」

エリザベートはプランナーを伴い、勇ましく店内へ入って行った。

ビルがロビーで珈琲《コーヒー》を飲み、疲れた目と頭を休めていると、かっきり三十分後にエリザベートとプランナーがやって来た。

「もう決まったのかい？」

「ええ」

「えっと、後は何が必要だ？」

ビルがプランナーに訊《たず》ねる。

「お後は結婚指輪とアクセサリー、リングピロー、ブーケ、ブートニア等の打ち合わせでございますね。それらが終わりましたら、最終お見積もりをお出しし、当日までのスケジュールをご確認頂いて、ご契約のサインとなります」

「もう目が回りそうだ」

「早く決めて、招待客にホテルの場所や時間を連絡していかないと。午後八時からはゾーイと打ち合わせよ」

エリザベートの言葉に、ビルは気力を振り絞って膝を叩《たた》き、立ち上がった。


何とか全てを終わらせた二人が昼食にありついたのは、午後六時だった。

ハンバーガーを齧《かじ》りながら宿泊先のホテルへ戻り、ゾーイに贈ろうと朝から注文していたフルーツタルトを受け取り、ワインも買う。それらをラッピングしてもらい、リボンのついた紙袋に入れてもらった。

急いで部屋に戻ってシャワーを浴び、エリザベートがメイクを整えていると、ジョージが迎えにやって来る。

三人はジョージの車で、ゾーイの別荘へと向かった。

「二人とも、今日はゆっくり出来たかい？」

ジョージのリップサービスに、後部座席のビルは大袈裟《おおげさ》に首を振った。

「とんでもない。大急ぎで決めなきゃならんことが山積で、頭がパンクしてるよ」

「ジョージこそ、あれから打ち上げは楽しんだ？　私達は途中で帰ったけれど」

エリザベートが後部座席から身を乗り出した。

「いやもう朝まで大騒ぎさ。俺は途中でゾーイを家まで送って、また会場にとんぼ返りしたんだ。ありゃあカオスさ」

「ゾーイは最後まで楽しんでたかしら」

「終始ご機嫌だったよ。お気に入りのアダムも来たしな」

ジョージは悪戯《いたずら》っぽく笑った。

「アダム？　でも直ぐに帰ったじゃない」

「あの二人は何時もああなんだ。だが、アダムと会った日のゾーイはご機嫌なのさ」

「確かに魅力的な人だったわよね。もしかして、ゾーイの恋人かしら？」

「さぁ。俺の口からは何とも言えん。守秘義務だ」

「二人とも、牧師様に対して不謹慎だぞ」

ビルは軽率に聞こえた二人の言葉を窘《たしな》めた。

ジョージの車は混雑するビーチサイドを通り抜け、ダウンタウンの高層ビル群を突っ切った。

大通りを渡って暫くすると、忽然《こつぜん》とビル街が途切れ、前方にこんもりとしたマングローブの木立が現れる。地中海スタイルの豪邸が建ち並ぶ、コーラルゲーブルズ市に到着したのだ。

ゆったりした歩道に椰子《やし》の木が揺れ、街路樹や庭園の木々の間から、白やコーラルピンク、チーズ色をしたスタッコ壁や、赤やオレンジの煉瓦《れんが》屋根が見えている。

住宅街の周囲には運河がひかれて、専用のマリーナも備えられている。

「まるで別天地ね」

エリザベートがうっとりと呟《つぶや》いた。

「ああ、この一帯はフロリダのビバリーヒルズとも呼ばれてるんだ。少し先にはスタローンやマドンナの別荘も、かつてはあったりしてな」

凝ったレンガのアプローチやエレガントな門構えのある豪邸が並ぶ通りを十分余り走っただろうか。

青々とした芝生の前で、ジョージは車を停めた。

丸型アーチのある出入り口に門扉がつけられ、門の奥には玄関へ続くカーブのあるアプローチと、広いパティオが見えている。

「着いたぞ。ここがゾーイの別荘だ」

三人は車を降り、門の横にあるインターホンを押した。

暫《しばら》く待ったが返答がない。

ジョージは携帯電話でゾーイを呼んだ。が、彼女は電話にも出ない。

「弱ったな」

「執事やメイドは家にいないのか？」

ビルが訊ねる。

「いないようだな。普段ならマネージャがいるが、奴も休暇中だ」

「ゾーイったら、私達との約束忘れちゃったのかしら」

エリザベートは門扉に手をかけ、背伸びをすると、建物の二階を指さした。

「ほら見て。あそこ、明かりが点《つ》いてるわ」

「どこだ？」

「小さな煙突の下よ」

「あの場所はリビングだ。彼女は家にいるらしい」

「転《うた》た寝でもしてるのかしら」

「ハードなツアーだったから無理もないか。近くに別荘の管理人がいるから、鍵《かぎ》を借りられるか連絡してみよう」

ジョージは管理人に電話をかけ、暫く話し込んだ後、肩を竦《すく》めて振り返った。

「事情は話したよ。俺と俺の友人がアポイントの時間に来たのに、ゾーイが起きて来ないんだ、ってな。別荘の鍵を貸してくれと頼んだら、自分が鍵を開けるから、迎えに来いと言うことだ」

「仕方ないわ。行きましょう」

エリザベートは二つ返事で頷《うなず》いた。

「私はここで待っていていいか？　誰か一人は残った方がいいと思うんだが」

ビルは二人に意見を求めた。

「ああ、そうしてくれ」

「そうね。ゾーイがインターホンに応じたら、すぐ電話して」

ジョージとエリザベートは軽く答えて、車で去った。

エンジン音が遠ざかると、辺りはたちまち静寂に包まれた。

賑《にぎ》やかな二人が居なくなった分、静けさが身にしみる。

通りには人の姿も無ければ、気配も感じない。

フロリダは避寒地だから冬がシーズンで、丁度今は閑散期なのだろう。

ビルはぼんやりと空を見上げた。

暮れなずむ空は幻想的な藍色《あいいろ》に染まっている。

星も無く雲も無く、何の動きもない空だ。

まるで一人きりで時の止まった世界に取り残された心地がする。

不意に生温《なまぬる》い風が吹き抜けて、木立をざわつかせた。

人のざわめき声に似た、不気味な響きだ。どこかで聞いた声が紛れているような……。


「示された愛を信じなさい。神はそれをお望みです」


ふと、アダムの言葉を思い出す。じんわりと心が温まり、穏やかな気持ちが血液に乗って全身に広がっていくようだ。

「エリザベートとの結婚は希望の兆し……。そうだな、私はいよいよ結婚するんだ」

思わずビルは独り言を呟いた。

ポツリ、ポツリ。オレンジ色の街灯が点《とも》り、辺りを照らし始める。

藍色の空に浮かび上がる街路樹と古い町並みが、映画のように美しい。

そう思った時だ。

舗道を歩いてくる影に、ビルは気付いた。

長身でしなやかな身のこなしに、褐色の肌。長い黒髪。

アダムだ。

(牧師様が何故、ここに?)

いつの間にか、心臓がドクドクと音を立てていた。

(落ち着け、落ち着け、変に思われるぞ)

その間にも、アダムは一歩一歩近づいてきて、ビルの真横で立ち止まった。

「昨夜《ゆうべ》はどうも」

「こちらこそ、途中で席を立ってしまってすみませんでした、牧師様。部屋が少し暑かったので、風に当たってきたのです。

今夜はゾーイに招かれたのですが、インターホンを押しても彼女が出なくて……」

ビルは緊張しながら、言い訳のような台詞《せりふ》を並べた。

アダムはゾーイの家をじっと見上げ、僅《わず》かに目を細めた。

「明かりはあるので、中にはいるのでしょう。大丈夫、きっと会えますよ。

私はたまたま近くに来たので少し寄ってみたのですが、貴方《あなた》が先約なのですから、今日は帰るとしましょう」

　アダムはくるりと踵《きびす》を返して歩き出した。

（あっ……行ってしまう）

　ビルは思わずその背に声をかけた。

「お、お待ち下さい。牧師様が私にかけた言葉の意味を教えて頂けませんか？」

　アダムは立ち止まり、ゆっくりと振り返った。

「言葉通りの意味です。神が私に貴方に告げろと託した言葉です」

「貴方の言葉を聞いて、私は婚約者と結婚することにしたんです。貴方の言葉は私にとって、まるで天啓のようでした」

　するとアダムは優しく微笑んだ。

「愛について、私はこう考えています。愛を外に求め、貪《むさぼ》ることは虚《むな》しいことです。大切なのは自分の内にある愛を育てることです。

　聖パウロは仰《おつしや》いました。『夫たちよ、キリストが教会を愛し、教会のためにご自分をお与えになって、聖なるものとなさったように、妻を愛しなさい』と。

　もし貴方の心にまだ迷いがあるとしたなら、教会においでなさい。神が貴方に行く道を示して下さるはずです」

　ビルは、意味深いアダムの言葉を噛《か》みしめた。

「仰る通りだと思います。ですが私はカソリックなので、プロテスタントの教会に行くのは少し……」

「私と貴方が、個人と個人で話をするというのなら如何《いかが》ですか？」

アダムはそう言うと、一枚のカードをビルに差し出した。

創世学会　プリーチャー　アダム・ミカズキ

カードにはアダムの住所と連絡先が記されている。

「有り難うございます」

ビルはそれを受け取った。

アダムの指とビルの指が触れ合う。その瞬間、ビリッと電流のようなものが流れるのをビルは感じた。

「いつでも連絡を下さい。貴方の心が揺らいだ時には」

アダムはそう言い残し、去って行った。

その後ろ姿が舗道を横切り、街路樹の間へと姿を消してしまうまで、ビルは身じろぎもせず見送った。

（もっとゆっくり話を聞けば良かった……）

ビルの胸には少しの後悔と戸惑いが残った。何故だかアダムの前では緊張して、ぎこちなくなってしまう。

（どうしたんだ？　私は……）

ビルは小さく苦笑すると、気を取り直し、もう一度インターホンを押してみた。

やはりゾーイの返答はない。

ビルは門扉に凭《もた》れ、エリザベートとジョージを待つことにした。

## 3

ようやくジョージの車が戻って来た。

エリザベートとジョージ、管理人が車から降りてくる。

「どうもお待たせしました。管理人のニック・ドネリーです」

管理人は愛想よくビルに握手を求めた。

「ビル・サスキンスです」

ビルが手を握り返す。

「さて皆さん、お待ち下さいね。すぐに開けますから」

ニックは一同に微笑みかけ、インターホンを鳴らした。

「ゾーイ、私です、ニックです、失礼しますよ」

そう告げるなり、返事も待たずに鍵穴にキーを差し入れる。

オートロックの外れる音がして門扉が開いた。

先頭のニックが歩く度にセンサーライトが点り、アプローチに沿って吊《つ》り下げられた花籠《はなかご》や花咲く灌木《かんぼく》が目に飛び込んで来る。

四人はぞろぞろと噴水のあるパティオを横切り、緩やかな石段を上った。

ダークウッドの重厚な玄関ドアをノックする。

やはり返答はない。

「こんな事って、良くあるんですか？」

エリザベートは、電子鍵《かぎ》を開けるニックの背中に向かって訊《たず》ねた。

「一昔前はしょっちゅうでしたよ。薬で飛んじゃってね。でも最近はなかったなあ」

ニックが首を傾げながら答える。

その途端、ジョージの顔が厳しくなった。

一同はひんやりとしたエントランスホールに足を踏み入れた。

ニックが照明スイッチを押すと、吹き抜けの天井から垂れ下がったロートアイアンのシャンデリアが光を放ち、アーチ窓や観葉植物、大きな鏡、赤と金糸のブロケード張り家具などを照らし出す。

「リビングは二階です。こちらへ」

穏やかに言ったニックの声を遮り、ジョージはビルとエリザベートを振り返った。

「ここから先は、俺とニックが行く。ビル達はここで待っていてくれ」

言うが早いか、ジョージは奥にある階段を駆け上がった。ニックもその後を追う。

「おい待て、ゾーイに招かれたのは私達だぞ」

ビルもそう言いながら、階段に足をかけた。

するとエリザベートが、ビルの腕を引き止めた。

「ねえ。ジョージの言う通り、暫《しばら》くここで待たない？」

「どうしてだ？」

ビルは不思議そうに問い返した。

「もし仮に、仮によ、ゾーイが薬のスリップを起こしてたらどうする？　ゾーイの立場になってみたら、みっともない姿をファンに見られたくないかも……」

「もし彼女が酩酊《めいてい》してたり、倒れていたりするなら尚《なお》のこと、行って介抱してやるべきだ」

ビルはエリザベートの手を振り切り、階段を駆け上がった。

「待って、ビル。介抱なら私も得意よ」

エリザベートもビルの後を追う。

二人が二階にあがると、正面にある観音開きの扉が薄く開いていた。

「明かりの位置からみて、あそこがリビングね」

エリザベートが言った瞬間、その扉が内側から大きく開き、血相を変えたジョージとニックが飛び出してきた。

「俺は寝室を探す」

「では、私はバスルームの方を」

二人はそう言い合いながら、廊下を別方向に駆けていく。

残されたビルとエリザベートの目の前には、開け放たれたリビングがあった。

絨毯《じゅうたん》敷きの広い部屋の左手に大きな暖炉があり、カウチソファのセットが置かれている。

ソファや床の上にはプレゼントの山が積まれ、ローテーブルの上には飲みかけのワインとグラス、クラッカーの皿、キャンドルなどが残されている。

ソファの向こうには、八人掛けのテーブルセットが置かれ、椅子の上にはガウンらしき薄衣《うすぎぬ》が、蝉の抜け殻のようにかかっていた。

そのすぐ近くの床には、脱ぎ捨てられた下着が見えている。

テーブルの奥にはグランドピアノ。そして外から見えたアーチ窓があった。

「ゾーイはいないようね」

エリザベートはリビングを見回して言った。

「いや、左奥にまだ続き間があるようだ」

ビルは大股《おおまた》で部屋の奥へと歩いていった。

続き間に見えたものは、どうやらキッチンらしかった。

下部が収納棚になった巨大水槽が、部屋の間仕切りになっている。アロワナの周囲をカラフルな熱帯魚が群れて泳ぎ回り、藻が揺れていた。

ピカピカしたキッチンを覗《のぞ》き込むと、冷蔵庫やパントリーが半開きになっていた。二人がゾーイを探した跡だろう。

(やはりここにはいないか……)

引き返そうとしたビルの足元で、ぐしゃ、という感触がした。

慌てて足を上げ、視線を落とすと、カーペットが濡《ぬ》れている。

(水槽の水漏れか。あんな大きなアロワナがいたら、さぞ跳ねるだろう)

そう思った時、ビルの脳裏に、じんわりと違和感が広がった。

(待てよ、何かがおかしい)

わんわんと頭の中に危険警報が鳴り響く。

(アロワナ？　いや、あれは本当にアロワナだったか……？)

ビルはぎこちなく視線を持ち上げた。

白い収納棚の上に作り付けられた、幅三メートルもの水槽に目を向ける。

たっぷりと湛《たた》えられた水の中に揺蕩《たゆた》う水藻。

目を凝らして見ると、それは藻ではなかった。

……髪？

そうだ、ブルネットの長い髪だ。

縺《もつ》れる髪の合間から、ブルーライトを浴びて輝く白い肌と、ノーティカルスターのタトゥーが垣間《かいま》見えている。

小さなさざ波が寄せては返し、水面が複雑な模様を描いている。

蠟《ろう》細工の作り物めいた小さな顔や肩、軽く曲げられた手足。その至る所には、赤や青、黄色、桜色、淡緑、ネオン色、斑点《はんてん》に縞《しま》、まだら模様、色とりどりの魚達が群がって、肌を突《つつ》いていた。

見開かれた眼球は、まだガラス玉のように澄んでいる。

半開きの口からは、八分音符のような小魚が一つ、二つと出入りしていた。

吐き気がするほどグロテスクで残酷な光景なのに、目が奪われる。

鮮烈に美しい、と心の何処かが叫んでいた。

私の歌の精霊は、人魚のような姿をしているの
ほら、ローレライの伝説ってあるでしょう?

ライン川を航行する舟に歌いかける美しい人魚たちの話よ
ゾーイに聞いた話が頭を駆け巡る。じんじんと脳の芯《しん》が痺《しび》れてくる。

その時だ。

「キャ――ッ！」

絹を裂くようなエリザベートの悲鳴が辺りに谺《こだま》した。

抱え持っていた紙袋がバサリ、と床に落ちる。

悲鳴を聞いたジョージとニックも、リビングに駆け込んでくる。

「なんて……ことだ……」

ジョージは絶句し、両手で顔を覆って天を仰いだ。

管理人は力なく水槽に取りすがり、声をつまらせ泣き出した。

「け、警察を……」

ビルの上擦った声に、ジョージが携帯電話を取りだした。

## 4

真っ先に駆けつけてきたのはゾーイのマネージャ、ロジャーであった。

少し遅れて主治医のチェイス医師と、コーラルゲーブルズ市警の警官二名が到着する。

若い警官は、不可解なゾーイの死に青ざめながらも、現場の写真を撮り始めた。

年かさの方の警官は検死局に一報した後、一同に事情聴取を開始した。

「まずこちらの女性は、ゾーイ・ズーに間違いありませんね」

「はい……」

マネージャが力なく答える。

「私は彼女のマネージャで、ロジャー・ベリーといいます」

「成る程、ではベリー君。ゾーイ・ズーは本名ですか？　年齢は？」

「彼女の本名はゾーイ・ジンデル。二十九歳です」

「して、今呼び出ししている所です」

「彼女は未婚で、両親も死亡しており、兄弟もいません。代理人のエージェントがおりまして、今呼び出ししている所です」

「ふむふむ。さて、生前最後に彼女と会われたのは？」

警官が一同を見回すと、ジョージが挙手をした。

「ボディガードの自分と、ロジャーです」

「君がボディガードね。名前は」

「ジョージ・キャロルです」

「ではキャロル君、最後に彼女を見た時のことを話してくれ」

「今朝の三時頃でしょうか。昨夜《ゆうべ》から続いていた打ち上げが一段落したところで、俺とロジャーが彼女を家まで送りました」

「それ以降、彼女に会った方や、電話、メールなどで連絡を取った方は？」

警官の問いに、誰もが首を横に振った。

「今朝以降の予定について、話を聞いていた方は？」

「今日の午後八時、ゾーイと会う約束をしていました」

ビルは身分証を翳《かざ》しながら言った。

「FBIの方ですか。約束というと？」

「プライベートな話です。彼女が私とエリザベートの結婚式に出てくれるというので、その話し合いをする約束を」

「そうなんです、私はビルの婚約者です。ビルはジョージの親友で、ゾーイを紹介して頂きました。するとゾーイが結婚式で歌を歌ってくれるというので、その打ち合わせに来てみると、こんなことに……」

エリザベートは声を震わせた。

「発見者ということですね」

「はい……。午後八時前にジョージにここへ連れてきて貰《もら》ったのですが、インターホンに
返事がなかったので、管理人のニックさんを呼んで玄関の鍵《かぎ》を開けてもらいました」

「ではニックさん、貴方《あなた》は管理人ということですが、最近、こちらに異常などは？」

警官はニックを振り向き、訊《たず》ねた。

「いえ……。私は彼女が全国を飛び回っている間、留守の家を守るのが仕事でして、ゾー
イがこっちにいる間は、言われた時に雑用をしているだけですんで」

「今日の昼間、こちらには来られなかった？」

「来てません」

「この家に、家政婦などは？」

「まだ呼ぶようにとは、言われてませんでした」

「では、この家の監視カメラは？」

「玄関に一つ、庭と裏庭に一つずつ、あとはインターホンに録画機能があります」

「カメラの映像を拝見しても？　あと、家の戸締まりを確認したいのですが」

「分かりました。こちらへどうぞ」

ニックは警官を伴い、部屋を出て行った。

一同が無言で二人を待っていると、五十がらみの目つきの鋭い男がやって来た。

「私はダドリー・ウッドワード。ゾーイ・ズーのアーティスト・エージェントで、弁護士でもあります」

男はそれだけ言うとゾーイの遺体に向かって十字を切り、暫《しばら》く黙禱《もくとう》した後、顔色も変えずに皆に向き直った。

「ロジャー、ドクター、皆さん、到着が遅れたことをお詫《わ》びします。そして何より、この度の有り得べからざる悲劇を極めて残念に思っております」

ウッドワードは芝居がかった口調で言うと、冷たい目で一同を見回した。

「国民的スターの若すぎる死は、社会にも様々な影響を及ぼし得る、極めてデリケートな問題をはらんでおります。

シンプルな話、彼女の死がマスコミ等にスキャンダラスに書き立てられることのないよう、その名誉をお守りする義務が、私にはございます。

さて、表のパトカーに気付いた住民が少しずつ騒ぎ始めています。マスコミが嗅《か》ぎつけるのも時間の問題でしょう。

そこで皆さんに注意があります。皆さんにはマスコミに対し、不用意な発言をなさらないよう、くれぐれもお願い致します。彼らに何か訊《き》かれても、何も答えないで下さい。ひとこと話せば、言葉に尾鰭《おひれ》をつけて話題にされてしまいますし、更なるコメントを求めてつけ回されてしまいます。心ない噂や作り話が、山のようにでっち上げられるかも知れません。

勿論《もちろん》、今日のことをSNS等に投稿するのもお控え下さい。

そして今後の対策としましては、なるべく早く公式見解を発表したいと考えます。検死が終わったタイミングが望ましいでしょう。

少なくともそれまでの間、沈黙を守り、発言をお控え下さい。それがゾーイの尊厳を守り、皆さんの安全をお守りすることになります」

ウッドワードは有無を言わさぬ命令口調で言った。

彼の言葉に異を唱える者はいなかった。

「ああ、そこの君」

次にウッドワードは、若い警官に声をかけた。

「コーラルゲーブルズ市警としては、事件性は高いと考えているのかね？」

「い、いいえ、自分には事件、自殺、事故のいずれとも判断できません」

警官が硬い口調で答える。

すると、マネージャのロジャーが口を開いた。

「自殺なんて、とても考えられません。彼女は今回のツアーの大成功で、もっといい歌を作りたいと、意欲に燃えていました。今朝だって、今後の活動のアイデアなんかを話していたんです。自殺は絶対にありません。

かといって、事故というのもあり得ないでしょう。あの水槽は、足を滑らせて落ちるような場所ではありませんから」

「それでは他殺だと？　心当たりがおありですか？　金銭トラブルや対人関係のトラブルがあったとか？」

若い警官が訊ねる。

「そういったトラブルはないんです。でも、たちの悪いストーカーなら何人かいました。実際、コンサートの最終日には、ゾーイに自分の好きな歌を歌わせようとした、爆弾犯がいたぐらいですから」

「爆弾犯とは？　詳しく話して下さい」

若い警官がメモを取る。

ロジャーはコンサートでの爆弾騒ぎについて話をした。

「この状況を見るに、やはり自殺と考える方が自然では？　ゾーイは情緒不安定な所がありましたから、明け方には上機嫌でも、急に気分が落ち込んで……という可能性も否定はできませんな」

そう発言したのは、主治医のチェイスだ。

「精神的に危険な状態だったということですか？」

警官が問い返す。

「まあ、そうですね。彼女はオキシコンチン依存に苦しんでいましたから」

「オキシコンチンですか。詳しく話して下さい」

警官がメモを構えたのを、ウッドワードが咳払《せきばら》いをして制した。

「ドクター、憶測で物を言うのは控えて頂きたいものです。彼女は依存症を克服していました。遺体から薬物が出たというなら、話は別ですが」

「だがこの現場を見れば、誰しもがオーバードーズを疑うだろう」

チェイス医師は腕組みをし、顰《しか》め面をした。

その時だ。監視カメラをチェックしていた警官とニックが部屋に戻ってきた。

「玄関と裏庭のカメラをざっとチェックしたところ、人の出入りは一切、確認できなかった。玄関ドアにも異常はなく、裏口も施錠されていた。窓なども破られていない」

「つまり侵入者はいなかったんです。他殺の可能性は低いってことです」

警官の発言に、ニックが横から付け加えた。

「それはまだ断言できないがな。もうじき検死局が来る」

警官は渋い顔で腕時計を見た。

「私共としては検死結果が出次第、早急にマスコミ発表を行いたいのです」

ウッドワードはそう言いながら、警官に名刺を差し出した。

「マスコミ対策ですか」

「ええ、私はそのプロです」

「ここは互いの協力が必要らしいですね」

警官とウッドワードは合意した様子だ。

そうして間もなく検死局がやって来た。

ゾーイの遺体が水から引き上げられ、シーツに包まれて運び出されていく。

「これより現場を立ち入り禁止とします。関係者は署までご同行願いたい」

警官の一声で、一同は車に分乗して移動を開始した。

住宅街を抜けた所に、教会や学校、銀行、領事館、高級車販売店などが建ち並ぶエリアがある。そこに佇むサンドベージュ色の建物が市警であった。

全員が広い会議室に集められ、待機を命じられる。

扉の前には警官が二名、仁王《におう》立ちをしていた。

そうして時々、その扉が開いては、誰かが事情聴取に呼び出されていく。

誰もが殆《ほとん》ど口も利かず、時間だけがゆっくりと過ぎていく。皆、思い思いの姿勢で仮眠を取ったり起きたりを繰り返していた。

ビルの名が呼ばれたのは最後から二番目で、午前三時過ぎのことだった。

取調べ室に移動し、警官に向かい合う。

「ええと、貴方はビル・サスキンスさんですね」

警官はメモを捲《めく》りながらそう言った後、欠伸《あくび》を堪《こら》えた。

「はい」と、ビルが身分証を提示する。

「貴方《あなた》は午後八時にゾーイさんと会う約束があり、キャロル氏、モーリエさんと三人で彼女の家に行った。インターホンを鳴らしても返事がなく、管理人を呼び、四人で家に入った。ここまでに間違いはありませんか？」

「間違いありません」

「キャロル氏と管理人は、貴方とモーリエさんを階下に残して先に二階へ行き、貴方は遅れて二階へあがった。間違いありませんか？」

「間違いありません」

「貴方が先の二人から遅れたのは、何故ですか？」

「ジョージ……いえ、キャロル氏が、階下で待っていろと言ったからです」

「ゾーイさんの関係者ではないからですか？」

「キャロル氏はそう判断したのだと思います。確かに、私は関係者ではありません」

「以前にゾーイさんと会ったことは？」

「前日のコンサートに行ったのが初めてで、コンサートの後、ジョ……キャロル氏に案内されて打ち上げパーティ会場の「マイアミナイト」というクラブで直接、彼女に会いました」

「それが初対面でしたか？」

「ええ」

「その時、家に来いと誘われましたか？」

「そうです」

「ご協力有り難うございます。訊《き》きたいことはそれだけです」

警官がアッサリそう言ったので、ビルは目を瞬《しばたた》いた。

「もう宜《よろ》しいのでしょうか」

「又、訊きたいことがあれば連絡しますので、こちらにご住所を」

そう言われ、ビルは自宅の住所と宿泊しているホテルの名前、携帯番号を書いた。

「いつワシントンへ帰るんです？」

「明日の午後五時の便でマイアミを発《た》つ予定です」

「それまではなるべく目立たず、大人しくお過ごし下さい。マスコミに嗅《か》ぎつけられませんように。そして正式な警察発表があるまで、この事件のことは口外なさらず、SNS等での発言もお控え下さい」

「ええ、そのつもりです」

「誓約書にサインを」

警官が差し出してきた書類に、ビルはサインを書いた。

「結構です。最後にモーリエさんの取調べが終わったら、お二人はホテルへ帰って下さって構いません」

「……分かりました」

ビルは十分とかからず取調べ室を出た。

会議室で待っていると、エリザベートも十分程度で戻って来る。

そうしてパトカーが二人をホテルまで、送り届けてくれたのだった。

＊　＊　＊

一方、ゾーイの遺体は、フロリダ検死局に運び込まれていた。

ベテラン監察医のベンジャミン・ファウラーは、ステンレスの解剖台に横たえられた彼女の顔、首、胸、上腕、爪先《つまさき》、腹部を順番に観察し、体温を測り、硬直具合を確認すると、さらに皮内出血や損傷の有無、注射痕《こん》など、僅《わず》かな異変がないか、チェックしていった。

死斑《しはん》は認められず、肌は抜けるように白い。手掌《しゅしょう》は白変しているが、漂母皮《ひょうぼひ》（皺《しわ》）は僅かである。

顎《あご》に硬直があり、腹部には微《かす》かな淡青藍《たんせいらん》色が確認できた。胃酸や消化液が、胃腸そのものを消化し始めた証拠である。

遺体に大きな損傷はなかったが、右の掌《てのひら》にある浅い切り傷の傷口がふやけ、ささくれている。

死亡推定時刻は三、四時間前だろう。

次に重要なポイントは、死因が溺死《できし》か否かの鑑定である。

溺死とは、気道内に液体が浸入して気道を閉塞《へいそく》することによる窒息死だ。通常は自殺、災害、偶発事故の例が多いが、他殺のケースもある。また、他殺後に死体を水中に捨てて溺死に見せかけるケースもあるので、それらを鑑別しなくてはならない。

溺死の過程においては、血中二酸化炭素の蓄積によって呼吸中枢が刺激されて水を吸引し、気管の中を水が激しく出入りする。このため、気道の粘膜、空気、水が攪拌《かくはん》されて押し出され、鼻孔や口腔《こうこう》から泡沫《ほうまつ》を漏らす。

従って、この泡が確認されれば、溺死の有力な根拠となるのだが、外景所見で泡沫は認められなかった。

ファウラーは助手を呼び、遺体をCTにかけるよう命じた。

死後CTは全身の出血箇所や臓器異常の発見に有用で、とりわけ脳出血の判断に最適である。

僅か十分ほどで撮影が終わり、遺体が戻って来る。

ファウラーは画像診断を部下に任せ、メスを手に取った。

遺体の首の部分をV字に切開し、そこから胴体の中央を真っ直ぐ切り開く。肋骨《ろっこつ》を鋏《はさみ》で切断し、胸部を一気に開いて胸腔内を目視する。

すると両肺が心膜の前で近接し、重なるほどの膨張が確認された。肺表面にも赤褐色の大理石紋が認められる。肺内空気が末端に押しやられて肺の容積が増大し、肺胞壁の破綻《はたん》による出血があった結果だ。溺死が強く疑われる。

さらに肺にメスを入れ、その中を満たす水に注目する。

水中で呼吸を求めて藻掻《もが》きながら死に至る場合、肺の中の水は吸気と呼気によって激しく攪拌されて泡立つ筈《はず》だ。この場合、泡立ちは認められるが極端に少ない。

こういう場合に考えられるのは、この人物が水中に入った時、偶々《たまたま》、内因性の疾患が生じて意識を失い、静かな溺死に至ったというケースである。

続いて腹腔にメスを入れ、肝臓、胃腸などを丁寧に視触診していったが、異常な変色や損傷は認められない。

また裸の女性の変死体の場合、性器の精査も重要となる。だが、その部分にも異常は認められなかった。

胃の内容物は殆どない。

今回は溺死に至る死因として、薬物や睡眠薬等の過剰摂取が疑われることから、血液の薬毒物検査や消化器の精査も必要である。

監察医は遺体から臓器を取り出し、重さを量ってはホルマリンに漬けていった。病理組織標本にして顕微鏡で精査する為である。

彼らの作業は、夜を徹して続けられた。

# 5

ホテルに戻った二人は、疲れた身体をベッドに横たえた。

そのまま眠りに落ちたビルは、エリザベートの声で目を覚ました。

「テレビを見て、ビル。速報が出たわ」

目を擦《こす》って身体を起こし、ぼんやりテレビを見る。

画面に表示された時刻は午前十一時。時計の隣には、緊急テロップが点滅していた。

『歌手で音楽家のゾーイ・ズーさん（二十九歳）が心臓麻痺《まひ》で急死。フロリダの自宅で。午後から警察発表の見通し』

「自宅で心臓麻痺だって？」

ビルは掠《かす》れた声をあげた。

「そういう事になったみたいね。事実よりはショックが少ない報道だし、事実よりも本当らしく聞こえる」

エリザベートはネットをチェックしながら答えた。

「これがマスコミ対策ってやつか」

ビルは唸《うな》った。

「さっきから、ネットはもの凄《すご》い反響よ。もし事実が報道されてたら、今以上のパニックが起こったのは確実でしょうね」

エリザベートは刻々とネットに広がる発言をビルに見せた。

ゾーイが死んだなんて嘘でしょ？
OMG！　信じられない！
どうして？　この前、コンサートに行ったばかりなのに
また大スターが薬で逝った！
死因は心臓発作だって？　オーバードーズじゃないのか？

「やはりオーバードーズを疑う声も多いわ」

テレビの各局も、争うようにゾーイの映像を流し始めた。

コメンテーターがゾーイの曲について、人柄について、口々に語り、その背景に新曲のPVが繰り返し流れる。

『当番組では明日、ゾーイ・ズーさんの追悼特集を放映致します。また近々、ベストアルバムも発表される模様です』

コメンテーターの台詞《せりふ》に、エリザベートは大きな溜息《ためいき》を吐いた。

「ウッドワードなんかは今頃、『すごい宣伝効果だ』なんて、喜んでるんじゃない？　ねえ、知ってる？　マイケル・ジャクソンが死後に稼いだお金は、四十億ドルにもなるんですって。死後ビジネスって凄いのね」

「嫌な言い方をするな」

ビルが軽く咎《とが》めると、エリザベートは拳《こぶし》を握って頭を抱えた。

「ごめんなさい。苛々《いらいら》してるの。私、自分に腹が立ってるのよ」

「腹が立つ？　どうして？」

「だって偉そうにゾーイのファンだなんて言ってた癖に、彼女の異変に何も気付かなかった。今でも彼女がどうしてあんな風に死んだのか、全然分からないの」

「相手はスターなんだ。分からなくても仕方ないさ……」

ビルが慰めの声を掛けた時だ。携帯が鳴った。発信人はジョージだ。

『俺だ、ジョージだ。ようやく警察を出た。ニュースを見たか？』

「ああ。心臓発作の発表には驚いた」

『社会への影響を鑑《かんが》み、市民を不安にさせないための情報規制、ってやつさ。お前達の名前も、マスコミには一切、出ないだろう。結婚を控えてる身で、おかしなゴシップにお前達が巻き込まれたら大変だからな』

ジョージの言葉に、ビルは眉《まゆ》を顰《ひそ》めた。

（こんな状況で結婚……できるのか？）

「そ、そんな事よりジョージ、実際の捜査状況はどうなってるんだ？」

『直接の死因は溺死、原因は溺水《できすい》吸引による窒息死で決定だそうだ。体内から薬物毒物、アルコールの反応は一切、出なかった』

「薬でもアルコールでもなかったのか？」

『ああ。それを聞いたエージェントやプロモーターのお歴々はホッとしてたぜ』

ジョージの声は皮肉めいていた。

「けど、薬でもないのに、一体、なんであんな死に方を？」

『サッパリ分からん。だが、お前も見た通り、室内に争ったような形跡はなかったし、監視カメラの映像を調べても怪しい人物の出入りは一切なかった。

検死結果にも不審な点は無し。従って不慮の事故死で、事件性無し。これで捜査は終了となりそうだ。詳しい病理検査は、まだ続けるそうだがな』

「あれが事件性なしとは……」

『ビル、こんな事になっちまって、何といっていいか、悪かったな。エリザベートもショックを受けただろう』

「いや、こっちのことは気にするな。彼女の近くにいたお前の方が大変だろう」

『ああ、俺はボディガードとして、彼女を守り切れなかった。心から悔やんでいるよ』

「ジョージ。私にできることがあれば、何でも言ってくれ」

『有り難う、ビル。ではまた連絡する』

――この不可解なゾーイの死が、一連の事件の一つに過ぎないことを、まだ誰も知らなかった。

## 6

ワティ・ホースは、エバーグレーズ内の保護区に暮らすネイティブ・アメリカンの青年である。

今日も彼は二名の客を乗せてモーターボートを操り、釣り場を目指していた。

客の狙いは、ルアーフィッシングの好敵手ともいわれる、スヌークという魚だ。

スヌークはマングローブ帯から淡水域を好んで生息している。

エバーグレーズの水路の多くは五十センチ程度の深さしかなく、流れも緩やかだが、とにかく広大過ぎることと、延々と同じような光景が続くことが厄介で、慣れた案内人がいなければ道に迷う者も少なくない。

そんな客達を守りながら、ヒットポイントまで案内するのがワティの仕事だ。

ワティが狙った場所にボートを停めると、客達はいそいそと竿《さお》を振り始めた。

付近には同様の釣り船が四、五艘《そう》浮かんでいる。そのどれもがワティの船より二回りばかりも大きい。

(俺も立派な船が欲しいなあ)

ワティはぼんやりそんな事を思った。

辺りには野鳥の声が響き、付近の水面にはワニが顔を出している。

この辺りのワニが人間を襲うことは滅多《めった》にないが、ワティは一応、ブルーシートの下にあるライフルを確認した。

「おっ、当たったぞ！」

一人の客が叫んだ。グレンという男だ。

フッキングされたスヌークが跳ね上がり、水面を尾びれで歩くようにウォークする。そして再び水に潜り、じりじりと粘り強く抵抗する。

たっぷり時間をかけて釣り上げたスヌークは、体長四十センチ強の中型だ。

「写真を撮りますか？　撮ったらリリースして下さい」

ワティはお決まりの台詞を言った。ここでは、一日一人一匹、二十八〜三十三インチのもの以外は、オールリリースと決まっている。

「まだまだだな、グレン」

もう一人の客であるベーコンは、肩で笑って竿を振った。

そうして二人は二時間余り竿を振っていたが、釣れたのは僅《わず》か三匹で、小物ばかりだ。

ベーコンに至っては、まだ一匹も釣り上げていない。

少し離れた船では大物が釣れたらしく、賑《にぎ》やかな嬌声《きょうせい》が風に乗って聞こえてくる。

「ここは五月蠅《うるさ》過ぎるんじゃないか？　折角あんたを雇ったんだから、もっといい釣り場に案内してくれよ」

苛立《いらだ》ったベーコンが、とうとう文句を言い出した。

「ワティ、穴場みたいな場所はないのか？　ほらこの通り、チップははずむから」

グレンが五十ドル札をちらつかせる。

穴場に心当たりはないが、ひとまず静かな場所へ移動しようとワティは思った。魚影が見えたら、そこでボートを停めればいいだろう。

「分かりました。では移動します」

ワティはボートのエンジンをかけた。

魚が潜んでいそうな、草木の陰が濃い場所に向かってボートを走らせる。マングローブの茂みを掻《か》き分けるようにして、二十分は進んだだろうか。

ゴンッ、ガガガ
急な衝撃がボートを襲い、船体がぐらりと揺れた。

「うおっ！」

「な、何なんだ」

グレンとベーコンは血相を変えて、ボートの縁《へり》に摑《つか》まった。

がくんとボートが失速する。スクリューが空回りする感覚があった。

「すいません。スクリューにゴミが絡まったようです」

ワティは冷静に答えると、エンジンを一旦《いったん》切って、ギアをバックに入れた。

植物の蔓《つる》や木切れ、観光客の落としたゴミ袋などがスクリューに絡まることは日常茶飯事だ。そんな時はギアを少し逆回転させれば、自然に離れることも多い。

ワティは再びエンジンをかけた。だが、異音は前より大きくなってしまった。

「一寸《ちょっと》船底を見て来ます。すぐ済みますんで」

ワティはナイフを片手に、ボートを降りた。

バシャッ
水しぶきが跳ねる。水深はワティの腰ぐらいだ。

その時、ワティの目はボートの下にある影のような物体を捉《とら》えた。

（ん？　何だろう？）

訝《いぶか》りながら、スクリューの側に腰を落とし、水の中で目を開く。

その目の前に忽然《こつぜん》と、男の顔が現れた。

ただの男じゃない。

皮膚はぶよぶよとふやけ、目玉は飛び出し、頭髪は半ば抜け落ちた男だ。それが大きく口を開け、絶叫した顔のまま息絶えている。

「う、うわあーっ！」

ワティは大きな悲鳴をあげ、二、三歩後ずさった。足元が絡まって、尻《しり》から水に落ちる。

すると再び彼の視界に、男の死体が飛び込んで来た。

男の上半身は裸で、ズボンを穿《は》いている。白人だ。そのズボンの裾《すそ》がスクリューに巻き付いて、太股《ふともも》の肉がこそげ取られている。

ワティはあっぷあっぷと水を手でかきながら、立ち上がった。

「おおい、どうした？」

グレンとベーコンが、ボートから身を乗り出して訊《たず》ねてくる。

「ボートの下に死体が」

そう言いかけたワティの声は、激しい水音にかき消された。

ザバアッ
水柱が垂直にふきあがり、太いワニの尾が水面から現れる。

次の瞬間、ワニは大口を開きながら、ボートに体当たりを食らわせた。

全長二メートルはあろうかというワニの力で、ボートはもんどりを打って横転した。

「うわあっ！」

グレンとベーコンが水中に投げ出される。

シュ――ッ、シュ――ッ

大気が震える。ワニが威嚇音を発しているのだ。

慌てたグレンは腰を抜かしたらしく、溺《おぼ》れそうになっている。

ベーコンは蛇に睨《にら》まれた蛙のように凍り付いている。

（こ、このままでは全員やられる……！）

ワティは決死の思いでボートから滑り落ちたブルーシートを掴み寄せ、ライフルを持って構えた。

一発、二発、三発。

続けざまに撃った弾は水中に逸《そ》れ、皮膚に弾《はじ》かれる。

（当たれ！　当たれ！）

ワニの弱点は目だ。当たれとひたすら心で叫び、ワティは撃ち続けた。

すると突然、ワニが低い声をあげ、身体をくねらせながら逃げていった。

なんとか弾が当たったらしい。

「は、早く、水から上がって下さい！」

ワティは大声で叫んだ。

ベーコンはハッと我に返ると、グレンの肩を抱き、マングローブの根を掴んで、二人の身体を水から引き上げた。

ワティは横転したボートを起こして無線を取り出し、本部に連絡を入れた。

「緊急連絡、緊急連絡、こちらワティ・ホース。至急、救助を願います。

白人男性の水死体を発見。付近にワニがいて、とても引き上げられません。こちらのボートも壊れて動けません。誰か、早く助けに来て下さい！」

＊＊＊

連絡を受けて駆けつけたアラン・マニオン刑事は、引き上げられた遺体を険しい顔で眺めた。

手足の皮膚は袋状に剝離《はくり》し始め、頭髪はまばらに抜け落ちている。

刑事は息を止めて死体の側に座り、ぐっと胸を押した。

口から水と体液が吐き出される。それは生前に水を吸い込んでいたという証《あかし》だ。他の場所で殺した死体を、何者かが水中に遺棄したという訳ではないようだ。

刑事事件の可能性が低くなり、アランは少し安堵《あんど》した。

詳しい判断は検死局に委《ゆだ》ねるが、推定死後五日というところだろう。

さらにアランはズボンのポケットに入っていた身分証によって、遺体の身元を確認した。

デイビッド・ボウマン。四十歳。

行方不明者を検索すると、妻から捜索願が出ている。

アラン刑事は検死局へ通報後、デイビッドの家族に連絡を入れた。

# 第三章　結婚式　Wedding Ceremony

## 1

エリザベートと別れ、ワシントンの自宅に戻ったビルは、荷物を置いて一息吐いた。
携帯の電源を入れると、何件ものメールや着信履歴が残っている。
家の電話のメッセージランプも点滅していた。
急な結婚の知らせをした後だから、無理もない。
母からの着信に至っては、なんと七回も記録されている。
ビルは冷蔵庫からビールを取って一口飲むと、母に電話をかけた。
『はい、サスキンスです』
ハスキーな低音が電話に出た。父のジャックだ。ビルの全身が緊張する。
「父さん、久しぶり」
『よう、ビル。とうとうお前が結婚すると聞いて、こっちはお祭り騒ぎだぞ』
ジャックは底抜けに明るい声で応じた。
「まさか酔ってるのかい？」

『ワハハハ、それがどうした。息子の結婚を祝わずにいられる父親が、コロラドじゅうのどこにいるってんだ。いいから、お前も飲め！』

「いいから、父さん。母さんから何度も電話があったんだ。替わってもらえるかな」

『そうか、よしよし、少し待っていろ。おおーい、エミリー！』

ジャックの機嫌のいい声が、今では空恐ろしい。

だが今は、そんな事を考えても仕方がない。

両親は両親、自分は自分だ。そう強く思わなければ、これから先はやっていけない。

ビルは深呼吸をして、母を待った。

『まあ、ビル。ようやく電話をくれたのね。貴方《あなた》ったら、少しも私の電話をかけ直してくれないから、母さん、とっても不安だったのよ』

エミリーも普段通りだ。

「今までマイアミにいて、さっき帰ってきたんだよ。こっちの予定は知らせただろう？」

『そうだったかしら。とにかく貴方、結婚が決まったのは目出度《めでた》いけれど、随分急だったのね。こっちは皆で、てんてこ舞いよ。ご近所の皆も、貴方を祝いたいと仰《おつしや》ってるの。でも、マイアミまでは行けないって。どうして貴方、マイアミで式なんて……。こっちの教会に変更できないの？』

「無理だよ、もう式場を予約したんだ。それも伝えただろう？」

『そうだけど……じゃあ貴方、デンバーでもパーティをするといいわ』

「……まあ、そのうちそっちにも挨拶《あいさつ》に行くよ」

『そのうちっていつ？』

「近いうちだよ」

『ならいいけど。そうそう、それからね……』

止まらない母のお喋《しゃべ》りに、一時間は付き合っただろうか。

ビルはぐったり疲れて電話を切った。

その後も、留守番電話に電話をかけ直し、届いたメールに一件一件、返事を書いていく。

式場であるビルトモアホテルからは、ゾーイの死を悼むメッセージが届いていた。

バチカンのロベルト神父からも、丁寧なメールが届いている。

ビルはたっぷり時間をかけて返信を書いた。

『ロベルト神父様
温かいお心遣いのメールを有り難うございます。

急遽《きゅうきょ》決まった私とエリザベートの結婚式につきましては、ご多忙中にも拘《かか》わらず司式をお引き受け下さり、祝福のお言葉まで頂戴《ちょうだい》しましたこと、心より感謝致します。

神父様のメールにありましたとおり、ゾーイ・ズー氏の死は、私と彼女にとって大きなショックでした。

そして神父様のご指摘どおり、結婚式の日取りを間近に決めたのは、式に参列予定であったゾーイ氏のスケジュールを鑑《かんが》みてのことでした。そのゾーイ氏が急死した際には、正直、このまま結婚していいものかと、戸惑いもありました。

ですが、やはり彼女との結婚は、私自身が決めたことです。エリザベートとの結婚は、私にとって希望の兆しです。示された愛を信じることにします。プロポーズの約束もしっかりと交わしました。

冷たい言い方になってしまいますが、ゾーイ氏のことは、一度会っただけの大スター。私達の式に参加して下さるという嬉《うれ》しい夢を見ただけ。そのように考えています。

式は予定通り、日曜日に執り行います。

ロベルト神父様、平賀神父様には、そろって司祭をお引き受け下さいますよう、改めてお願い致します。

もし宜《よろ》しければ、式の前日から会場となるホテルにご宿泊頂き、少しでもお休み頂ければと思っておりますが、如何《いかが》でしょうか。

私とエリザベートも前日から同ホテルに宿泊の予定ですので、どうぞご遠慮なく。

お二人にお会いできるのを楽しみにしております。

ビル・サスキンス』

＊　＊　＊

翌日出勤したビルは、上司の部屋を回って結婚の報告と挨拶を行った後、建物の片隅にある彼の部署、『テロ再発防止及び予防課』のプレートがかかった扉を開いた。

部屋の中は相変わらず殺風景で、倉庫のようだ。床のあちらこちらに段ボール箱がぞんざいに積まれている。

部屋が広い割には、デスクはたった三つしかない。その一つに着席していた部下のミシェルが、ビルに元気よく挨拶をした。

「課長、お早うございます」

「お早う、ミシェル」

ビルが自分の席にどっかり座ると、デスクの上には山のようなメモが置かれていた。

『結婚おめでとう。ようやく年貢を納める気になったらしいな』

これは以前の部署の同僚、アンガスからだ。

『結婚おめでとう。俺はお前が今月中に決めると信じてたぜ』

これも以前の同僚、ロビンだ。他にも結婚祝いのメッセージが山とある。

ビルは一通り、メモに目を通した。悲しいことに、仕事のメモは一切ない。いくら閑職とはいえ、面目ない話だ。

「なんでこんなに皆、私の結婚のことを知っているんだ」

ビルが呟《つぶや》いた独り言に、部下のミシェルは真ん丸な目を向けた。

「そりゃあ我々はＦＢＩですから、情報が早いのは当然です。そもそも課長の結婚問題は有名で、あの美人と一体いつ結婚するのかと、賭《か》けの対象にもなってましたから」

「賭けだと？」

「はい。ご存知なかったんですか？」

「まさかお前も賭けてたのか？」

ビルがじろりとミシェルを睨《にら》む。

「いえいえ、まさか僕はしませんよ、賭けなんて」

ミシェルはそそくさと立ち上がり、お茶を淹《い》れ始めた。

確かに彼は、賭けには参加していなかった。賭けの参加者に情報を流し、一寸《ちょっと》した小遣い稼ぎをしていただけだ。

どうかバレませんように、と祈る彼の後ろ姿に、ビルが話しかける。

「ミシェル、お前も婚約者がいたな。お前こそ、いつ結婚するんだ？」

「僕の場合は鈴玉《リンユー》にふさわしい家を建てた時が結婚の時期だと、彼女の父親から言われています。だから今、貯金に励んでいるんです」

「ほう……」

「男が新居を用意するのは、中国の常識ですから。課長は新居をどうなさるんです？」

「いずれ今より広い所に引っ越さないと、とは思っているが」

するとミシェルは驚いた顔で振り返った。

「えっ、具体的なプランは決めてないんですか？　新居の間取りをあれこれ考えるのって、楽しいじゃありませんか」

「いや、どちらかといえば面倒だろう」

「乱暴ですね、課長。エリザベートさんは何と仰ってるんです？」

何か言ってたかな？　とビルは考えたが、思い出せなかったので首を横に振った。

「彼女は何も言ってないぞ」

「本当ですか？　デート中に家具屋を見たり、ネットでカタログを見たりもしてないんですか？」

ビルは首を捻《ひね》った。家具のことなど、家を買ったら勝手に付いてくるぐらいにしか考えたことがない。だが言われてみれば、彼女はよく通販カタログを見ている。

「彼女がカタログを見てることはある。あと、前にホテルにあるソファを見て、こういうのが欲しいと言ったことはあったたな」

「そうでしょう、そうでしょう。例えば僕の実家の場合ですと、キッチンや水回りの設計をしたのは母です。家具や照明なんかを決めたのも母です。課長のご実家は？」

「うちも多分そうだ」

ビルは実家のメルヘンチックなカントリー調家具を思い浮かべつつ答えた。

「ですよね。特にキッチンや水回りの設備なんて、男の僕らには使い勝手の善し悪しが分かりませんし。家具や照明にしたって、彼女の好みを反映させませんと。まあ、あれこれ考えてると、どんどん予算が膨らんじゃうのが悩みの種なんですけどね。

とにかく結婚には大金がかかりますが、鈴玉の為なら苦になりません。二人で暮らせる日が待ち遠しいです」

ミシェルは嬉しそうに言った。その笑顔がやけに眩《まぶ》しい。

「彼女を愛してるんだな」

「当然です。鈴玉のような女性は他にいません。髪の匂いから足音まで大好きです。昨日も彼女がお茶を飲む姿を見て、惚《ほ》れ直していたところです。

課長だって、同じじゃありませんか？　一日だって離れていると、寂しくなって、つい彼女の声を聞きたくなるでしょう？」

その言葉に、何故だかドキリと心臓が跳ねた。

（私は……どうなんだ？）

ビルは心に蟠《わだかま》る違和感に気付いた。

エリザベートは特別な女性だ。それは客観的にも確かな事実だ。

それに、彼女にプロポーズをした瞬間も、ビルトモアホテルで式の相談をしていた時も、自分の中には特別な気持ちがあった。

ミシェルのような愛とは少し違うかも知れないが、この先、二人でやっていけるという確信があった。

ミシェルの婚約者も数奇な運命の持ち主だったが、自分とエリザベートがこの先歩む未来も、それと同様か、或《あ》いはもっと険しい山道に違いない。でも二人でそれを乗り越えたいと、あの時は素直に思えたのだ。

ところが帰りの飛行機の中や、空港で別れた時はどうだろう。ドキドキするような喜びも、別れの寂しさも感じなかった。

何もない。無だ。

何故だ？

ワシントンという日常に戻ったせいか？

ショッキングなゾーイの死を目撃してから、気分が沈んでいたからか？

分からない。

分かっているのは、自分の心にまだ僅《わず》かな迷いがあるということだけだ。

一度それに気付いてしまえば、もう見て見ぬ振りはできなかった。

曇りのある心を抱えたまま、式までの日々を過ごすのは嫌だ、とビルは思った。

もう一度、このワシントンで、この日常の中で、エリザベートと会って、気持ちをハッキリさせておきたい。

そうして、マイアミで感じたような確信をもう一度胸に抱けたならば、そうすれば今度こそ、二度と迷うことはないだろう。

ビルは今夜、エリザベートをデートに誘おうと考えた。

そこまでは良かったが、洒落《しゃれ》たデートスポットなど、何も思いつかない。

「ミシェル」

「何ですか？」

「参考までに訊《き》くが、お前は最近、どんなデートをしてるんだ」

「僕は大抵、彼女の家で過ごします。彼女が美味《おい》しい手料理を作ってくれたり、二人でゲームをしたり、あとはチャイナタウンを散策したりですかね」

ミシェルは鼻の下を伸ばした。

（うーむ。ピンと来ないな）

ビルは腕組みをした。

それだと普段の週末と変わらない。やはりデートといえば、海辺のカフェや夜景の見えるレストランがふさわしいに違いない。

ビルは頭の中にある数少ないデータを繰った。

そうだ、確かワシントン・ナショナルズの観戦帰りに寄った、川辺のシーフードレストランがあった筈《はず》だ。

早速、ネットを立ち上げ、恐らくそうだと思われる店に予約を入れる。

エリザベートにもメールを送った。

『今夜、食事に付き合ってくれ。八時にレストランを予約した』

そうして暫《しばら》く経つと『楽しみにしてるわ』と、ハートマークの付いた返信が送られてきた。

仕事帰りに、ビルはエリザベートの家まで車で迎えに行った。

彼女はワシントン郊外の小さなアパートメントに住んでいる。

階段を駆け下りて来た彼女を助手席に乗せ、ビルは南へと車を走らせた。

「平日にデートなんて久しぶりね。誘ってくれて嬉《うれ》しいわ」

エリザベートは微笑んだ後、「トラブルでもあったの？」と、小声で付け加えた。

「そうじゃない。ただ、君とデートしたいと思っただけだ」

「ふうん……」

アナコスティア川のリバーサイドに建つシーフードレストランは、全面がガラス張りで、テラス席もある。

店内は仕事帰りの客で賑《にぎ》わっており、大皿に盛った牡蠣《かき》やロブスターを運ぶボーイが行き交っている。

二人は壁際のテーブル席に着席し、ビールとハウスワインを一本、牡蠣を一ダース、フライド・カラマリとサラダを注文した。

「休暇明けのお仕事の調子はどう？」

乾杯を終えるなり、エリザベートが訊《たず》ねる。

「仕事の方は相変わらずさ。うちの課に、テロ対策予測プログラムが導入されたのは知ってるだろう？」

「ええ、ビッグデータを活用して、次の犯罪予測をするのよね。過去のテロ事件や未遂事件が起こった場所や時間、条件をデータ化して入力することで、事件の起こりやすい一日内の時間や季節ごとの周期、天候や地域経済の条件をAIが見出《みいだ》し、次に事件が起こりやすい場所を割り出すとか何とか。

まるでSFね。そのうち現場に急行するのも、AI警官になったりして」

エリザベートは肩を竦《すく》めて笑った。

「それは決して遠くない未来かもな。実際、ドバイ警察では、ロボット警官を正式採用しているし、ドローンを搭載した自動運転パトカーに、町をパトロールさせる予定でもいるらしい。

アメリカでも、既にAIが警官のパトロールコースを指示しているし、人の不自然な動きや表情を感知するカメラと顔認識システム、犯罪者のデータベースをリンクさせるといった試みも、行われつつある」

「あら凄《すご》い。そうなったら、人間は何をするのかしら」

「AIを正しく動かすには、誰かが事件をデータ化して入力したり、自動的に取り込まれたデータをチェックしたりする必要があるだろう？」

「そうね。それを貴方《あなた》が？」

「他にする事がない日はな。山のような書類をチェックしては入力、チェックしては入力、チェックして、チェックして、チェックして……終わらない悪夢みたいさ」

ビルは大きな溜息《ためいき》を吐いた。

「ほんと、大変そう」

エリザベートは身震いすると、運ばれてきた牡蠣を一つ手に取った。

「勿論《もちろん》、オペレーターが処理するレベルのものもあるが、面倒な案件や極秘案件はうちの課に回ってくるんだ」

ビルも牡蠣を手に取り、レモンを搾った。

「ねえ、思ったんだけど」

そう言いながらエリザベートが搾ったレモンの汁は、ビルの顔目がけて飛んで行った。

「わっ、こら、どこを見てるんだ」

「ごめんなさい。考え事してたら、手元が狂っちゃって」

エリザベートはハンカチをビルに手渡して詫《わ》びた。

「考え事って？」

ビルが目を擦《こす》りながら問い返す。

「AIは事件の類似パターンを割り出して、推理をしてるのよね。そういう犯罪防止システムが、アメリカの各州で導入されてるんでしょう？　じゃあ、調べてみた？」

「何をだ？」

「ゾーイの事件よ」

エリザベートはひっそりと声を落とした。

「いや、あれは事故として処理されたんだ。データにも登録されていないだろう」

「そうか、そうよね。だけどやっぱり……おかしいわよ、あんなの」

エリザベートは下唇を噛《か》んだ。

「君もゾーイのマネージャのように、他殺を疑ってるのか？」

「それは分からない。ただ、彼女の死に顔が頭から離れないの。それにこの店、さっきからゾーイの歌が、BGMにかかってるのよ」

エリザベートはスピーカーを見上げて言った。その目に大粒の涙が浮かび、ぽろりと頬を流れる。

「ごめんなさい、なんか涙が……」

エリザベートは慌ててティッシュで涙を拭《ぬぐ》うと、ゾーイから貰《もら》ったノーティカルスターのペンダントを胸元で握りしめた。

彼女がふと見せるようになった、無防備な涙や笑顔。彼女の仮面の下の素顔。

それがビルの胸をぎゅっと締め付けた。

やはりこの女性を信じたい、そんな思いが胸元にこみ上げる。

「君がそうまで言うなら、一応は調べてみるよ」

ビルは約束した。フロリダ州は犯罪予測システムを早くから導入していて、FBIからもアクセスが可能だ。

「有り難う、ビル。次はもっと明るい話に変えましょう」

エリザベートは微笑み、ワインをぐっと呑《の》んだ。

「そうだな」と、ビルは小さく咳払《せきばら》いをした。

「実は今日、私のデスクに、私達の結婚を祝うメッセージが山ほど届いていた」

「あら、私もよ」

「それでミシェルに言われたんだ。新居のことは考えてるのかと」

「それは貴方の職場の規定どおりでいいわ。貴方がやりやすいようにして」

エリザベートはアッサリと答えた。

「間取りの希望は？」

「ないわね。あと一部屋あれば嬉しいけど、なくても平気かな」

「家具やキッチンのこだわりは？」

「ないわよ。一から家を建てるわけじゃあるまいし。家電や家具はお互い、使ってる物を持ち寄って、不都合があればその都度、買い足せばいいんじゃない？」

エリザベートの答えは、至極現実的だった。その分、この結婚のことも自分のことも、軽んじられている気がしてくる。

「確かにそうだが」

「他にも何か言われたの？」

「まあ、色々な」

「今度は私が質問していいかしら。私、モデル仲間を結婚式に誘ったのよ。マイアミ旅行の招待付きだと言ったら、皆、喜んで受けてくれたわ。

その噂がもう事務所中に知れ渡って、午後一番にキャスティングディレクターから呼び出されたわ。そして、結婚後の家族計画のことを詳しく訊《き》かれたの」

「かっ……それは職場のセクハラだろう」

ビルは焦って、ビールを吹き出しそうになった。

「でも一応は仕事上の質問だし、不愉快じゃなかったわ。ほら、妊娠や出産で太っちゃったりすると、プロフィールや仕事内容も、変えなきゃいけないから」

「それで、君は何と答えたんだ？」

「未定です、って答えるしかなかったわよ。貴方こそ、どんな計画をしてるの？」

「どんな……と言われても……計画とかいうのは、余りしたくない」

「神様に任せるってやつ？」

「まあ……そうなるかな」

「そう。私の質問はそれだけよ」

エリザベートはデキャンタを傾け、グラスにワインをなみなみと注いだ。

「その、私ももう一つ、ミシェルに訊かれたことがあるんだ」

「なあに？」

「その……君は私と離れていると寂しくなって、毎日、声を聞きたくなるか、と」

ビルはそう言いながら、話の途中でエリザベートが「馬鹿じゃないの」と、笑い出すのではないかと思ったが、彼女の返事は予想外だった。

「勿論よ、寂しいわ。毎日、貴方の声を聞きたい」

彼女の甘い声に、ビルはドキリとした。

「だって貴方のお仕事には危険もあるし、何か起こったら心配だもの」

「それを言うなら、君の方こそ……その、ほらイレギュラーな仕事もあるし、無茶をしないかと、私だって心配している」

それは正直な思いだった。

エリザベートはテーブルに頰杖《ほおづえ》をついて、ビルをじっと見上げた。

「ねえ……貴方、何かを迷ってるんじゃない？」

その唐突な言葉に、ビルは動揺した。

「えっ。ど、ど、どうして急にそんな事を？」

「分かるわよ。真面目で正直な貴方のことだから、私が貴方をちゃんと愛しているかとか、貴方が私を愛せるかどうかとか、そんなことを色々心配しているんじゃない？」

ビルは図星を指されて絶句した。

人間観察に優れたエリザベートには、こちらの心がお見通しらしい。彼女はやはり自分の理解者なのだ。

こうなったらエリザベートに悩みを打ち明け、相談に乗ってもらうのがいいのかも知れない。

「そうだとしたら……君はどうする？」

ビルは自分が納得する答えをエリザベートが返してくれるかと期待した。

しかし次の瞬間、エリザベートは至極冷静に断言した。

「ビル、貴方《あなた》の症状は、典型的なマリッジブルーよ」

「マリッジ……何だ？」

「マリッジブルーよ。結婚を目前にして、憂鬱《ゆううつ》になる精神状態のこと。結婚式の準備の煩わしさとか、新生活への不安、婚約者との相性への疑問、経済的・精神的・肉体的その他諸々《もろもろ》の不安が原因で発症するのね。主に暇な乙女が煩うものだけど、男性だってかかるのよ」

「私の仕事が暇だと言いたいのか？」

「そんな事は言ってない。でも、仕事に忙しくしてるのはいいことかもね。貴方はワーカホリックだから」

「確かに……」

「結局ね、先のことを心配しても仕方ないのよ。人生なんて理不尽で、明日がどうなるかなんて、誰にも分からないんだもの。難しいことを考えるのはやめにしたら？」

エリザベートは牡蠣を手に取り、上手につるりと食べた。

（何やら、大事な答えをはぐらかされているような気がする……）

ビルは無性に誰かと話したくなった。自分のもやもやした心を打ち明け、相談に乗ってもらいたかった。

「いつでも連絡を下さい。貴方の心が揺らいだ時には」

アダムの顔が頭に浮かび、その声が鮮烈に脳裏に蘇《よみがえ》る。

(そうだ、アダム牧師に電話をかけよう。このディナーが終わったらすぐに)

ビルはアダムのカードが入った財布を、ポケットの中でお守りのようにぎゅっと握りしめた。

## 2

ロベルト・ニコラス神父と平賀神父は、仕事帰りにローマの町を歩いていた。

二人は結婚式の打ち合わせがてら、ロベルトの家で夕食をする予定であった。

「平賀、休みはきっちり取れたかい？　サスキンス捜査官の結婚式は、予定通り行われるそうだ」

ロベルトは、ビルから届いたメールを平賀に見せながら訊《たず》ねた。

「はい、大丈夫です。休暇はちゃんと取れました。今抱えている仕事も、金曜一杯で終わらせる算段です」

「それは良かった。二人とも土曜の朝の便で発《た》てそうだね。夕方にマイアミに到着して、現地で前泊できる」

「ええ。そうなりますと、前日に結婚式のリハーサルも可能でしょうか？　是非、やっておきたいものです。本番での失敗は許されませんから」

　平賀が緊張の面持ちで言った。

「そんなに硬くならずとも大丈夫さ。サスキンス捜査官は常識的な人間だし、常識的な結婚式といえば、進行も台詞《せりふ》も基本の型が決まっているだろう？」

　ロベルトは余裕の表情で答えた。

「ロベルトは、結婚式のお手伝いをしたことがおありなんですか？」

　平賀がびっくりした顔で訊ねる。

「そりゃあそうさ。えっ、もしかして君は」

「私は一度もありません」

「そうか。まあ、僕も司祭として参加するのは初めてさ」

　教会で育った自分とは違い、平賀は大学卒業後すぐに奇跡調査官になった。教会の雑用などしていない方が自然か、とロベルトは思った。

「というよりロベルト、私は結婚式に参列したことも、見学したこともありません」

「へえ、そうなんだ……」

「はい。大学の頃、年上の同級生から式においでと誘われたことがあったのですが、同じ日に学会があるからと断りますと、それ以降は誰からも誘われなくなりました」

「成る程」

「正確に言えば四歳の時、親戚《しんせき》からフラワーボーイを頼まれまして、失敗した経験ならあります。

忘れもしません、あれは暖かな春の日でした。待合室で私が出番を待っていますと、窓ガラスに図鑑で見たことのない蝶《ちょう》が一頭、止まったのです。私は夢中でそれを追いかけて迷子になり、気付けば式は終わっていました。

ちなみに蝶の捕獲には成功したんですよ。その種類がアオジャコウアゲハに擬態したメスクロキアゲハだと、母から教わったのもいい思い出です。もっとも、この話は何の参考にもなりませんよね」

「そうだね。まあ大体のところは分かったよ」

興味がないことにはとことん無頓着《むとんちゃく》な平賀らしいエピソードだ。この分では、映画やドラマでよくある結婚式のシーンすら、彼の記憶には残っていないだろう。

今夜は式の打ち合わせを済ませたら、残りの休暇をどう過ごすか相談しようと思っていたが、予定を変えよう。式について一通りのことを覚えてもらい、挨拶《あいさつ》文の叩《たた》き台を作らなければ、とロベルトは心に刻んだ。

二人がロベルトの家に到着すると、平賀はキッチンの椅子に腰掛け、愛用のノートパソコンを鞄《かばん》から取り出した。

「貴方が食事の準備をなさる間、私は結婚式の動画を探し、勉強したいと思います」

平賀は真剣な顔で、パソコンを起動した。

「いい心がけだね」

ロベルトは冷蔵庫を開き、調理の準備に取りかかる。

今日のメニューは、簡単なベジタリアン料理だ。

健康志向の高まりに加え、アニマルウェルフェア、環境保護的観点などから、近年は菜食主義を実践するヴィーガン（肉類、魚介類、卵、乳製品、ハチミツを食べない）や、ベジタリアン（肉類と魚介類は食べない）、ペスクタリアン（肉類は食べず、魚介は食べる）、フルータリアン（果実、種、実のみを摂取する）などが世界中で増加している。

意外なことに、美食の国として知られるイタリアは、ＥＵ諸国の中でベジタリアン人口が最も多いともいわれ、約十パーセントを占めている。

その傾向はミレニアル世代の若者を中心に加速する一方で、昨今では毎日のようにヴィーガンやベジタリアン向けのレストランがオープンしているし、伝統的なレストランでも、ベジタリアンメニューを出すところが増えている。

トリノで誕生した女性市長が「トリノをベジタリアン・シティにする」とマニフェストを宣言して話題を呼んだのも、記憶に新しい。もっとも極端なブームの裏側では、親が菜食を強要した結果、子どもを栄養失調で衰弱させるといった事件も起きている。

とはいえ、ロベルトがベジタリアン料理を作ろうと思ったのは、それが流行しているからでもなければ、特別な信念からでもなかった。

出張先で野菜炒《いた》めを食べた平賀が、ふと漏らしたひとこと。

「久しぶりに食べる野菜は、やはり美味《おい》しいですね」

という台詞が耳から離れないせいだ。

そもそも肉や魚は消化に時間がかかり、胃での滞留時間が長い為、胃に負担をかけやすいが、野菜料理はたっぷり食べても胃への負担が少なく、消化に使うエネルギーも少ないので、食後に眠くなることも少ないと言われている。

まさに平賀の体質にはピッタリの食材だ。

小ぶりな鍋《なべ》に湯を沸かし、オーブンに火を入れて、まず取りかかるのは、カボチャのパスタである。

カボチャを切って種を取り除き、皮をむいて、薄い一口大に切る。

大きめの鍋にオリーブオイル、ニンニク、赤唐辛子を入れて熱し、香りが出たらカボチャを入れて混ぜ、海塩、パセリを加えて蓋《ふた》をし、十五分間煮ておく。

イタリアのカボチャは水分量が多く、煮るととろりと蕩《とろ》けて香りが出る。

その仕上がりを待つ間に、前菜の準備だ。

一品目は、パプリカのセイタン詰め。セイタンとはベジタリアンがよく使う味付き代用肉で、その正体はグルテン（麩《ふ》）である。

器となる赤と黄のパプリカを縦半分に切って種を取り、外側にオリーブオイルを塗って軽く塩をふる。

マッシュルーム、キオディーニ、ジロールの三種のきのこをみじん切りにしてボウルに入れ、細かく千切ったセイタン、摺《す》り下ろしたショウガ、刻みニンニク、刻んだ胡桃《くるみ》、オレガノ、パセリ、白ワイン、オリーブオイルと混ぜ合わせてパプリカに詰める。あとはオーブンで十五分、焼くだけだ。

続いてカポナータの準備にかかる。

トマトをざく切りにしてボウルに入れ、スライスした紫タマネギとニンニク、オレガノ、塩胡椒《しおこしょう》、オリーブオイルを加えてマリネにしておく。

固いパンをカットして片面を水で濡《ぬ》らし、濡れた切り口を上にして十五分ほど置き、全体に水分を染み込ませる。

最後に柔らかくなったパンの上にマリネを載せ、残ったマリネ液にさっと潜らせたルッコラを散らせば、ナポリ風カポナータの完成である。

素材にマリネ液と水分を染み込ませている間に、もう一品。

ローマの名物料理、レーズンと松の実とほうれん草のソテーを、たっぷりのスカローラで作るとしよう。

沸騰した小鍋の湯をレードルでフライパンに何杯か入れ、軽く塩を振り、ガスを点火する。ざく切りにしたスカローラをそこへ投入し、蓋をして二分ほど蒸し茹《ゆ》でして、すぐザルにあげる。

フライパンを軽く拭《ふ》き、オリーブオイルとスライスしたニンニクを入れて熱する。

続いてアンチョビの瓶を開けた所で、ロベルトの手が止まった。

（これだとペスクタリアン料理だが、まあいいか）

色づいたニンニクにアンチョビを加えて木べらで潰《つぶ》す。

ザルにあげたスカローラを軽く絞って足し、ケイパー、松の実、レーズンを加え、スカローラの水分を蒸発させながら炒め合わせる。

水分がなくなれば塩で味を調え、火を止めて黒オリーブ十数粒を加え、器に移しておく。

この料理は常温で提供するのがセオリーだ。

一段落したところで、汚れた調理道具を洗い、煮ていたカボチャを確認すると、角が煮崩れし始めていた。丁度いい頃合いだ。

沸騰した湯の残りをカップ一杯、鍋に加えて馴染《なじ》ませる。

スパゲティを短く折って鍋に加え、六分程度煮る。

その間にカポナータを仕上げ、オーブンからパプリカのセイタン詰めを取り出し、二つを並べて前菜盛りを作る。

スカローラのソテーは大皿に盛りつける。

ロベルトはテーブルを拭いて前菜と大皿を置き、カトラリーを準備し、ワインとグラスを並べ、最後にパソコンを熱心に見ている平賀の肩を叩いた。

「平賀、もうすぐ食事だ」

キッチンに引き返して洗い場を片付け、鍋を確認すると、カボチャの半分は煮崩れしてポタージュ状に、もう半分は形が残っていた。

これに塩、赤唐辛子、パルミジャーノを加えて味を調えれば、形の残ったカボチャの甘味と、溶けたカボチャに際立つ唐辛子と塩のシャープな味が、コントラストとなって互いを引き立てるのだ。

スパゲティを仕上げて皿に取り、テーブルに運んでいくと、丁度、平賀がノートパソコンを鞄にしまっている所であった。

二人は向かい合って座り、食前の祈りを捧《ささ》げた。

「さあ、頂こうか」

「はい。とてもいい匂いがして、色合いも綺麗《きれい》です。いつもいつも素晴らしい料理を有り難うございます、ロベルト神父」

「どういたしまして。今日は君の好きな野菜をたっぷり使ったから、召し上がれ」

ロベルトは赤ワインを開け、グラスに注いだ。

「パーチェ（平和）」

グラスを合わせ、食事を開始する。

平賀はスカローラ炒めを一口食べて微笑んだ。

「レーズンが甘酸っぱくて、少し苦くて、美味しいです」

「赤ワインにもピッタリだろう？　スカローラは栄養価も高いんだ」

「こちらのカボチャのパスタというのは、初めて見ました。どんな味なんでしょう」

平賀は続いてパスタに手を伸ばした。

彼の食の進みがいいので、ロベルトは晴れやかに躍り出したい気分であった。

「パプリカは肉詰めじゃなく、麩を使ったんだ。麩は日本の食材なんだよね？」

すると平賀は首を捻《ひね》った。

「そう……だったような。今、ネットで調べましょうか？」

「いいから食べてみて」

平賀はパプリカを一口食べ、ほうっと溜息《ためいき》を吐いた。

「普通の肉と区別がつきません。面白いです。

面白いと言えばロベルト、昨日ケーブルテレビで面白い料理をやっていました。私も今度、作ってみようと思います」

「珍しいことを言うね。どんな料理？　うまく出来たら、僕にもふるまってくれ」

ロベルトは浮かれた調子で言いながら、カポナータをぱくりと食べた。

「はい。それは豆乳のタンパク質を酸凝固させ、ネギを加えて作製するものです」

「もしかして、シェントウジャンってやつ？　僕も何かで見たよ」

「ええ、そのような名でした」

平賀は嬉《うれ》しそうに微笑んだ。

ロベルトは思った。シェントウジャンは搾菜《ザーサイ》、干しエビ、香菜《シャンツァイ》などで味や香りをつけるもので、それなしではただの分離した豆乳だ。

「それなら僕が作ってあげるよ」

ロベルトは牽制球《けんせい》を放った。

「えっ、そうですか……」

平賀は少し残念そうだ。

ロベルトはワインを一杯飲んで、話を変えることにした。

「ところで、参考になる動画は見つかったかい？」

すると平賀は背筋を伸ばして座り直した。

「はい。先程まで、サンピエトロ大聖堂で法王様が主宰された結婚式を拝見していました。法王様は『創世記』の一節を引用しつつ、夫婦が表すものは神にかたどられた似姿であり、一人の男と一人の女が結婚の秘蹟《ひせき》を祝う時、彼らの中に神の愛の原理とその消えない性格が刻まれることを説いておられました。

また、結婚の秘蹟は私達を神のご計画の中心へと導くもので、それは神と神の民、すなわち神と私達すべてとの契約の計画、交わりの計画だと。

そして神ご自身も交わりであり、父と子と聖霊の三つのペルソナが永遠に、完全な一致のうちに生きておられると仰《おっしゃ》いました」

「いいお話だと思うけど、それがどうかした？」

ロベルトは不思議そうに問い返した。

「それで、ふと思ったのです。アダムとイヴは単婚者でした。

でも、同じ『創世記』に登場するレメクは、二人の妻をめとっていますし、アブラハム、ヤコブ、ダビデ、ソロモンなど、旧約聖書に書かれた多くの人物は重婚者でした。『列王記』には、ソロモン王が妻を七百人、側室を三百人持っていたと書かれています。

そもそも一体、いつから人は一夫一婦制を唱えるようになったのかと」

「ああ……そこが気になってしまったか」

ロベルトは苦い顔で笑い、話を続けた。

「まあ、諸説あるね。一夫多妻制はモーセ以前の古代イスラエルでも、初期ユダヤ人社会でも当たり前で、近代あたりまで行われていたことが分かっている。アダムだって、旧約聖書の注解書ミドラシュやユダヤ神秘派の教典ゾーハルによれば、イヴの前に妻がいたと書かれているしね。

ただ、ごく一部のユダヤ人部族が一夫一婦制を採用していたらしい。

どちらにせよ、旧約時代の昔のことは、気にしなくてもいいんじゃないか」

ロベルトはさっさと話を切り上げようとしたが、平賀は大きく首を捻った。

「ですが、ロベルト。新約聖書でイエス様は、結婚を良きものだと仰っていますが、『一夫一婦であるべき』とか、『一夫多妻を禁じる』という説法を行われたことは、一度もなかったように思うのです」

「そうだね、説法はなかった。だけど、新約聖書の時代には一夫一婦制が基本だったようには読み取れる。一夫一婦制というのは、ローマ人の慣習だったようだ。

古代キリスト教の世界の神学者で四世紀の人物、聖アウグスティヌスは、一夫多妻を本質的に不道徳または罪深いものとは見なさなかったし、『現在の私たちの時代では、ローマの慣行に従い、別の妻を娶《めと》り、一人以上の妻を持つことは許可されなくなった』と書いているね」

「本当に、ただの慣習なんでしょうか?」

平賀は懐疑的に言った。

「ただの慣習だって、続けるうちに意味も生まれる。それでいいんじゃないか? それを言うなら、イエス様は結婚が良《い》いものだとは仰ったけれど、秘蹟だとは仰っていない。知ってるかい? 結婚が秘蹟だという宣言は、一一八四年のヴェローナ公会議において初めて、公式に認められたんだ。その後の宗教改革でプロテスタントによって秘蹟の多くが否定された後、一五四七年のトリエント公会議で、やはり結婚は秘蹟の一つだとされた経緯《いきさつ》がある」

ロベルトはスカローラを頬張り、ワイングラスを傾けた。

平賀はテーブルに肘《ひじ》をつき、身を乗り出した。

「ヒト集団において、ある慣習が別のものに変化するには、二つ以上の集団が婚姻関係や友好関係等を通じて緩やかに影響し合うような場合と、危機的かつ突発的な環境変化によって可及的速やかな変化に迫られた場合がありそうです。

物体には慣性が働きます。慣性とは、物理系が現在の状態を保持しようとする性質です。

物質は外から力が作用しなければ、静止または等速度運動を保持する性質があります。

そう考えますと、ヒト集団に変化が生ずるには、物理的もしくは心理的に充分に合理的な理由が存在したかと思うのです。

つまり一夫多妻から一夫一婦制への変化が起こった背景には、一組の男女が長期間寄り添うことのメリットがデメリットを上回る事態があった、とは考えられませんか？」

「メリットというと、例えば？」

「例えば細菌です。以前、『ネイチャー』誌で読んだ論文を私は思い出しました。

狩猟採集民が農耕を行う為に定住するようになった後、集団で暮らす人々の中で性感染症が発生して広まり、大混乱が起こった。その結果、同じ相手と一生添い遂げる方が賢明だという認識が広まった。その仮説を数理モデルを用いて解説していました」

「そんな事もあったかも知れないね」

「ちなみに動物界において一夫一婦制をとっている種には、オオカミ、プレーリーハタネズミ、ペンギン、アホウドリ、チョウチンアンコウ、ディクディク、背赤サラマンダー、ウチワシュモクザメ、タヌキ、ハクトウワシやクロコンドル、キマダラコガネグモなどがいます。

テキサス大学のハンス・ホフマン教授は、様々な動物の繁殖年齢に達したオスの前脳と中脳の組織を比較検査し、一夫一婦制すなわち、つがいを作るという行動は、遺伝子に根ざしているとも主張しています」

平賀は早口になってきた。

「へえ、そうなのかい」

「はい。ことに面白いのは、プレーリーハタネズミとその近縁種のサンガクハタネズミの違いです。プレーリーハタネズミが一夫一婦制をとるのに対して、サンガクハタネズミは一夫多妻制です。

プレーリーハタネズミの雄は、パートナーの雌と同じ行動圏を持ち、同じ巣を共有し、生まれた子どもの世話をし、侵入者を追い出すなどの防衛行動もとります。一方、サンガクハタネズミは雌のみが縄張りを持ち、雄は複数の雌の行動圏を移動する。つまりは乱婚制です。両者の違いは、脳内ホルモンであるオキシトシンとバソプレシンが……」

平賀の喋《しゃべ》りは止まらない。

その日は式の打ち合わせをすることなく、時間が経ってしまった。

結局、二人が挨拶《あいさつ》文や式の用意を整え終わったのは、アメリカへ発《た》つ前夜ギリギリのことであった。

## 3

日曜日のフロリダ。

空はどこまでも青く、柔らかな風が漂う雲の輪郭を滲《にじ》ませていた。

まもなくここビルトモアホテルで、ビル・サスキンスとエリザベート・モーリエの結婚式が行われるところだ。

ブライズルームでは今、エリザベートが純白のウェディング・ドレスを身に纏《まと》い、結婚式の開始を厳かに待っていた。

夫となる男性は、式が始まるまで、妻となる女性の花嫁衣装姿は決して見てはならない」というセオリーを守っているので、彼女のドレス姿をビルはまだ知らない。

「素晴らしくお美しい花嫁ですわ。ドレスがよくお似合いです」

スタイリストはエリザベートの髪を編み込みながら、感嘆の溜息《ためいき》を吐いた。

エリザベートが選んだドレスは、カソリックの式にふさわしいクラシカルなロングスリーブにハイネックスタイル、腰の部分が膨らんだプリンセスラインであった。

ドレスの身頃は控えめな光沢感のある乳白色で、二重仕立て。デコルテから袖《そで》にかけては、細い糸を模様状に撚《よ》り合わせたリバーレースの装飾が施され、下に透けて見える肌を優しくエレガントに演出している。

スカートは裾《すそ》にレースのモチーフとスワロフスキーを鏤《ちりば》めたシルクサテンオーガンジーに、ふんわり広がるチュールを重ねた贅沢《ぜいたく》な仕上がりで、赤いバージンロードを歩く時には、レースをふんだんにつかったトレーンを別付けすることになっていた。

髪は後ろに編み込んで纏め、頭頂部には控えめなティアラをつけている。

鏡の前に置かれた長いベールは、裾だけに装飾を施したプレーンなもの。

サイドテーブルには白いレースの手袋と聖書、鈴蘭のブーケが用意され、出番を待っていた。

(やっとこの日が来たんだわ……)

エリザベートは頬を紅潮させて、時計を見上げた。

ビルとの結婚は工作活動の一環である。

しかし、当初は簡単に考えていた「結婚」へこぎ着けるまでの道のりは、実際には遠く険しいものだった。これまでの紆余《うよ》曲折とストレスの日々を思い浮かべればつい、今日という日の喜びが胸に迫ってくる。

ノックの音がして、ブライダルスタッフと共に、タキシードを着た十歳ほどの少年と、ドレス姿の五歳ほどの少女が部屋に入ってきた。

リングベアラーとフラワーガールを務める小さな兄妹《きょうだい》だ。

「本日は宜《よろ》しくお願いします」

ブライダルスタッフとエリザベートは挨拶をかわした。

子ども達は、はにかんだ笑顔でエリザベートに駆け寄り、握手を求めてきた。

一方、バージンロードが敷かれた聖堂には、参列者達が集まり始めていた。

白い薔薇《ばら》が飾りつけられた参列者の椅子には、ビルの父親、ジャック・サスキンスと、その妻、エミリー。ビルの弟、トムと、その妻、ジュノ、そして二人の息子のマイケル。

ビルの部下ミシェルと、婚約者の鈴玉もいる。鈴玉には両親が付き添っていた。

また、かつての同僚であるアンガス夫妻と、ロビン夫妻。その上司であるルコントまでが顔を見せている。

新郎の世話役の席には、ジョージ・キャロルが座っていた。

装花で彩られた通路を挟んだ席には、エリザベートの関係者が座っている。

父親のパトリック・モーリエと、その妻、シェーン。仲の良い従兄弟《いとこ》のアリサ、幼馴染《おさななじ》みのクリッシー。無論、全員が偽者である。

美しく着飾ったモデル仲間達も、賑《にぎ》やかに花を添えていた。

パイプオルガン奏者が席に着き、ゆったりと聖歌が流れ始めると、高い天井にパイプオルガンの音色が反響し、式のムードが高まってきた。

聖堂の正面には十字架にかけられたキリストの像が掲げられ、花飾りのついた祭壇がどっしりと据えられている。

その頃、今日の司祭を務める平賀とロベルトは、ミサ用の祭服を着け、控え室で最後の打ち合わせを行っていた。

「皆さん、私達は喜びのうちに今日の日を迎え、ビル・サスキンス氏とエリザベート・モーリエさんを囲んで、主の家に集まっています。

この厳粛な時にあたり、ともに祈りをささげ、今日、神が語られる言葉をお二人とともにに聞きましょう。そして、父である神がお二人を祝福し、いつまでも一つにしてくださるよう、教会とともに、わたしたちの主・キリストを通して願いましょう。

……最初の挨拶はこんな感じだ。続いては聖歌で、次が君の番だよ」

ロベルトが優しく促すと、平賀が「はい」と頷《うなず》いた。

「慈しみ深き神よ、私達の祈りを聞き入れ、あなたの祭壇の前で結ばれる二人の愛が強められるよう、豊かな恵みを注いでください。

聖霊の交わりの中で、あなたとともに世々に生き、支配しておられる御子《みこ》、わたしたちの主イエス・キリストによって、アーメン」

「うん、祈禱《きとう》文はそれでいい。ここで聖書の朗読だけど、これは問題ないね」

「はい。何といっても問題は、次の結婚の儀です」

平賀は顔を強張《こわば》らせた。

「いや、別に問題なんてないだろう」

「だって緊張しますよ。というより、さっきからもう緊張していて、手足は凍え、喉《のど》が痛いです。ロベルト、もし本番で私の声が出なくなったら、出番を替わって下さいね」

「折角二人で招かれたんだ。なるべく二人で務めよう」

「はい、私も今日に向かって出来る努力はして来たつもりです。ただ、当日のアクシデントというのは起こりえる訳です。急な声嗄《こえが》れや咳《せき》、くしゃみ、健忘などですね」

「大丈夫さ、平賀。もし何かあったら僕がフォローするから」

ロベルトは余裕の表情だ。

「ええ、お願いします。あとは会場のアクシデントも考えられますね。マイクが入らないとか、スピーカーやケーブルに異常があるとか……そう言ってるうちに気になってきました。一寸《ちょっと》、音響設備を確認して来ます」

平賀は椅子から立ち上がり、慌ただしく控え室を出て行った。

「やれやれ……」

ロベルトは肩を竦《すく》めて壁の時計を見上げた。時刻は開祭二十分前をさしている。

(さて。少し早いが、僕もサスキンス捜査官を迎えに行くとしよう)

ロベルトは苦笑しながら席を立った。

廊下を歩きながら、昨夜《ゆうべ》のことを思い出す。

夕刻ホテルに到着したロベルト達は、六時から始まる身内のディナーに招かれた。

ビルとその家族、友人代表のジョージ、エリザベートとその両親と共にテーブルを囲んで、和やかな雰囲気の中、食事を共にしたのだ。

ビルはエリザベートにワインを注いでやったり、エリザベートはビルに微笑みかけたりと、二人は仲睦《なかむつ》まじい様子であった。

ビルとその両親との関係も穏やかで、見ていて微笑みが漏れるほどだった。

自分が心配するようなことは何もなかったと、ロベルトは安堵《あんど》したのだ。

ビルの控え室につき、扉を軽くノックする。

「ロベルトです。入っても宜しいですか？」

返事がないので、ノブに手をかけた。

鍵《かぎ》はかかっておらず、ドアがギィと開く。

ソファとテーブル、大きな鏡のある部屋は空っぽだ。

部屋の仕切りのカーテンの向こうも覗《のぞ》いたが、ビルはいない。

緊張して、トイレにでも行ったのだろうか？

ロベルトは軽い気持ちで、近くのトイレへ向かった。

ところがそこにもビルの姿はない。個室にも誰一人入っていない。

（わざわざ遠くのトイレに行った？　緊張して一息入れに行った？　こんな時に？）

ロベルトは訝《いぶか》しみながら、近くにあった裏口を開け、左右を見回した。

丁度、辺りを掃いていた清掃員に声をかける。

「新郎のサスキンスさんを見なかったでしょうか？」

清掃員は黙って首を横に振った。

ロベルトは早足で、他の控え室を見て回った。だが、エリザベートの部屋以外は、どこも空っぽだ。

聖堂も覗いてみた。異変はない。皆、静かに着席して式の開始を待っている。

ロベルトはビルの携帯に電話をかけた。

すると呼び出し音が鳴り、電子音が流れた。

『ただ今、電話に出られません』

次にロベルトは聖堂の入り口に立つ壮年の係員に近づき、そっと声をかけた。

「新郎のサスキンスさんを見なかったでしょうか？」

「いいえ」と係員が首を振る。「何かあったんですか？」

「控え室にもトイレにもいません。教会の外へ出たようです。電話も通じなくて」

「えっ……」

係員が絶句する。

「彼を探すのを手伝って下さい。彼の部屋を見てきて貰《もら》えませんか」

「わ、分かりました。他のスタッフにも声をかけますか？」

「お願いします。喫煙所やトイレや休憩室……とにかく花婿が行きそうな場所を当たって下さい」

「分かりました」

係員は業務用無線のトランシーバーで、スタッフに連絡をとりながら、外へと走って行った。

ロベルトは聖堂へ引き返し、ジョージに声をかけた。

「キャロルさん、急いで僕と来て下さい」

「どうしました、神父様」

不思議そうな顔のジョージを教会の外まで引っ張っていく。

「実はサスキンス捜査官が消えました。電話にも出ないんです」

ロベルトの言葉に、ジョージは「えっ」と大声を出した。

「最後まで彼の控え室に残っていたのは、貴方《あなた》ですね？」

「はい。式の三十分前まで、一緒に控え室にいました」

「貴方が部屋を去り、僕が迎えに行くまでの十分間、彼は一人だった訳か……」

ロベルトは眉《まゆ》を顰《ひそ》めた。

控え室が荒らされた様子はなかったし、神父控え室にいた自分達も不審な物音などは聞いていない。恐らく彼は自分で部屋を出たのだろう。だが何故だ。

「サスキンスさんは貴方に何か言ってませんでしたか？　どこかへ行くとか、忘れ物をしたとか」

「何か……ですか……」

ジョージは数秒首を捻《ひね》り、ハッと顔を上げた。

「そうだ、アダムだ。ビルはアダムに電話をすると言っていた」

「アダムとは？」

「プロテスタントの牧師さんで、ゾーイの友人だった方です。昨日のディナーの後も、何度か電話をかけている様子でした。

しかし妙なんですよね。ビルとは一度あっただけの筈《はず》なんだが、いつの間にそんなに親しくなったのか」

ジョージが腕組みをして、首を傾げた。その時だ。

背後の聖堂に流れる音楽が変わった。そして、わあっという黄色い歓声があがる。

ロベルトは聖堂を振り返った。

開け放たれた教会の扉と、その向こうに開いた聖堂の扉の奥に、バージンロードの手前に立つエリザベートの後ろ姿と、起立して花嫁を迎える参列客の姿が見える。

エリザベートのすぐ後ろには、リングベアラーとフラワーガールの小さな兄妹《きょうだい》と、ドレスの裾《すそ》を持つブライダルスタッフが立っていた。

パッパッと目映《まばゆ》いフラッシュが瞬く。

「しまった」

ロベルトは慌てて聖堂に引き返し、にこやかにエリザベートの手を取ると、スタッフや子ども達に目配せをして、一同をそっと後ろに下がらせた。そうして聖堂の扉を後ろ手にバタンと閉じた。

「大変申し訳ありませんが、こちらの準備が遅れています。子ども達を連れて、控え室でお待ち頂けますか？」

ロベルトはまず、ブライダルスタッフに声をかけた。

スタッフはインカムやトランシーバーを着けていない。外部スタッフだから、花婿失踪《しっそう》の連絡が回らなかったのだろう。

「そうなんですか？　分かりました」

スタッフは頷《うなず》き、子ども達を連れて廊下を戻っていく。

「神父さん、何か準備が遅れているの？　貴方とビルは祭壇前で、私を待っている予定ですよね。それにジョージまでどうして……」

エリザベートは不思議そうに首を傾げた。

「落ち着いて聞いて下さい、エリザベートさん。実は」

「ビルが消えちまったんだ」

ロベルトとジョージの言葉は同時だった。

「何ですって!?」

エリザベートはまっ青になった。


「今のは何だ？　新婦のフライングか？」

「新郎はどこだ？」

「神父様は何をしてらしたんだ？」

ざわつく聖堂の様子が扉を伝わって背中に響いてくる。

ひとまず落ち着いた場所で今後の対策を考えなければ、とロベルトは思った。

「サスキンス捜査官の行きそうな場所を今、ホテルの係員達が探してくれています。ひとまず控え室へ引き返し、彼らの知らせを待ちましょう。

エリザベートさん、もし良ければ神父用の控え室で、僕と一緒に待ちませんか？」

エリザベートに説き聞かせるようにロベルトは言った。

「……そうね、それが良さそうだわ」

エリザベートは小さく頷いた。

（とにかく暫《しばら》くは待つしかない。早く彼が見つかれば良《い》いのだが……）

ロベルトがそんな事を思いながら、神父控え室を開けると、中に平賀が座っていた。

## 4

「ロベルト……それに皆さんまで、どうしたんです？」

平賀は目を丸くして席を立った。

「平賀、緊急事態だ。サスキンス捜査官が、教会の何処にもいない」

「何ですって？　もう式の時間ですよ」

平賀は時計を見上げた。

「ああ。彼は式の三十分前までキャロル氏と控え室にいて、僕が二十分前に迎えに行くと消えていた。裏口にいた清掃員も、玄関にいた係員も、彼の姿を見ていない」

ロベルトが言った時だ。

「一寸待《ちょっと》って。それは何処にあったの？」

エリザベートがテーブルの上のハンカチを指さして言った。

皆が一斉に、彼女の指さすものを見る。光沢のある絹のハンカチだ。

「配電盤を探して機材室を開けたら、それが床に落ちていたんです」

平賀が答えた。

「それ、ビルのハンカチよ。どうして機材室なんかに……」

「そう言えば私が行った時、機材室の窓が薄く開いていました」

平賀は壁に貼られた教会の避難経路図の前に立ち、ビルの控え室と機材室を指さした。

「サスキンス捜査官の控え室の隣には窓のない電話室、その隣に機材室があります。

彼が玄関からも裏口からも出ていないとすれば、機材室の窓から外へ出た可能性が高くなりますね」

「どうしてそんな……」

エリザベートは顔を顰《しか》めた。

「何かの事故でなければいいんだが……。あの誠実な男がこんなことをするなんて、余程の事情があるに違いない」

ロベルトが呟《つぶや》く。

「事情だって？　結婚式をすっぽかす事情なんて、どこの世界にあるってんだ。とにかく奴に電話をかけ続けるしかない」

ジョージは携帯を取り出し、ビルの番号をコールした。

その時、神父控え室の扉がコツコツと叩《たた》かれた。

「エリザベート、そこにいるの？　私よ」

「母だわ」

エリザベートが席を立ち、扉を開く。

「式が始まらなくて、皆、混乱しているわよ。何かのトラブル？」

モーリエ夫人は心配げに訊《たず》ねた。

「詳しく言えないのだけど、実はビルが何処にもいないの」

「何ですって⁉」

「ねえ、聖堂にいるビルの両親はどうしてる？　変わった様子はなかったかしら」

エリザベートはビルの両親が彼に何かしたのでは、と疑って探りを入れた。

「ビルのご両親も慌てていらしたわ。お二人とも、事情はまるでご存知ないようよ」

モーリエ夫人は見たままの印象を語った。

「そう……。何か分かったら、携帯に連絡して。こちらの事情は後できちんと説明するわ。ママは席に戻って、皆を落ち着かせていて頂戴《ちょうだい》」

エリザベートは冷静に言った。

「分かったわ。後で必ず説明してね」

モーリエ夫人が去るとすぐ、再び扉をノックする音が響いた。

「僕です、ミシェルです。一寸入ってもいいですか？」

ビルの部下のミシェルの声だ。

「中に入って貰《もら》うわ」

エリザベートは再び扉を開き、ミシェルを中に招いた。

「あの、課長は何処なんです？　時間になっても式は始まらないし、電話をしても通じないんです」

不安げなミシェルに、ロベルトは一通りの事情を話した。

「課長が行方不明？　どうしてそんな……。エリザベートさん、大丈夫ですか？」

ミシェルはエリザベートを気遣った。

「平気よ。死ぬって程のことじゃないわ」

エリザベートは捨てばちな口調で答えた。

「ロベルト神父、課長はアダムという人に電話をかけたと仰《おつしや》いましたよね？」

「ああ」

「その人のこと、僕も課長から聞いたことがあります。課長は彼を式に招きたかったそうですが、先方に用事があったらしいんです。それで、電話で祝福してもらうんだとか言っていました」

ミシェルの言葉に、エリザベートと二人の神父は顰め顔を見合わせた。

「アダムを式に招待するなんて話、私は相談されてないわ」

「僕も初耳です」

エリザベートとロベルトが口々に言う。

「えーっと、仮に課長がこの結婚のことで悩んでいたとしたら、当事者であるエリザベートさんには、相談しづらかったのかも知れませんね。

それに神父様がたには、流石に言いにくかったのでしょう。プロテスタントの牧師と親しくしているなんてことは……」

ミシェルはばつが悪そうに頭を掻《か》いた。

「ビルは昨夜《ゆうべ》も何度かアダムに電話をしていたんです。でもあいつ、いつの間に連絡先を交換していたんだろう？」

ジョージが横から疑問をはさむ。

「それなら私が知ってるわ。私達がゾーイの別荘に行って、鍵《かぎ》を借りに行く間、ビルを別荘の前に待たせたことがあったでしょう？　あの時、彼はアダムに会ったそうよ。

きっとその時、連絡先をもらったんだわ」

エリザベートが疑問に答える。

「アダム牧師か……。彼と親しかったゾーイ・ズーが死に、今度は急にアダムと親しくなったサスキンス捜査官が行方不明……。二つの事件に、もし関係があるんだとしたら？」

ロベルトの言葉に、一同は顔を引き攣《つ》らせた。

「鍵はアダムだ！　くそっ、奴を捕まえて話を聞く必要がある。ゾーイのマネージャなら、奴の連絡先を知ってるかも知れない」

ジョージはロジャーに電話をかけ、アダムの居場所を訊ねた。だが、短く言葉をかわしただけで、電話を切ってしまった。

「駄目だ。奴のことはプロテスタントの牧師だとしか、マネージャも知らないらしい」

「それじゃあ一体、ビルは何処にいるのよ!」

エリザベートが悲鳴のように叫んだ。

重い沈黙が室内に垂れ込める。

それを破ったのは、それまで無言だった平賀であった。

「サスキンス捜査官が心配ですね。ここで一寸、情報を整理しましょう。今朝の彼の様子に、異変はありませんでしたか?」

平賀は部屋の一同を見回した。

「僕は気付かなかった。式の打ち合わせに必死だったし……。確かに、普段の彼より注意力が散漫な感じはしたけれど、式の日だから無理もないと、流してしまった」

ロベルトが答える。

「そうね……。言われてみれば、少し焦りのような、浮き足だったような感じはあったわ。この一週間近くそうだったから、てっきりマリッジブルーだと思っていたのよ」

エリザベートは頭を抱えた。

「あいつがマリッジブルー? そんな柄かね。第一、先週、君達が結婚を決めた時は、いい感じに熱々だったのにか?」

ジョージが不思議そうに腕組みをする。

「ねえ、ロベルト。貴方《あなた》に届いたサスキンス捜査官のメールにも、結婚への固い決意がみられましたよね。確か、あれは月曜日のメールでした」

平賀の言葉に、ロベルトが頷《うなず》く。

「そうだ。あのメールはアメリカ時間で月曜の夕方に書かれたものだった。文面を見る限り、マリッジブルーという感じはしなかったな」

「ではその後、サスキンス捜査官に何が起こったかが問題です。どなたか、ご存知の方はいらっしゃいませんか？」

平賀は皆の顔を一人ずつ見回した。

「えっと……では一応、僕から職場の話をします」

ミシェルが挙手をして言った。

「課長は火曜日に出勤して、その日の夜はデートだと言ってました。それで水曜日は何だか、フロリダの水死事件を調べていたみたいなんです。

木曜には丸一日、フロリダに出張していて、金曜は元気よく出勤して来られました。その日は話しかけても上の空という案配だったのですが、結婚式が余程楽しみなのだろうと、気にしませんでした。僕が知ってるのはそれぐらいです」

ミシェルの答えに、エリザベートが頷く。

「ミシェルの言う通りよ。火曜の夜にビルと会った時、ゾーイの事を調べて欲しいと私が言ったわ。木曜に出張したことも知ってたけれど、その内容までは聞かなかった。ただ、彼の……」

エリザベートの話の途中で、神父控え室の扉が慌ただしくノックされた。

「ホテルの支配人です。入っても宜《よろ》しいでしょうか」

「どうぞ」と、平賀が答える。

ガチャリと扉が開き、額に汗を滲《にじ》ませた支配人が入ってきた。

「ホテル中を探しましたが、サスキンス様はいらっしゃいません。お車もありません。それで駐車場の監視カメラを確認しますと、慌てたご様子でホテルを出て行くサスキンス様の姿が映っておりました」

支配人は、ハンカチで汗を拭《ふ》き拭き答えた。

「サスキンス氏はお一人でしたか？　誰かに連れられていませんでしたか？」

平賀が訊ねる。

「いえ、お一人でした」

支配人は動揺の色を浮かべる一同を見回し、咳払《せきばら》いをした。

「皆様、どうか落ち着いて下さい。このようなトラブルは、ごくごく稀《まれ》にですが、起こりうることでして、新婦様あるいは新郎様が式場に来られないというケースは、私も何度か経験しております。

そのような場合、参列者の皆様には食事会という形で、ご用意したお食事を召し上がって頂いております。今回もそのようになされては如何《いかが》でしょうか？　聖堂の皆様も、お困りでいらっしゃるようですので」

支配人の言葉に、エリザベートが頷いた。

「ええ、そうして下さい。ホテル側には多大なご迷惑をかけて、大変申し訳ありません。お詫《わ》びとお礼には後日必ず、二人で参ります。

私はこれから夫を探しに行きます。支配人さん、後のことはどうかお願いします」

エリザベートは支配人に向かって、キッパリと宣言した。

「待ってくれ。俺もビルを探しに行く」

「僕もお手伝いします」

口々に言ったジョージとミシェルを、エリザベートは振り返った。

そしてニッコリ微笑んだ。

「有り難う、ジョージ、そしてミシェル。お気持ちはとても嬉《うれ》しいわ。だけどジョージ、貴方はビルの友人として、ビルのご家族をもてなして頂きたいの。そしてミシェル、貴方にはＦＢＩの方々に失礼がないよう、対処して下さい」

エリザベートは次に、平賀とロベルトをじっと見た。

「平賀神父、ロベルト神父。お二人の話は、いつもビルから聞いています。どうか私と一緒に、彼を探して下さい」

# 第四章　追跡　Quiet Corpse

## 1

エリザベートはロベルトと平賀を連れて、自分の部屋へ戻った。

そこは流石に新郎新婦の部屋だけあって、パステルカラーで彩られたプリンセススイートだ。だが、今はその華やかさが逆に寒々しい。

「ここがリビングよ。気になる所があったら、引き出しでも何でも好きに見て頂戴《ちょうだい》。私はこの忌々しいドレスを脱いでくるわ」

エリザベートは隣室に行き、バタンと扉を閉めた。

平賀は彼女に言われた通り、引き出しを一つ一つ開けていく。

ロベルトは入り口付近で腕組みをして、部屋全体を見回した。

ハウスキーピングが入った後らしく、部屋は整然と片付いている。

ふと、白い電話機が目に留まった。ロベルトはそれに近づき、受話器を取り上げた。

『はい、こちらフロントです』

「すまないがこの部屋で使用した電話料金を、チェックアウト前に確認しておきたいんだ。

今、調べてもらえるかな？」

『畏《かしこ》まりました』

暫《しばら》く間があって、フロントの声が聞こえる。

『お待たせ致しました。お客様のお部屋から外部への通話記録はございません。ご利用は館内通話のみですので、料金は無料です』

「そうですか、有り難う」

ロベルトは電話を切った。

（固定電話は使っていない、か……。サスキンス捜査官の携帯の履歴を調べれば、アダムとやらの連絡先も分かるし、彼の行動にも見当が付きそうだが……。

平賀の台詞《せりふ》じゃないが、こんな時にローレンがいれば、だな）

ロベルトはそんな事を思った。

次にロベルトはミニキッチンとミニバーを見渡し、冷蔵庫を開けた。

バーボンのミニボトルを二つ、ビールを二つ、飲んだ跡がある。

特に異常はないようだ。

平賀は、と見ると、床に這《は》ってベッドの下を調べていた。

「何か分かったかい？」

ロベルトが声をかける。

「いいえ。このホテルの掃除係は几帳面《きちょうめん》です。ベッドの下も掃除機がかかっています」

「成る程ね」

そう言っていると、バタンと扉が開いて、すっかり変身したエリザベートが現れた。

髪を後ろで束ねて化粧を変え、ストレッチ素材のパンツスーツに、足元はスニーカー姿だ。その手に旅行用のスーツケースを曳《ひ》いている。

「お待たせしたわ。何か収穫はあったかしら？」

「いえ、何も。サスキンス捜査官は部屋の電話も使用していませんね。やはり彼の携帯の使用履歴や通話記録、可能なら位置情報を調べなくては。ミシェルさんからFBIに申請してもらった方が良《い》いでしょう」

「そうね、私から頼んでおくわ」

エリザベートはそう言うと、スーツケースを床に広げた。

「じゃあこれを見て。ビルのスーツケースよ。

さっき言いかけていたのだけど、中にノートパソコンと、捜査中の資料が入っていると思う。調査中の事件の資料を持ち歩くのって、彼の悪い癖だから」

三人はそれぞれ、スーツケースの中をチェックした。

エリザベートはFBIの身分証とバッジを手に取り、次に黒い表紙のメモ帳を開いた。

「アダムの連絡先はメモしてないわね……」

平賀はパソコンを立ち上げたが、「指紋認証ロックがかかっていますね。解除するにはかなりの時間がかかりそうです」と呟《つぶや》いた。

ロベルトはファイルに挟まれたFAX用紙を見つけた。

一番左の欄に人名、次に住所と連絡先、右端に死因が書かれている。だが、住所と連絡先の欄はセキュリティスタンプで塗りつぶされていた。

「四名の死亡者のリストがある。発信元は……ええと、読みづらいが、フロリダ検死局。死因は全て溺死《できし》とある」

「見せて頂戴」

ロベルトからFAX用紙を受け取ったエリザベートは、目を瞬《しばた》いた。

「こんな時だけ几帳面に、リストの連絡先を消してあるなんて……。失踪《しっそう》するならもう少し、ヒントになることを残して行ってもらいたかったわ」

エリザベートが溜息《ためいき》を吐く。

「いえ、この一枚のFAX用紙からも結構、色んなことが分かります」

平賀が横からFAX用紙を覗《のぞ》き込んで言った。

「まず、FAXの発信元はフロリダ検死局。ゾーイの事件を追っていた筈《はず》のサスキンス捜査官は、検死局に何かを問い合わせた結果、このリストの答えを得たことになります。

アメリカの検死局は、死因不明の遺体を調べる機関であり、フロリダでは、ME(Medical Examiner)と呼ばれる死因調査の専門行政官のもと、監察医や薬毒物分析専門官、調査官らが警察と協力しつつ、異状死の死因調査を行う制度が整っていると聞きます。

つまりこのリストの人々は、何かしらゾーイさんの死と共通する死に方をしていたのではないでしょうか？

今分かるのは、リストの共通点が溺死であるということだけですが、他に何か見るべき箇所があるのかも知れません。この資料を送ってくれた人物に会って話を聞ければ、さらに多くの情報が得られる筈です」

「だけど平賀、僕達が追うべきはサスキンス捜査官の行方と、アダムだ。そんな回り道をしている時間があるだろうか？」

ロベルトは懐疑的に問い返した。

「ですが、サスキンス捜査官を追うといっても、手掛かりらしきものは、このFAX一枚きりしかありません。

アダム牧師を追うとしても、分かっているのは彼がプロテスタントの牧師であるということだけです。

サスキンス捜査官という人間が何を考え、何を見ていたか、それが分からなければ、彼に辿《たど》り着けないのではないでしょうか？」

平賀は静かな声音で答えた。

「確かにそうだが」

「最初に追うべきはやはりゾーイさんの事件だと、私は思います」

「そうね。私もゾーイの死については拘《こだわ》りがあるわ。彼女の死には、公に発表されていない秘密があるのよ」

エリザベートは二人に、ゾーイの死の詳細を語った。

「それは確かに奇妙です。是非、彼女の検死を行った監察医にお会いしなければ」

平賀は拳《こぶし》を握りしめた。


ミシェルの協力で、ロベルト達はフロリダ検死局に連絡を入れ、ゾーイの遺体を解剖した監察医と面会の約束を取った。

夕刻、待ち合わせ場所に指定されたホテルの喫茶室で、目印の紺色のハンカチをテーブルに置いて待っていると、眼鏡をかけた初老の紳士がやって来た。

「私に会いたいというのは、貴方《あなた》がたですかな?」

三人は椅子から立ち上がった。

「ベンジャミン・ファウラーさんですね。ご足労頂き、有り難うございます。僕はバチカンの神父で、ロベルト・ニコラス。彼は平賀・ヨゼフ・庚。それから彼女はFBI捜査官ビル・サスキンスの婚約者で、エリザベート・モーリエさんです」

ロベルトが代表して挨拶《あいさつ》をし、互いに握手を交わした四人は席に座った。

「ゾーイ・ズーの遺体発見者であるFBI捜査官が失踪したと聞きましたが……」

ファウラーは眉《まゆ》を顰《ひそ》めた。

エリザベートは涙をポロポロと零《こぼ》し、悲しげにファウラーを見た。

「ええ。今日、彼と私は結婚式を挙げる予定でした。なのに彼は謎の失踪をしてしまったんです。ゾーイのように亡くなってしまうのではと心配で、息も苦しいほどです」

するとファウラーは同情の色を濃くして、じっくりと頷《うなず》いた。

「それはショックでしたね。確かにビル・サスキンス捜査官という方は、私を訪ねて来られました。それで、こちらの神父様がたは？」

ファウラーが平賀とロベルトの方をちらりと見る。

「ビルの親友で、私達の式の為にバチカンからお越し頂いた司祭様です。私一人では彼を探せませんので、協力して頂いております。彼らはゾーイの死の状況についても……つまり彼女が水槽で亡くなったことも、ご存知ですわ」

エリザベートの説明に、ファウラーは納得した様子で、何度も頷いた。

「成る程……。では私の答えられる範囲で、疑問にお答えさせて頂きましょう」

その言葉を待っていたとばかりに、平賀が切り出した。

「では質問です。ゾーイ・ズーさんの死因は、正確に言えば何だったのでしょう？　ファウラーさんの率直な意見をお聞かせください」

「そうですな……」

ファウラーは難しい顔で暫《しば》し黙り込んでから答えた。

「端的に言えば、自殺です」

「自殺ですか」

平賀の瞳《ひとみ》が、じっとファウラーを覗き込む。

「ええ。まず彼女が誰かに殺害されたというような形跡がありません。

検死局もゾーイ・ズーの自宅のビデオカメラやインターホンの映像を確認しましたが、不審な侵入者はいなかったことが分かっています。

それに殺人なら、彼女が溺死するまでの数分間、犯人に水槽に沈められている間に、何がしかの痕跡《こんせき》が残ったはずです。例えば、手足や首を押さえつけられた痕《あと》。あるいは彼女自身が抵抗して犯人に抗《あらが》ったりすれば、爪が割れていたり、爪の間に犯人の皮膚組織や血液が残っていたりするものです。

ですが、そういう痕跡は一切ありませんでした。死体は綺麗《きれい》なものでしたよ。

それに勿論《もちろん》、我々は薬物検査も行いました。

具体的には、麻薬、劇薬、睡眠薬、アルコール等の成分が血液から検出されないか、二百八十九項目の成分に渡って調べました。何かがあれば、これで検出されないはずがないくらい、精密な検査です。

しかし、結果は真っ白でした。

彼女の自宅からも、どんな薬物も発見されなかったと聞いています。

つまりは劇薬で殺されて水槽に沈められた訳でもなく、麻薬やアルコールで朦朧《もうろう》状態になって水槽に入ったということも考えられません。

従って、彼女が自分の意志で水槽に入って死んだか、思わぬ事故だったとしか考えられないのです。私は自殺だと考えます」

「ニュースでは心臓発作と発表されましたが、心臓に障害は？」

「心臓には何の問題もありませんでした。ただ、有名な俳優や歌手が死ぬと、若者が後追い自殺をするような現象が起こりがちです。そういうことも考慮して、上がそう発表しても良《い》いという許可を出したのでしょう」

「つまり事件性はないと？」

「ええ……」

そう言いながらも、ファウラーは顔を曇らせ、首を捻《ひね》った。

「何か疑問を抱いておられるのでは？　先ほどから煮え切らない表情をされていますよ」

ロベルトが言うと、ファウラーは溜息を吐いた。

「何といいますか、溺死は溺死でも、ゾーイは静かな溺死なんです」

「静かな溺死？」

「我々のもとに運び込まれるご遺体は、自然死か犯罪死かが不明である限り、他殺の疑いも考慮して、すべて解剖と調査を行います。

そのうち一般的な溺死というのは、水泳中などに何らかのアクシデントが起こって気道内に水を吸入し、それが激しい咳嗽《がいそう》反射を誘発して吸気不能となる。そして酸素を求めて藻掻《もが》きながら呼吸停止に至る、というものです。

ですから水難事故による溺死体の肺には、空気と水が激しく混ざった跡がみられます。

逆にこうした生体反応がみられないご遺体は、溺《おぼ》れる前から既に呼吸が止まり、死後に呼吸器内に水が浸入したと考えられる訳です。

例えば水中に遺棄された他殺死体ですとか、溺れる前から心臓疾患、脳血管障害、内臓疾患等によって死亡しており、たまたまそれが水中で発見された、というケースです。その場合は溺死《できし》が死因とはならず、真の死因を他に探ることになります。

ところが彼女の場合、そのどちらでもありませんでした」

「どちらでもない、とは？」

平賀が身を乗り出した。

「彼女は気道内に水を吸入した後、咳嗽反射を起こした形跡が限りなく薄い。つまり呼吸困難を起こしながらも、空気を求めて藻搔くことなく、パニックにもならず、ただ静かに絶命しているんです」

「それはそんなに珍しいことなのかい？」

ロベルトは平賀に訊《たず》ねた。

「ええ、随分おかしな話です。尤《もっと》もそうした溺死が、ない訳じゃありません。でもそれは、大量のアルコールや睡眠薬などを摂取している場合のことです。そうですよね」

「ええ、覚悟の自殺であったとしても、反射は起こります。それがない……。しかし、ない理由というものも、考えられます」

ファウラーの言葉に、平賀はじっくりと頷いた。

「仮に事故だとするなら、ゾーイさんの特異な事情が関係していたのでしょう。

彼女はコンサートツアー明けで、疲労困憊《こんぱい》していた。その為に体力が低下し、意識が朦朧としていたのかも知れません。その状態で落水し、溺死した。

また、自殺だとしても、やはり相当に体力が低下していて、入水した。その為、咳嗽反射が殆《ほとん》ど起こらなかった」

平賀の台詞《せりふ》に、ファウラーは驚いた顔をした。

「おかしな神父様だ。貴方の仰《おっしゃ》る通り、まさしくそれが検死局の公式見解です。ただ、彼女の遺体は仰向《あおむ》けにすっぽりと水槽に納まっていました。それが事故にしては不自然で、私としては自殺説を取ったのです」

「でも、遺書は無かったのでしょう？　自殺の原因もなかったと聞いてますけれど」

エリザベートが疑念をはさんだ。

前日にあれほど元気だった彼女の様子を思うと、コンサートで体力が落ちていたとか、将来を悲観していたという説明はしっくりしない。

「確かに、遺書は発見されていないそうです。それに私生活にトラブルを抱えていたとも聞いていませんね」

ファウラーは眉間《みけん》に皺《しわ》を寄せながら答えた。

「つまり検死結果としては自殺と判断せざるを得ないものの、自殺の動機も無く、貴方は腑《ふ》に落ちておられない……」

ロベルトがカマを掛けるように言うと、ファウラーは「ええ」と浮かない顔で頷いた。

「当然ですよね。だって、熱帯魚の水槽の中で溺死なんて、クレージーにも程があるわ。同じ自殺するにしたって、もっと真面目《まとも》な自殺の仕方があるはずよ」

エリザベートが横から言った。

ファウラーは険しい顔で黙り込んでいる。

ロベルトは鞄《かばん》からFAXを取り出し、テーブルにそっと置いた。

「こちらのリストは皆、彼女と同じ、静かな溺死者達なのですか？」

するとファウラーは小さく咳払《せきばら》いをして、口を開いた。

「ええ……。実はゾーイと同様の静かな溺死体が、彼女の死の前後わずか十日間の間に四件、しかも決して遠くないエリアで、立て続けに起こっているんです。

現場はエバーグレーズの浅瀬であったり、子供用の浅いプールであったり、あとは病院の貯水槽で発見されたご遺体もありました」

「それは……気味が悪いですね」

ロベルトはぞっと背筋を凍らせた。

「被害者に何か共通点はありませんでしたか？」

平賀が訊ねる。

「いえ、何《いず》れも静かな溺死ということだけが共通点で、人種、性別、年齢等、データ上の共通点は認められません。しかも何れのケースも、事件性があると断定できる科学的物理的根拠がない。従って、これ以上の調査はされないでしょう。

私としても気にはなっていたので、サスキンス捜査官に資料をお送りしましたが、実際、この事件ばかりに関わっているわけにはいかないんですよ。

アメリカ中で異常な事件は多発していますからね。検死局は年中繁忙で、充分な調査に割ける時間も人手もありません。郡警察や州警察も同様で、動く気はないようです」

ファウラーは申し訳なげに目を伏せた。

ロベルトは身を乗り出した。

「では、FBIが引き続き調査をするとなれば、ご協力頂けますか？　サスキンス捜査官の部下であるミシェル捜査官が、調査を続行するというのであれば」

「ええ、まあ、それなら……」

ファウラーはどこかほっとした様子で鞄から薄い紙束を素早く取り出し、テーブルの上に置いた。

平賀が、じっとそれを見る。

「彼らの検死結果と死体発見時の状況の資料です。ミシェル捜査官にお渡し下さい。ただ、私が貴方《あなた》がたにこの資料をお渡ししたことは、内緒にして下さいよ」

ファウラーはそれだけ言うと、そそくさと席を立った。

「お忙しい所を有り難うございました」

エリザベートとロベルトが立ち上がり、丁寧に礼を言う。

平賀は無言で資料の束を手に取って、むさぼるように読み始めた。

## 2

ゾーイの検死写真を見ながら突然、エリザベートが言った。

「私、一つ思い出したことがあるの」

「何です？」

ロベルトが問い返す。

「ゾーイが打ち明けてくれた話よ。

ステージで歌っている時、時々、彼女の側に歌の精霊が姿を現すことがあるんですって。そうすると上手《うま》く歌が歌えるらしいの。その精霊は、ローレライの人魚のような姿をしていたそうよ」

「ローレライか……。

ライン川の水中から突き出した岩山に棲《す》んでいるとされる精霊の伝説だね。俗説の一つでは人魚の姿といわれるが、その原型はギリシャ神話のセイレーンで、女性の顔と鳥の身体を持っていた、古《いにしえ》の海の怪物さ。

ともかくローレライ伝説に共通するストーリーは、不実な恋人に絶望してライン川に身を投げた乙女が、水の精となり、彼女の声が漁師を誘惑して破滅へと導くというものだ。

乙女が現れる岩山は、ライン川で最も川幅が狭く、流れも速い難所だというね」

ロベルトの言葉に、エリザベートは深く頷《うなず》いた。

「そう、それよ。水の精霊が人を誘惑して溺れさせるの。ゾーイの遺体を見た時、思わずローレライの話を思い出して、ゾッとしたわ」

「人を破滅へ導く古の怪物ですか……。とても興味深い話ですね。そのような魔物がいるとすれば、これらの事件の犯人にもなり得ます」

資料から目をあげた平賀が、会話に加わった。

「というと？」

ロベルトとエリザベートが平賀を見詰める。

「ファウラー氏の資料を見て下さい。これが一人目の被害者です」

平賀はデイビッド・ボウマンの資料をテーブルに置いた。

デイビッド・ボウマン
白人。年齢四十歳。身長百七十六センチ。推定体重七十二キロ
職業エンジニア。大手自動車メーカーに勤務
前科、逮捕歴なし
既婚者。家族は妻と子供二人
趣味はウォーキング、読書、フリーマーケット巡り

　ロベルトが見たところ、ボウマンは平凡なよき社会人、よき夫という感じだ。

「検死結果によれば、彼もやはりゾーイさんと同じ静かな溺死《できし》をしています。発見場所はエバーグレーズの浅瀬です。事故で溺死したとすれば、深い所から流されてきた可能性も否めませんが、咳嗽《がいそう》反射が見られないというのは奇妙です。この人も体力を極端に消耗していたということになるのでしょうか」

　平賀は首を捻《ひね》った。

「このリストの四人が皆、体力消耗の末に、自殺したというの？　それは変よ。少なくともゾーイは元気そのものだったわ」

　エリザベートは語気を強めた。

「平賀。子供用の浅いビニールプールや貯水槽、公園の噴水で自殺した人達も、やはりゾーイと同じ、奇妙な死に方なんだね？」

　ロベルトが念を押すように訊《たず》ねる。

「はい。貯水槽の深さは二メートルですから、まだ溺死も考えられますが、子供用のビニールプールは深さ五十センチ。公園の噴水のある池は、一番深い所で、七十四センチとあります。溺死するには、かなりの努力を必要とします」

　平賀は機械の様に答え、話を続けた。

「検死結果を見る限り、リストの四人が身体的疾患を抱えていた様子はありません。つまり死の直前まで健康だった人間が、毒物や薬物の影響もなく、内臓疾患もなく、突然、体力低下を引き起こした末に、自殺したということになっています。

勿論《もちろん》、死因解明の技術というものは、充分に発達したとはいえ万能ではありませんし、人体には未《いま》だに謎も多いです。原因不明の突然死は起こりえる事実であり、大抵は不幸な事故として片付けられます。

それが年に数度という単位なら、某《なにがし》かの不幸な事故で片付くでしょう。

ですが短期間に同様の不審死が連続すれば、それは奇妙と言わざるを得ません。

さらにゾーイ・ズーさんをはじめとする遺体発見現場は、マイアミ市からその北西部三十キロ範囲内に集中しています。

ですから結論として、私には、これらが単なる自殺とは考えられません。

むしろ彼らがローレライの歌声に呼び寄せられ、朦朧《もうろう》状態で溺死したと考える方が、納得出来るぐらいです」

「嫌だわ……。魔物が相手のオカルト事件だなんて」

エリザベートが、ぶるっと身震いした。

「だがもし、ローレライの様な真似ができる人間がいるとしたら、どうだい？」

ロベルトは平賀に訊ねてみた。

「特殊能力者ですか？　それも考慮した方が良さそうですね」

平賀は至極真面目に頷いた。

「ローレライの魔物が実在するかどうか、私には分かりませんが、少なくともその伝説が生まれた場所には、川の幅が狭く、流れが速い難所という、船が沈没しやすい条件は存在していました。

　今回の事件においても、ローレライの魔物が実在するという仮定以外に、同様の力を恣《し》意《い》的に行使する者がいる、あるいは同様の現象を引き起こすことのできるトリックが存在するという可能性を考えるべきでしょう」

「仮にそうなら、新種のテロ並みの脅威じゃないか」

　ロベルトが呟《つぶや》く。

「ええ。サスキンス捜査官もそう考えたのかも知れません」

「ということは、やはりリストの人物の遺族に会ってみるべきね。デイビッド・ボウマンの自宅まで、車で行けば一時間ほどよ」

　エリザベートが住所を確認しながら呟いた。

「よし。先方に連絡を取ってみよう」

　ロベルトは携帯を握り、ボウマンの連絡先をプッシュした。

『はい、ソフィア・ボウマンです』

　落ち着いた声の女性が出た。

「突然、すみません。ボウマン夫人でいらっしゃいますか？」

『ええ……そうだけれど』

「僕はバチカンの神父で、ロベルト・ニコラスという者です」

『バチカンの神父様？』

「ええ。実はご主人の件でお訊ねしたいことがあり、連絡させて頂きました」

ロベルトは率直に切り出した。

『どうして神父様が？　夫の自殺が神様に対する冒瀆《ぼうとく》だからですか？　それともオリビアの霊のことですか？』

ボウマン夫人は軽くパニックを起こした様子だ。

オリビアの霊、という言葉に少し驚きながらも、ロベルトは相手を興奮させないよう、穏やかな声を出した。

「いえ、お伺いしたいことは一点です。数日前、貴女《あなた》のところにFBI捜査官が訪ねて来られませんでしたか？　ビル・サスキンスという男性なのですが」

『ええ、確かにそんな人が来たわ』

「実はその捜査官が、ご主人の事件を捜査中、行方不明になっているんです。僕は彼の友人で、彼の婚約者と共に、彼を探しているのです。

貴女がサスキンス捜査官とどのような話をされたのか、お話を伺えないでしょうか。少しでも手がかりが欲しいのです」

『……そういうことですか……。分かりました。それでしたら、家に来て頂いても構いません。いえ、むしろ来て頂きたいわ』

「分かりました。お伺いさせて頂きます。一時間後でも構いませんか？」

『ええ。お待ちしているわ』

電話はプツリと切れた。

「良かった、すぐに会ってくれるそうだ」

ロベルトは二人に、夫人との会話を伝えた。

「ラッキーね。早速、出発しましょう」

エリザベートと平賀が立ち上がる。

「残りの三人にも面会できるよう、アポイントを取りながら行こう」

ロベルトは携帯を手に、二人を追った。

## 3

三人はエリザベートが運転する車で、ウェストンにあるボウマン家へ向かった。

エバーグレーズに隣接する郊外都市ウェストンは、人口六万五千人余り。シカゴに拠点を置く不動産開発会社によって開発された新興高級住宅地で、ファミリー層に人気が高い。

整然と立ち並んだ住宅は、どこも南国風の花を植えたガーデニングに凝っていて、家並みに温かさを添えていた。

青々とした芝生と豊かな木々、至る所に広がる池と川、それらを避《よ》けるように蛇行する道路。まるで街全体がゴルフコースのようだ。

白いスレート屋根の真新しい住宅が並ぶ一角に、ボウマン家はあった。

綺麗《きれい》に手入れされた芝生に、とりどりの花が咲いている。

ロベルトがインターホンを鳴らすと、暫《しばら》くして玄関が開き、薄桃色のワンピースを着た女性が現れた。

「先程ご連絡しました、ロベルト・ニコラスです。こちらは同僚の平賀神父、それからサスキンス捜査官の婚約者で、エリザベート・モーリエさんです」

「ソフィア・ボウマンです。中へどうぞ」

ソフィアはか細い声で応じた。目の下の隈《くま》が目立ち、疲れている様子だ。

案内されたリビングに、三人は腰を下ろした。

白い壁と白い家具で纏《まと》められた室内は、やけにスッキリと片付いている。

大きな窓から、光と緑に溢《あふ》れた景色が見えていた。

部屋の隅には大きな段ボール箱が五つばかり積まれ、箱の上には額入りの絵画が乱雑に重ねられている。

「とても綺麗なお家ですね。窓からの景色も素晴らしい」

ロベルトは社交辞令を繰り出した。

「早く売っぱらって出ていきたいですわ、こんな禍々《まがまが》しい家……」

ソフィアは暗い面持ちで言った。

「家を売るんですか？」

「バチカンの神父様ならお分かりになりません？　この家に漂う悪霊の気配が……。

今日は午後から不動産屋が査定に来る手筈《てはず》になっているんです。それで昨日、子ども達を実家のアラバマに預けました」

ソフィアの怯《おび》えたような表情に、平賀とロベルトは顔を見合わせた。

「こちらを訪ねてきたFBI捜査官に話された内容をお聞かせ下さい。先程貴女はオリビアの霊、というようなことを仰《おつしや》っておられましたが」

ロベルトの言葉に、ソフィアはじっくりと頷《うなず》いた。

「ええ。主人は悪霊に取り憑《つ》かれていたんです」

「オリビアという？」

「そう……。最初にその名を聞いたのは、四月だったかしら。主人は寝言でしきりに女の名を呼ぶようになったんです。私の名前も呼び間違えたりして。

そんな名前の人、私は知りませんし、主人に『オリビアって誰？』と訊《たず》ねても、答えてくれません。

妙だなと思い始めた矢先、主人は夫婦の寝室を避けて書斎で眠るようになったんです。携帯を肌身離さず、陰でこそこそ誰かと話したり、ふらりと外出したり……。

私は当然、彼の浮気を疑いました」

ソフィアは人差し指の爪を嚙《か》んだ。

「それはお辛《つら》かったでしょう。愛する夫が他の女性に心を移したとなれば」

ロベルトが同情たっぷりに言うと、ソフィアは瞳《ひとみ》を潤ませた。

平賀とエリザベートは身じろぎもせずに話を聞いている。

「ええ、辛かったわ。ふらりと外出するのも、彼女とデートをしているんじゃないかと。そして主人は突然、帰ってこなくなったんです。オリビアと駆け落ちしたんだと思わない方がおかしいでしょう?」

「確かにそうですね」

「それで私は警察に失踪《しっそう》届を出し、探偵を雇って、主人とオリビアのことを調べたんです。でも、探偵は主人が浮気をしていた形跡を何一つ見つけられませんでした。主人のパソコンや携帯にも、特定の女性と連絡をとっていた様子はなかったんです。

そして主人の失踪から十日後、警察から連絡があって、主人が一人でエバーグレーズで入水自殺をしたと告げられたんです。

主人は自ら車を運転してエバーグレーズへ行き、一人で自転車を借り、それを茂みに放置したそうです。その自転車の側には、靴と上着が脱ぎ捨てられていたと。ですから、その場所から入水したのだろうというお話でした。

主人は確かに一人で自転車に乗っていたそうで、その目撃者も確認されました。

でも不思議じゃありません? てっきり主人はオリビアと駆け落ちをしたと思っていたのに、たった一人で行動して、一人で自殺していただなんて……」

「それは混乱したでしょう」

「ええ、本当に……」と、ソフィアは小さな溜息《ためいき》を吐いた。

「そして夫の遺品整理をしていますと、若い頃の主人と女性が一緒に写っている古い写真を見つけたんです。裏書きには、『デイビッドとオリビア、愛の記録に』と。

　とうとう私はオリビアを見つけたんです。

　しかも主人と古くから関係を持っていた女性だとわかり、私は義母にその写真を見せて、オリビアのことを問い詰めました。

　義母が言うには、私と出会う前、デイビッドにはオリビアという婚約者がいたと。主人がハイスクールから付き合っていた女性でした」

「成る程……」

「ところがオリビアは、交通事故で亡くなっていたんです。

　七年前に私と出会い、結婚すると決まった時は、ようやくオリビアの死を乗り越えられたと思ったのだと、義母は語りました」

「オリビアさんは、確かに亡くなっていたんですか？」

「その点は私も義母に確認しましたが、間違いありません。義母も葬式に出て、彼女の死に顔を見たそうです。

　それに……私もオリビアの霊に会ったので分かります。彼女は死んでいたと」

「貴女もオリビアの霊に会った……？」

「ええ。あれは主人が失踪して間もなくのことです。ベッドで眠っていると、胸苦しさを感じ、身体の自由がきかなくなって、息が苦しくて……。なんとか眼を開けると、オリビアが私の上から覆いかぶさって首を絞めていたんです。

そして、彼女が耳元で囁《ささや》いたんです。『デイビッドは、もう私のものよ』って……。

恐ろしかったわ。あの時のオリビアの顔と声は一生忘れられません。あの女がいつまた闇の中から現れるかと、その夜から、この家で眠るのが怖いんです」

ソフィアは唇を震わせた。

「成る程、それでお引っ越しを」

「ええ。それに警察が発見した車のドライブレコーダーの記録から、主人がしょっちゅうエバーグレーズのビッグサイプレス国立保護区に行ってた事も分かりました。義母に聞くと、昔オリビアとよくデートしていた場所だとか。

この家を買ったのだって、いい自然環境の中で子どもを育てたいから、なんて尤《もっと》もらしいことを言い訳にしてましたけど、きっと、あの女との思い出の場所の近くを選んだだけなんです……。しかも最後は女の霊を追いかけて、自殺するなんて……。

ほんと、私と子どもを長い間、裏切っていたとしか思えないわ。私の結婚生活は何だったんだろうって、腹立たしくて仕方ないの。だから引っ越すんです」

ソフィアは悲しさと悔しさがないまぜになった表情で、顔を歪《ゆが》めた。

「そのオリビアさんの写真を見せて頂けませんか？　あと、ご主人の携帯やパソコン、つけていた日記のようなものがあれば、拝見したいのです」

平賀が言った。

「携帯は水に濡《ぬ》れて壊れて戻ってきましたし、日記をつける人ではなかったわ」

ソフィアは憮然《ぶぜん》と答えた。

「パソコンは？」

さらに平賀が訊ねる。

「エバーグレーズの写真なんかがたっぷり入ったノートパソコンならありますけど」

ソフィアは嫌みたっぷりに答えた。

「あっ、では是非それをコピーさせて下さい」

平賀は嬉々《きき》として言った。

「どうしてですか？」

ソフィアが不審げに訊ねる。

「ご主人の生前の行動を知りたいからです」

「今更そんなものを知ったって……まあいいわ」

ソフィアは文句を言いかけて止め、部屋に積まれた段ボールから、ノートパソコンとメモを取り出した。

メモを見ながらパスワードを打ち込み、平賀に手渡す。

「有り難うございます。コピーを頂きますね」

平賀は自分のノートパソコンを広げ、作業を始めた。

ソフィアはさらに「廃棄用」と書かれた段ボールから、オリビアの写真を探し出し、平賀に手渡した。

「有り難うございます。ところで悪霊について、一つ質問があるのですが」

「何かしら」

「お話を聞く限り、ご主人や貴女《あなた》が幻覚を見た可能性について、考えざるを得ないのですが、お二人が向精神薬やドラッグを常用なさっていた、或《あるい》いは短期間使用されていたようなことはありませんか？」

平賀がいきなりそう言ったので、ロベルトとエリザベートはぎょっとした。

ソフィアは当然ながら苛立《いらだ》った顔で、平賀を睨《にら》んだ。

「とんでもない言いがかりだわ。私も主人も、ドラッグどころか酒も煙草もやりません」

「でしたら、処方薬はどうです？　インフルエンザの薬などでも、体質によっては錯乱を起こし、異常行動に走るケースがあります」

「いいえ。私達は健康中心主義者で、無農薬しか食べないベジタリアンなんです。薬も余程でないと飲みません。頭痛薬も、風邪薬も」

「そうですか。ではご主人は、特定のアレルギーなどはお持ちでしたか？」

「卵アレルギーが少しありました。夫の死とそれに、何か関係があるんですか？」

ソフィアは完全に苛立っていた。

「いえ、ただ体質を聞いておきたかっただけです」

平賀は平気な顔でメモを取っている。

その時突然、エリザベートが悲痛な面持ちでソフィアの手を取り、涙ぐんだ。

「ソフィアさん、今日は無理を言ってお時間を下さって、有り難うございます。色々と辛いことを思い出させて、本当にごめんなさい……。

婚約者のビルが失踪してしまい、命も危ういと知って、少しでも手がかりが欲しかったんです。本当に辛くて、息もできないぐらいで……」

するとソフィアは、哀れんだ目でエリザベートを見た。

「まあ……泣かなくてもいいのよ。貴女の婚約者は、うちの人とは違うわ、きっと」

「そうでしょうか……。でも、不安だわ。彼も悪い霊に誑《たぶら》かされているのかしら……」

「大丈夫よ、心配しないで。ほら、涙を拭《ふ》きなさい」

ソフィアはあっという間に、気を遣われる立場から気を遣う立場へと逆転した。

エリザベートにハンカチを差し出している彼女の顔から、すっかり怒りは消えている。

二人があれこれと話し込んでいるうちに、平賀の作業も無事に終わる。

一同はソフィアに丁寧な礼を言って、彼女の家を退出した。

＊　＊　＊

「奇妙な話だったわね。ローレライの次は、過去の女性の霊だなんて……」

車に戻った途端、エリザベートはピタリと涙を止めて呟《つぶや》いた。

「全くだ。一寸《ちょっと》した超常現象を調べているみたいな気分だよ。おまけに夫人まで霊体験をしていたとは」

ロベルトはそう言いながら、エリザベートの演技力に舌を巻いた。

平賀は無言でパソコンの顔認識システムを起動させている。

「平賀、何をしてるんだい？」

「デイビッド氏が撮った被写体を分類しています。重複して写っている人物がいるかも知れませんし、オリビアに似た人物がいるかもと思いまして」

「成る程。オリビアに似た女性がエバーグレーズにいたとすれば、彼がそこへ通うことの現実的説明にはなるね」

「はい。その女性に会ったことが、デイビッド氏の心境に、何かの変化をもたらしたのかも知れませんから」

ロベルトは平賀が見ていたオリビアの写真を横から眺めた。

「オリビアという人は、こうして見ると少しソフィアさんに似ているね」

「そうですか？　骨格はかなり違いますよ」

平賀は首を傾げた。

「どれ？　ああ、目の色と髪の色が同じだわね。それに、雰囲気も少し似ている」

エリザベートはロベルトの意見に味方した。

「そうなると、デイビッド氏がソフィアさんを結婚相手に選んだ理由というのも、彼女にオリビアの面影を重ねていた、という可能性もあるってことか」

ロベルトの言葉に、エリザベートは溜息《ためいき》を吐いた。

「だとしたら、それこそソフィアさんはショックでしょうよ。それに薄々気付いていたから、あんなに感情的になっていたのかも知れないわね」

二人の会話の意味についていけず、平賀は再びパソコンの画面に没頭した。

「それで、今度は誰の所に行けばいいのかしら？」

エリザベートがエンジンをつける。

「隣町のデイビーだ。家の近くのガソリンスタンドに車を置いたまま、傍の公園の噴水に身を投げたエミリオ・ゴンザロの家族を訪ねよう。時間も丁度いい頃合いだ」

「分かったわ」

車は再び走り出した。

## 4

ゴンザロ家は、小さな一軒家が犇《ひし》めく一角にあった。

家々を囲むベニヤ板の柵《さく》にスペイン語の落書きが見え、夕方の道のあちこちでは、ヒスパニック系らしき子ども達がサッカーボールで遊んでいる。エミリオ・ゴンザロの家の庭先では、十四、五歳の少年がバスケットをしている姿があった。

子どもは三人の姿に気付くと、怖いものでも見るように、物陰に隠れた。

ロベルトが玄関のチャイムを鳴らすと、大きな目に眉《まゆ》を細く描いた、グラマラスな女性が戸を開いた。

女性は、三人をじろりと見たかと思うと、たちまち相好を崩した。

「まあ、先程お電話頂いた、バチカンの神父様がたですね。私がエミリオの妻、グロリアです」

「初めまして、ロベルト・ニコラスです。亡くなったご主人のことで、詳しいお話を伺えればと思いまして」

ロベルトが示したバチカンの身分証を、グロリアはちらりと見た。

「驚きましたよ。うちのロクデナシのことで、バチカンの神父様がたがわざわざお越しになるなんて。それで、そちらのお嬢さんが婚約者を探しているというエリザベートさんね。さあ、散らかっていますけど、中へどうぞ」

グロリアはほつれ髪を整えながら、三人を招き入れた。

玄関を入ってすぐに台所と四人掛けの小さな食卓があり、鍋《なべ》がくつくつと煮立っている音がした。

壁の小さな棚には、マリア像が置かれた質素な祭壇がある。

辺りにはチリコンカンの匂いが立ち込め、歯ぎしりのような空調の音が響いていた。

グロリアは台所に回り込んで火を消すと、食卓に戻ってきた。

「家が狭くて、ここでしかお話しできませんけど」

グロリアが示した食卓に、三人が座る。

「電話でも確認しましたが、こちらにビル・サスキンス捜査官が訪ねて来たんですね？」

ロベルトが切り出した。

「ええ。ＦＢＩのハンサムガイよね。よく覚えてるわ」

「彼にどのような話をなさったんですか？」

「そうね……。主人が亡くなる前、変わったことや気になることはなかったかと訊《き》かれたわ」

「ええ、それで？」

「彼にも言ったのだけど、私は毎日、仕事に出かけなきゃならなかったので、主人の行動といっても、よく分からないんですよ。なんせ主人は十年前に腰を悪くして、運送業を辞めちまいましたから、私が働かなきゃ食っていけませんでね。

そこから今まで、まあ色々ありましたよ。酒に溺《おぼ》れ、薬に溺れ……何度別れてやろうかと思いましたけどね、でもあの人、浮気だけはしなかった。だから私もなんとかやって来れたんでしょうね。

最近は……そうですね、昔よりは真面目になったかしらね。ボランティアのカウンセリング会に通うようになって、落ち着いたんですよ。私がいないときは、少しばかり家事もこなしてくれてました。変わったことというと、それぐらいね」

グロリアは苦笑しながら、目にうっすら涙を浮かべた。

その様子を見ていたエリザベートは、内心、驚いていた。

(敬虔《けいけん》なカソリック信者が相手だと、神父様の効力って絶対的なのね。全く嘘も隠し事もなく、素直に証言をしてると分かる……。私の出る幕はなさそうね)

「薬といいますと？」

平賀が訊《たず》ねた。

「鎮痛剤よ。オキシコンチン。それが処方されなくなると、ヤミの薬に手を出したこともあったわ。でも、もう何年も昔の話です。近頃はお金も持たせていませんでした」

「薬への依存症も、ボランティアのカウンセリング会に通うようになり始めて、治ったということですね。ちなみに、なんというカウンセリング会ですか？」

「よくは分かりません。ただ、そう聞いただけで、詳しい話をするような時間も無かったんですよ」

「成る程。ご主人の一件を聞いた時、貴女《あなた》はどう思われました？」

するとグロリアは首を傾げて考え込んだ。

「そうね……。一報を聞いた時は、また酒か薬かに手を出したのかと思ったんですよ。だけど、検死の結果は違うということで」

「ええ。自殺ですよね？」

ロベルトが念押しするように言うと、グロリアは、目を見開き、首を横に振った。

「いいえ、考えられませんよ。あんな池で自殺だなんて。第一、私も夫もクリスチャンですよ。自ら命を絶つなんてありえませんわ」

「それでは他殺か事故だと？」

「そうなのよ。怪しいのは従兄弟《いとこ》のジョゼフじゃないかしら。サスキンス捜査官にも私、そう言ったわ。何度かうちにお金をせびりに来たロクデナシがいるから、そいつを調べて欲しいって」

「成る程……」

すると横から平賀が会話に加わった。

「ご主人の残した携帯やパソコンがあれば、お借りして調べてもいいですか？　ご主人の交友関係を知りたいのです」

グロリアは頷《うなず》くと立ち上がり、隣の部屋に行って、携帯を持って出てきた。

「恥ずかしいけど、うちは貧乏所帯だから、パソコンなんてないんですよ。携帯だけです。どうぞ調べて下さい。でも調べた後は返して下さいね」

「ええ、必ず。それと、エミリオさんが死体で発見された公園の池の場所を教えてもらえますか？」

「ええ、地図を描きますわ。実際にご覧になったら、お分かり頂けると思うんですよ。あんな場所で自殺なんて、おかしいってことが」

グロリアは簡単な地図を描いた。

三人がエミリオ・ゴンザロの家を出て、車を停めた場所まで歩いていると、息を切らして子供が追いかけてきた。

「父さんのことを聞きに来た神父様なんでしょう？」

ロベルトと平賀は立ち止まり、振り返った。

先ほど、ゴンザロの家の庭にいた少年だ。

「君は？」

「父さんのことで、言いたいことがあって……」

「どんなことだい？」

ロベルトは優しく問いかけた。

「父さんは最近、様子がおかしかったんだ。僕が学校から帰ると、いつも家にいなくて、母さんが帰る少し前に戻ってきて、ずっと家にいたって顔をしてたんだ」

「お母さんに内緒で出掛けてたのかい？　何処へ？」

「分からない。カウンセリングだ、って父さんは言ってたけど、絶対違うよ」

少年は唇をぎゅっと嚙《か》んだ。

「どうしてそう思ったんだい？」

「帰って来た時は、気味の悪い顔でニヤニヤしてるんだ。とにかく嫌な感じなんだよ。いいことじゃない、って分かるんだ」

少年は懸命に訴えた。

「嫌な感じか。何だったんだろうね。もっと詳しく言えないかな？」

するとと子供は言葉を濁しつつ答えた。

「浮気……だと思う。友達のダニーの家もそれで両親が離婚したんだ。あと、父さんが亡くなった日のことだけど、母さんにも言ってないことがある」

「何だい？」

「本当はあの日、僕は学校をサボって、父さんが出ていくのを止めようとしたんだ。

そしたら父さんはひどく怒って、僕や母さんになんて何の意味もない、ただの悪夢だって言ったんだ。自分にはもっといい、本当の生活がある。本当の妻と子供がいる。自分はそこに戻るから、もうこんな悪夢はうんざりだって。そして行ってしまったんだ」

「どうしてそれを今まで黙ってたんです？」

平賀が驚いた顔で少年に訊ねた。

「だって……父さんがそんなひどいことを言ったなんて、母さんの前で言えないよ。母さんはまだ父さんのことを信じているし、愛してるんだ」

少年は今にも泣きそうな目で、平賀とロベルトを交互に見た。

「そうか。本当のことを話してくれて、有り難う」

ロベルトは少年の側にしゃがみ込み、腕を取って礼を言った。

「僕、神父様の役に立てた？」

「ああ。とてもね」

「なら良かった。でも、神父様、このことは母さんには秘密にしてね」

少年はそれだけ言うと、駆け去って行った。


三人は車に戻り、溜息《ためいき》を吐いた。

「エミリオ氏があの子に言った事をどう思いますか？」

平賀は車の中で、ロベルトに訊ねた。

「意味通り受け取るなら、あの少年の言った通り、浮気をしていた可能性があるね」

ロベルトは答えた。

「病気が良くなって、行動的になったエミリオ氏が、別の女性との恋愛に走って、隠して家庭を築いていたということでしょうか。それにしても、自分の家族を悪夢だとか、意味がないだとかいうのは、酷《ひど》い話です」

平賀はムッとした顔で、鼻の穴を膨らませた。

運転席のエリザベートが、後ろを振り返る。

「でも、おかしいわよ。ずっとろくに働くこともできない低収入の男が、二重生活を送れるだけの資金を持っていると思う？」

「分かりません。お相手が裕福だったのかも知れませんし」

平賀の言葉に、エリザベートは「死んで当然の酷い男だわ」と、顔を顰《しか》めた。

「だけど仮に浮気が事実だとすると、一つのストーリーは成り立つね。

エミリオ・ゴンザロは、いつものお楽しみの為に家を出ようとして、息子に引き留められた。だから激高して秘密をばらしてしまった。それで、もう家には帰らないつもりで、出て行った後、ガス欠かなにかでガソリンスタンドに立ち寄った。

そこでもう一人の妻に連絡し、そっちで暮らすと告げたが、断られてしまった。もしくは喧嘩《けんか》になった。それで行き場を失い、絶望して、自殺をした」

「そうね。そういう俗悪で陳腐な話は、世の中に沢山転がってるわ。とにかくガソリンスタンドの近くにある現場へ行ってみましょう」

エリザベートはグロリアからもらった地図を見ながら車を走らせた。

車を八分ばかり走らせると、直ぐにガソリンスタンドに到着する。

「ここで少し聞き込みをしてみよう」

平賀とロベルトはガソリンスタンドの店員をつかまえ、エミリオが誰かと会っていなかったか、電話で話をしていなかったか訊ねた。

「警察にもさんざん訊《き》かれたが、ガソリンを給油したことしか覚えちゃいないよ」

店員は首を傾げるばかりであった。

次に三人は、店の傍にある公園に立ち寄った。

そこで見た光景は、俗悪で陳腐なストーリーを破壊するには充分であった。

その公園にある噴水の池は、資料によれば「最深の深さが七十四センチ」とある。

だが、実際に見てみると、大人が横たわるのがせいぜいという、楕円《だえん》形のごく小さな代物で、中央部こそ深さがあるが、手前部分は三十センチの深さもない。

噴水も小さく見窄《みすぼ》らしいもので、水面より僅《わず》かに高いコンクリートの突起物から、申し訳程度の水がちょろちょろと流れ出ているだけである。

よりにもよって、ここで入水自殺をしようと思い立つのは、余りに不自然だ。

ポケットから取り出したメジャーで池の水深を測りながら、平賀も腑《ふ》に落ちない表情をしている。

「やっぱり変よね。だって近くには湖だってあるのに、こんな場所で入水自殺だなんて」

エリザベートが大きな声で言ったので、近くで犬の散歩をしていた老人が振り返った。

「確かに尋常ではないな」

「資料によると、死亡時刻は夜の十時から十一時となっています。素直に考えると、エミリオ氏は夕方から夜中まで此処《ここ》でぼうっと過ごして、人が居なくなってから池に入ったということになります」

「じゃあさ、人が居なくなったのを見計らってから、きちんと溺《おぼ》れ死ぬことができるように、慎重に慎重を重ねながら、水に入ったとでも言うのかい？」

ロベルトは不可解さに腕を組んだ。

「それはとっても奇妙で異常ですね」

平賀はどこか嬉《うれ》しげに呟《つぶや》いた。

「さて、次の聞き込みに出掛けるかい？　病院の貯水槽で溺死《できし》した清掃員の家族に連絡が取れているけど」

ロベルトが誘うように声をかけると、平賀は瞳《ひとみ》を輝かせて振り返った。

「勿論《もちろん》です。こんなに疑問だらけなのに、途中でなんて止められません」

## 5

「次はペンブロークパインズね」

「はい。次の溺死者は、二十一歳の清掃員レズリー・ローグです。少なくとも溺死はしやすい環境の中で起こった事件です」

「時間も惜しいし、飛ばすわよ」

エリザベートは、車のアクセルを踏み込んだ。

ペンブロークパインズはブロワード郡で第三位の総面積を持つ都市だ。人口は十六万人余りと、郡内第二位を誇っている。

一昔前までは、のどかな酪農と農業の町であったが、一九九〇年代にマイアミ・デイド郡を襲ったハリケーンの影響で転入者が一気に増え、国際大学のキャンパスが置かれるなど教育制度も充実して、全米都市賞を受賞したこともある。

そんな市の中心にあるペンブローク記念病院がレズリー・ローグの職場であり、生前は五キロほど離れた住宅街のアパートに、母親と共に住んでいたと記録にはある。

病院やショッピングセンター、飲食店などのある中心部を離れると、広い道路の両側に緑の芝生が連なり、家々が建ち並ぶ、いかにも郊外らしい光景が広がっている。

ところどころにある空き地では、子ども達がサッカーをして遊んでいた。

レズリーの家はタウンハウスで、同じ形の二階建て住宅が連なるうちの一軒だ。

インターホンを鳴らすと、レズリーの母、レオナ・ローグが平賀達を室内に招き入れた。

リビングに大きな十字架と祭壇があり、レズリーの写真が飾られている。

「レズリーは自慢の息子でした。本当に可愛い子でね」

レオナはテーブルの上にアルバムを広げ、レズリーの写真を平賀達に見せながら涙ぐんだ。写真の中の彼はいずれも母に寄り添い、愛らしい笑顔を振りまいている。

「失礼ですが、ご主人は?」

ロベルトの問いに、レオナは憔悴《しょうすい》した顔で首を横に振った。

「あの子が一歳の時、亡くなりました。それからずっと、二人きりで生きてきたんです」

「この度はお気の毒です……」

　エリザベートが声をかける。

「貴女《あなた》の方こそ、婚約者が失踪《しっそう》なさったんですって？」

　レオナが同情の目をエリザベートに向ける。

「ええ。失踪する直前に、こちらに伺ったと聞きました。そこでどんなお話をされたのか、聞かせて頂けませんか？　彼を探す手掛かりにしたいんです」

　エリザベートは縋《すが》るような顔つきで言った。

「どんな……と言っても、息子の思い出話ばかりだったと思うのだけど」

「そう……ですか」

　エリザベートが溜息を吐く。

「でしたら僕達にも是非、息子さんの思い出をお聞かせ下さい。彼が悩んでいたことや、変わった素振りなどが無かったか。何でも結構です」

　ロベルトが横から優しく語りかけた。

「そうですわね。あの子は子どもの頃から明るくて、いつもクラスの人気者でした。友達思いで優しい子でね。

　でも、そんな性格がすっかり変わったのは、三年前、高校で起きた銃乱射事件だったんです。

　レズリーは無傷で生き延びましたけど、アリスとジェフリーというクラスの友人が亡くなって、あの子は大きなショックを受けました。アリスというのは、レズリーの恋人で、ジェフリーは親友だったんです。

それからは学校へも通えず、家から出ることも出来なくなって……。どんな治療もカウンセリングも、息子を救うことはできなかったわ。

そうしてずっと辛《つら》い日々が続いた後、思い切って環境を変えようと、二人でこのペンブロークパインズに引っ越してきたんです。

そんな時です。あの子に奇跡が起こったのは！

教会に通い出すと、あの子は少しずつ元気を取り戻して、体力作りの為にヨガやウォーキングまでするようになったんです。そうしていずれは自分のように苦しみを抱える人々の助けになりたいと、将来の夢も語ってくれました。

再び輝き始めたあの子の姿が、どんなに誇らしかったことか」

レオナは胸に手を当て、うっすら涙を浮かべた。

「辛い時期を乗り越えられたんですね」

「はい……。そうして私の仕事も落ち着いた頃、あの子は自分で、自分の仕事を見つけてきたんです。お金を貯めて、又、学校へ通いたいからと言って……。

なのに、その職場であんな事故に……。あんな……あんな事になるぐらいなら、あの子を家から出すんじゃなかった……」

レオナはしゃくりあげて泣いた。

「そうだったんですか」

ロベルトはレオナが落ち着くのを待って、次の質問を試みた。

「レズリーさんのことは、事故だったとお考えなんですね」

レオナは小さく頷《うなず》いた。

「ええ。病院の屋上にカメラがあったそうです。周りに人影もなく、あの子が貯水槽の近くで足を滑らせるところが映っていたと、警察から聞きました」

「貴女は映像を確認していないのですか？」

「ええ、恐ろしくてとても見られませんでした」

「職場での悩みや不満などは、お聞きになっていませんか？」

「それなんですけどね、働き始めた頃は毎日、こんなことがあったんだ、なんて嬉しそうに話してくれてたんです。病院では、とても頼りにされていたみたいでね。頼まれると、毎日のように、働きに出てました」

「毎日のように、ですか。それは大変だったでしょう。過重労働では？」

エリザベートは目を丸くした。

「ええ。無理をするなとは言ったんですけど、聞いてくれなくて……。でも、やっぱり何があっても、あの子を引き留めるべきでした。それは私だけの責任じゃなくて、病院の管理責任も重大だったと思います。

ですから私、職場に無理難題を押しつけられたんじゃないかと訴えました。ですが、真剣に取り合ってはもらえませんでした。

警察だってそう。職場のパワハラやいじめはなかったか、きちんと調べて下さいとお願いしたんです。なのに警察は、あの子が自殺したなんて、酷《ひど》いことを言うんです」

レオナは興奮に声を震わせ、拳《こぶし》を握りしめた。

「息子さんは教会に通われて、元気を取り戻したと仰《おっしゃ》いましたね」

「ええ」

「どちらの教会でしょう？」

「パインズ新福音教会です」

「福音教会……」

ロベルトが小さく反芻《はんすう》する。

「そこで特にお世話になった牧師様はいらっしゃいました？」

エリザベートが畳み掛けるように訊《たず》ねた。

「それは当然、アダム・ミカズキ牧師です」

レオナの思いがけない答えに、三人はハッと顔を見合わせた。

「アダム牧師をご存知なんですか？」

「ネイティブ・アメリカンの顔立ちをした、長い黒髪の牧師ですよね？」

平賀とエリザベートが食い入るように身を乗り出す。

「ええ、そうですよ。知っているも何も、あの子はアダム牧師に救われたんです。あの方に悩みを相談しに行くようになって、みるみる元気を取り戻したんです。

アダム牧師は素晴らしい方だわ。でも……何故、神父さんがアダム牧師さんのことを知ってらっしゃるの？」

「いいえ、神父様がたではなく、私の婚約者が知り合いだったんです」

エリザベートが答えた。

「そうでしたの。でも残念だわ、異動してしまわれたなんて」

「異動ですか？」

「ええ。レズリーの事故で私も落ち込んで、アダム牧師にお話を聞いていただいていたんです。でも昨日、教会へ行くと、別の牧師様がいらして、アダム牧師は遠くに赴任したと伺いました」

「どちらの教会へ？」

「さあ……そこまでは」

「そうですか」

この後、パインズ新福音教会に連絡をしなければ、とロベルトは思った。

「レズリー君は睡眠薬や向精神薬なども飲んでいましたか？」

突然、平賀が横から訊ねた。

「まさか」と、レオナが大きく首を横に振る。

「もうそういう時期ではなく、時々、自然療法を試す程度になっていました」

「自然療法とは？」

「音楽を聴きながら瞑想《めいそう》したり、軽いヨガのようなことをしたり、森林浴なんかもすると言ってたかしら。とても健康的でしょう？　少なくとも昔のように、真っ赤な錠剤を沢山飲まなくても良かったことは確かよ」

それからレオナはたっぷり三十分ばかり、息子の自慢話を三人に話して聞かせた。

最後にレズリーの部屋を見せて貰《もら》い、平賀がパソコンと携帯のデータをコピーしたいと申し出ると、レオナは快く承知した。

## 6

レオナ・ローグと別れた三人は、疲れた顔で車に乗り込んだ。

時刻は午後八時を過ぎている。

「長い話だったわね。頭が痛くなってきた」

エリザベートは愚痴をこぼした。

「ああして息子さんを偲《しの》んでいらっしゃるんだ。それよりアダムのフルネームと所属教会が分かったのは収穫だった」

そう言うと、ロベルトはパインズ新福音教会の住所と連絡先をネットで検索した。

ホームページに書かれた電話番号にかける。

三度目のコールで電話を取る音がした。だが、流れてきたのは機械音声だ。

「閉館時間を過ぎたので、明日お掛け直し下さい、だそうだ」

「仕方ないわね。レズリーの最後が映っているという病院のカメラを確認する？」

エリザベートの言葉に、平賀は眠たげだった目をパチリと開いた。

「ええ、確認しましょう」

「だが問題は、僕達が頼んだ所で、警察がカメラの映像を見せてくれるかどうかだ」

「そうね。だから、これを使うわ」

エリザベートはバッグから、ＦＢＩの身分証を取り出した。

「えっ、エリザベートさんもＦＢＩだったんですか！」

平賀は驚きと感動に、頬を上気させた。

「いや、彼女は（工作員なんだ）」と言いかけたロベルトを遮って、「そうよ」とエリザベートが胸を張る。

「凄《すご》いです。ビックリしました」

「でもこれは誰にも秘密にしてね。私はＦＢＩの中でも特殊な秘密部署にいるから」

「分かりました。誰にも他言しません」

平賀は子どものように素直に頷いている。

「一寸《ちょっと》、失礼」

ロベルトは車を降り、エリザベートの手を引いて彼女も車から降ろした。

「いいのかい、あんな嘘を吐いて。君は工作員なんだろう？」

「そうだけど、本当の事を言ったら、話が長くなっちゃうじゃない。平賀神父にかかったら、質問攻めにされそうだもの」

「確かに」

ロベルトは反射的に頷いた。

「ビルは告解で私の正体を貴方《あなた》に喋《しゃべ》ったんでしょう？　それを他人に漏らしていいの？」

「……」

「まあ、いつか貴方の判断で平賀神父に話をするのは構わないけど、今はやめて。言いたいのはそれだけよ」

エリザベートは車に戻ろうとした。その背中にロベルトが声をかける。

「そのＦＢＩの身分証は偽造なんだろう？」

「心配しないで。精巧に出来ているからバレないわ」

エリザベートは運転席に乗ってしまった。

「やれやれ……」

ロベルトも後部座席へ戻る。

「どうかしたんですか？」

平賀が訊ねてきた。

「いや……今度また説明するよ。今じゃなく」

ロベルトも疲れた声で答えたのだった。

三人はペンブローク記念病院へ向かった。

病院の屋上には大きな球体の貯水槽が、こんもりとした庭木から突き出すように聳《そび》えている。

受付でエリザベートが身分と事情を明かすと、人事課の課長が現れた。スーツ姿の黒人女性だ。

「キワナ・ジョンソンです。FBIの再調査ですか？」

「ええ、そうよ」

「そちらの神父様がたは？」

「事件関係者よ。やむを得ない事情で来て貰ったの」

エリザベートは、平然とハッタリをかました。

「そうなんですか。分かりました。警備室へご案内します」

キワナは疑問に思う様子もなく、歩き出した。

(これが工作員流か……)

ロベルトはエリザベートの大胆さに驚いた。

キワナの案内で、一行は白い廊下を進んでいった。

「再確認するわね。レズリーはいつからここで働いていたの？」

「三月一日から六月二日まで、アルバイト勤務をしておりました。契約内容は昼間の清掃業務を六時間と休憩を一時間、それを週三日です」

キワナは書類を見ながら丁寧に答えた。

「週三日だけ？」

「ええ。それが何か？」

「母親のレオナからは、彼が毎日のように働いていたと聞いたのよ」

「いえ、まさか。緊急呼び出しのある医師は別として、アルバイトにそんな仕事はさせませんわ。記録をご覧になります？」

キワナは出勤記録をエリザベートに見せた。

「確かに。そうね」

エリザベートの言葉に、キワナは余裕たっぷりに「ええ、うちは健全な企業ですから」と頷《うなず》いた。

「貴女がレズリー君の採用試験を行ったの？」

「ええ。高校を卒業していないのは何故かと訊《き》いたのを覚えています」

「レズリーの答えは何と？」

「高校で銃撃事件が起こり、恐怖とショックから登校できなくなったと打ち明けてくれました。けれど今は回復し、将来は医療に関わる仕事がしたい。だから、復学する為にお金を貯めたいと答えましたわ」

「貴女はそれを聞いてどう思った？　採用に不安はなかった？」

「いいえ。彼の不幸な境遇に同情しましたし、彼の返答に熱意と好感を覚えました。彼が人生をやり直す力添えをしたいと思い、採用を決めました」

「勤務態度はどうだった？」

「仕事は欠勤もなく、よく働いていました。時々ジョークを言って、皆を笑わせていました」

「ふうん。成る程ね……」

横で聞いている限り、レズリー・ローグが昔の明るい性格を取り戻した、という母親の証言は間違っていない様子だ。

一行が警備室に到着すると、カメラの映像が用意されていた。

「こちらが屋上のカメラ映像です。以前、警察に提出したのと同じものです」

「回して」

エリザベートが命令する。

（これだけ堂々と振る舞う彼女をニセ捜査官だとは、努々《ゆめゆめ》思わないだろうな）

ロベルトは病院関係者たちの緊張した表情を眺めながら思った。

警備員が動画の再生ボタンを押した。

動画が動き出す。

映像には、屋上の風景が広角で捉《とら》えられていた。

洗濯し終えた白いタオルや白衣が風にはためき、その奥にベンチとフェンスが見えている。画面の右側には、貯水槽が映り込んでいた。

するとと左下から、ブルーのつなぎ姿の人影が現れた。右手に紙袋を持っている。

モニタに映っている日付は六月二日、午後一時十八分とある。

「彼がレズリー・ローグです。丁度、昼休憩の時間ですね。屋上には患者があがれないよう施錠していますが、当院のスタッフなら自由に鍵《かぎ》を使えました」

キワナが補足説明をする。

レズリーはベンチに座り、膝《ひざ》の上で紙袋を開きながら、貯水槽の方を見た。

暫《しばら》くそのまま動きが止まる。

すると突然、レズリーは紙袋を地面に置き、立ち上がった。

少し足元をふらつかせながら、真っ直ぐ貯水槽へ近づき、タンクにかかった階段を上り始めた。

一番上の段まで上ると、ハッチのような蓋《ふた》に両手をかけて開く。

レズリーはそのまま開いた穴の上に身を乗り出した。そしてたっぷり二分間、動かず中を覗《のぞ》いていたかと思うと、やにわにタンクの中へ身を投げた。

（これは……！）

平賀とロベルトは顔を見合わせた。

部屋の隅に寄って、互いに耳打ちをする。

「清掃中に足を滑らせたなんて、とんでもない」

「ええ、明らかな自殺ですね。でも薬物は何一つやっていないはずなのに、貯水槽に向かう時、足元がふらついていました」

「ああ。何だか夢見心地で、まるで貯水槽に引き寄せられるようだった」

エリザベートに目を遣《や》ると、彼女は鉄のように固い表情で黙っていた。

「ほらね、自殺に間違いないでしょ。なのに、母親がどうしても自殺を認めませんでね、当院を相手に訴訟を起こしてきたんですよ。迷惑な話です」

警備員がエリザベートに向かって言った。

「そういう類《たぐい》は山程いるのよ。だから面倒な再調査なんてやらされるの」

エリザベートは淡々と答えている。

「レズリーの母親は、彼を危険な業務に携わらせたと主張しておられます。我が子の自殺を認めたくない、そんな母としてのお気持ちは理解しますけど、いくら何でも無茶な主張です。それに勿論《もちろん》、事実と異なります。当院では貯水槽の清掃時に専門業者を雇い、水槽内を空にして作業を行います。実際、レズリー君の事件後は、業者に清掃を依頼しております」

キワナも困り顔をした。

「そう。レズリーは毎日のように仕事に行くと言って、外出していたそうなんだけれど、彼がどこに行っていたか見当はつかない？　ここ以外に、彼の通っていたバイト先なんかはないかしら？」

「さあ……。友人と遊んでいたという話は、聞いたことがありますけど」

「何処の誰と？」

「えっと、名前は確か、アリスとジェフリーだったと思います」

「そう……。他に、彼に疲れた様子や変わった様子はなかった？」

エリザベートの問いに、キワナは首を傾げ、複雑な顔をした。

「疲れた様子というのは聞いておりません。ただ、ジョークが過ぎることは、ありました」

「というと？」

「彼のジョークというのが、医師の物真似だったんです。勤務医の口癖や仕草を大袈裟《おおげさ》に真似してみたり、時にはドラマの医師を真似てみたり。それが結構上手だったもので、私や看護師達は楽しんでいました。

でもある時、レズリーはドクターの白衣を着て救急病棟を彷徨《さまよ》ってたんです。それに気付いた看護師が叱っても、謝るどころかニコニコしていたと……。

私に苦情が届きましたので、彼を呼び出し、注意したんです」

「彼は何と？」

「二度とふざけないからクビにしないでくれと。アリスとジェフリーを迎えに行かなきゃいけないとか、言い訳をしていました。

でも泣いて謝る様子を見て、反省したと判断し、その時は許しました。次はないと言い聞かせ、自分の将来をしっかり考えて、今後は責任ある行動をしなさいとね。レズリーのことなら、話はこのぐらいしかありません」

「もうネタはない？　新証言を探して来いって上司が五月蝿《うるさ》いのよ」

「ありません」

キワナは首を振った。

「分かったわ。有り難う。じゃあね」

エリザベートはひらひらと手を振り、大股《おおまた》で警備室を出た。

平賀とロベルトもその後を追って、病院の外に向かう。

「アリスとジェフリーというのは、銃乱射事件で亡くなった恋人と親友の名前ですよね」

平賀が言うと、エリザベートは「そうね」と短く答えた。

「そうなると、レズリーは死んだ恋人や友人と遊んでいたということになるが……」

「確かにね。ああ、嫌だ。またオカルトじゃないの」

三人が病院のパーキングに停めていた車の前まで来ると、エリザベートは苛立《いらだ》った様子で、鞄《かばん》から煙草を取り出し火をつけた。

「ここは禁煙ですよ」

平賀が壁の禁煙サインを指さして咎《とが》める。

「知ってるわ。でも、こんな訳の分からない話を聞き続けるなんて、どんな拷問よ。煙草くらい吸わせて頂戴《ちょうだい》」

エリザベートは立て続けに五口ばかり吸った煙草を、ギュッと靴底で踏み潰《つぶ》した。

＊　＊　＊

夜も更けたので、三人はビルトモアホテルに一旦《いったん》、引き返した。

平賀が早速、今日得た携帯やパソコンのデータの分析作業に取りかかる。

二時間余りが経過したところで、ロベルトが彼の背中に声をかけた。

「平賀、そろそろ食事休憩にしなよ」

平賀はハッと顔をあげて振り返った。

「すみません、つい夢中になっていました。丁度区切りがついたので、休憩します」

「だろうね。そんな気がしたんだ」

ロベルトはルームサービスの皿を冷蔵庫から取り出し、ミネラルウォーターと共に平賀の前に置いた。

平賀がフードカバーを開けて、中のターキーサンドを一口齧《かじ》る。

「データからは何か分かったかい？」

「まず、デイビッド・ボウマン氏とエミリオ・ゴンザロ氏のパソコンと携帯には、特定の女性の写真、あるいはSNS等での交流の記録はありません。

レズリー・ローグ氏がアリスとジェフリーという名の人物と交流していた記録もありま

せんでした」

「履歴を消していた、という訳でもないんだね」

「ええ。復元ツールを使って、念入りに調べた結果です」

「そうか。ゾーイの歌の精霊の話といい、彼らはやはり、この世のものではない何かと交流していたってことか……」

「まさにそんな感じです。

仮にこの事件に犯人がいた場合、その犯人は被害者のその失踪《しっそう》前または死亡前に、彼らが愛した人達の姿を借りて接近した、とも考えられますね」

「それも薄気味悪い話だな」

ロベルトはゾッと寒気を感じた。

「その場合、犯人は複数犯ということになります。そして何らかの方法で、被害者達に水中で静かに死ぬ方法を教えたのでしょう。浅い水中やカメラの監視下での死は、死体の発見を早める配慮だったのかも知れません」

「その方法とは？　またその理由は？」

「まるで分かりません」

「ふむ。レズリー君に関して言えば、アダム牧師に心酔していた様子だ。

仮にアダムがカルトの教祖のようなカリスマなら、信者に自殺を命じたり、複数の実行犯に命令をしたりすることも、可能かも知れないね。カルト教義には、殺人を神への忠誠と説くものもある。古くはアサシンが有名だ」

「自殺や他殺を命じる……。それって可能なのでしょうか」

平賀は眉《まゆ》を顰《ひそ》めた。

「かつて、炎による死こそが、新しく霊的な世界へ進む唯一の方法だと説いたカルト教団が存在した。かの有名な集団自殺事件を起こした、太陽寺院だよ。

正式名称は、太陽伝説国際騎士団。その名の通り、テンプル騎士団の影響を受け、キリスト教とイスラム教をベースにした教義を持ち、霊性の探究や自己啓発、環境保護的思想などを重要視していた。

そしてキリストが太陽神として地球に戻って来るにあたって、人々は世界の偽善と圧迫から脱出しなければならない、と説いたんだ。

結果、スイスとカナダで五十余名の信者が集団自殺を遂げ、残った信者も後に集団自殺未遂を企てるに至った。信者には、高学歴で裕福な白人が多かったそうだ。

ここアメリカのカルトなら、九百名以上が集団自殺した人民寺院もあるけれど、最近では安楽死教会という集団が、地球のために集団自殺を呼びかけて話題になったね。

彼らの教義は自殺、中絶、人食、ソドミーで、『地球を救いたいなら、自殺しよう』をスローガンに、自殺支援ホットラインを開設しているんだ。

さらにフェイスブックで密《ひそ》かに自殺仲間を募集して集団自殺事件を起こしたり、あるいは殺人願望のある者がそこで獲物をみつけたりという事態まで起こっているらしい。

その他にも、サンディエゴを拠点とした宗教団体が、地球がリセットの時を迎えていると説き、彗星《すいせい》と共にやってくるUFOに魂を乗せる為だというので、集団自殺を図った事件もあったね。ヘヴンズ・ゲート事件さ。

だからまあ、水を神聖視するカルトがあったとしても、不思議とは言えない。

ほら、僕達も聖別された聖水を洗礼や秘蹟に使っているし、ヒンドゥー教もガンジス川での沐浴《もくよく》の儀式を非常に重要視しているだろう？

ヒンドゥー教では、ガンジス川の川の水がシヴァ神の身体を伝って流れ出た聖水とされ、川自体も母なる女神とされている。だからガンジス川で沐浴したり、その水を飲んだりすれば、罪が清められるし、人が亡くなった際も遺骨や遺体をガンジス川に流す。

それによって死者の罪が洗い流され、苦しい輪廻《りんね》を繰り返すことなく、悟りの境地に達すると考えられているんだ」

「成る程……。自殺教唆と言えば、自殺ゲームの流行というのもありましたね。匿名の犯人から送られてくるチャレンジをこなしていくと、指示内容がエスカレートしていき、最終的には自殺にチャレンジさせられる、というものです」

「ああ。洗脳によって人を自殺させるのは難しいという定説もかつてはあったけれど、必ずしもそうではないという例だね」

「ええ……確かに」

平賀は難しい顔で考え込んだ。

「とにかく明日、アダムの教会へ行けば、彼のことが分かる筈《はず》だ」

「それにしても、アダム・ミカズキとは、変わった名ですね。ネイティブ・アメリカンの顔立ちをしていると、エリザベートさんが言っていましたが」

「うむ。彼はミカズキ族に関係しているのかも知れないね」

「ミカズキというのは、部族名なのですか？」

平賀は興味を覚えたらしく、身を乗り出した。

「恐らくね。十六世紀のスペインによるフロリダ征服後、先住民のインディアンは病気で激減し、生存者もキューバに連行されたというのは有名な話だろう？

十八世紀になると、フロリダ南東部に残存するマスコギー部族、他地域から流入してきたインディアンの各部族、アフリカ系アメリカ人の逃亡奴隷などが合流して、セミノール（服従しない者、逃亡者）と呼ばれるようになった。そして彼らはエバーグレーズとその周辺に留《とど》まって、アメリカ兵と三次に亘《わた》るセミノール戦争を繰り広げたんだ。

現在のセミノール族コミュニティは、アメリカ政府との様々な裁判を通じて保留地の所有権や自治権を死守しながら、免税煙草の販売やカジノ、観光業、あるいは畑や漁によって生計を立てている。そしてネイティブ独自の文化を守って、今もパンサー、ウインド、オター（カワウソ）といったトーテムを信仰する八氏族が存続しているという。

近頃はビッグサイプレスの居留地に博物館やゴルフ場、カジノ、リゾート建設などを行って、優れた経営手腕を発揮しているようだ。

中でもミカズキ・セミノール族は、ミカズキ語を話すのが特徴で、一昔前はワニに催眠術をかけたり、ワニと格闘したりするショーで一世を風靡《ふうび》したね。他にもミカズキ・インディアン・ビレッジを始めとする、いくつかの施設を運営しているようだ。

その一方で、今もエバーグレーズの奥地で昔ながらの茅葺《かやぶ》きの住居に住み、狩猟と漁だけで生活するミカズキ族もいるらしい。

僕はグリーン・コーンセレモニーという、四季の始まりを祝う儀式の動画をネットで見たことがあるが、伝統的な歌や踊り、球技などが行われ、賑《にぎ》やかなものだった」

「とても興味深いです」

「とにかく明日はアダムの追跡だ。教会の開館は午前九時で、その前に最後の溺死者《できし》クレア・シェパードの遺族に会えるよう、エリザベートが手配をしている。

朝七時にはホテルを出るから、今夜は早く休もう」

ロベルトは備え付けの電気ポットにミネラルウォーターを入れ、沸かし始めた。

安眠効果のあるカモミールティーのパックをカップにセットする。

窓に目をやると、眼下には夜のゴルフ場が広がっていた。

やけに青白い投光器の明かりが、高低差のある地表に鮮やかなライム色と深緑と暗闇のまだら模様を描いている。

静まりかえったその光景は、奇妙に現実感を欠いていた。

その向こうには、街明かりを縫って蛇行する真っ暗な運河が、恐竜の背骨のように横たわっている。

（サスキンス捜査官、どうか御無事で……）

祈るロベルトの胸には、不気味な黒い予感が渦巻いていた。

# 第五章　誘惑　Adam's Temptation

## 1

ビル・サスキンスは怪我をした右足を引きずりながら、長い草をかき分け、エバーグレーズを彷徨《さまよ》っていた。

見渡す限りの草叢《くさむら》に、点在する黒い木立の塊。

地平線の向こうから押し上がる闇が頭上に重く覆い被《かぶ》さってくる。

低く垂れた雲間から気紛《きまぐ》れに覗《のぞ》く月は、網の目の様に走る沼の暗渠《あんきょ》を時折、キラリと輝かせていた。

生暖かい風が足元に絡みつき、葉擦れの音がもの悲しげに響いている。

傷口から流れる血と共に、どうしようもない孤独感が胸に滲《し》み出してきた。

空気は重く湿っぽく、喉《のど》はカラカラで頭痛が酷《ひど》い。身体もやけに熱かった。

脱水症状が始まったのだろうか……。

隠せぬ不安が風船のように膨らんでいく。

連絡が取れなくなったアダムのことが心配で、夢中でここまで来てしまったが、どうやら身体も限界だ。今夜はこの辺りで休むしかなさそうだ。

ビルは脂汗を拭《ぬぐ》いながら、重い身体をどうにか木立まで運んでいった。

太い木の根本に腰を下ろした途端、波が引くように手足の力が抜けていく。

こんな場所で眠るまいと思っても、自然に瞼《まぶた》が重くなる。

ついつい微睡《まどろ》みかけた、その時だ。

泥と緑の濃い匂いを掻《か》き分けて、ふわりと甘く香ばしい香りが漂ってきた。

とても懐かしい……。そう、まるで母が淹《い》れる甘い紅茶のような……。

(どうしてこんな場所で、こんな匂いが?)

ビルは驚き慌てて身体を起こした。

きょろきょろと辺りを見回していると、雨後の木漏れ日のように煌《きら》めく月光を纏《まと》った人影が木々の向こう側から近づいて来る。

(ああ、あれは……もしかすると……)

その人影は牧師服を纏っていた。

漆黒の長い髪が、褐色の肌に垂れている。

「アダム牧師!」

ビルは疲れも足の痛みもすっかり忘れて、アダムに駆け寄った。

「どうしたんです? こんな所で」

アダムは少し驚いたようだ。

「貴方《あなた》にご連絡がつかなくなって、居ても立ってもいられず来てしまったんです」

するとアダムは謎めいた微笑を頬に浮かべた。

「私はこの先で静かに瞑想《めいそう》していただけですよ。そんなことより貴方、お怪我をしてるじゃありませんか」

「ええ……ここへ来る途中で、ワニに襲われてしまって」

「そうだったんですか。ですが、怪我で済んだのは幸いです」

アダムはビルの足元に屈《かが》み込み、ハンカチでビルの傷口を縛った。

「さあ、私のテントで手当をしましょう。喉も渇いているんじゃありませんか？　砂糖のたっぷり入ったお茶もありますよ」

アダムは優しく言いながら、ビルの肩に腕を回した。

「すみません……。お世話になります」

暫《しばら》く二人は無言で歩いていたが、ビルはずっと気になっていたことを切り出した。

「あの、アダム牧師。貴方とはこの間会ったばかりの気がしないのですが、以前にどこかでお会いしませんでしたか？」

「いいえ。ですが私には一つ、分かっていることがあります。貴方が私を求めるのは、貴方に迷いがあるからでしょう？」

「……仰《おつしや》る通りです。私は……結婚式の直前に逃げだして来たんです」

「おや、そうだったんですか」

「はい。一度は心に決めた結婚に迷うなんて、自分でもおかしな話だと思います……。でも、どうしても踏ん切りがつかなくて……」

「貴方は以前もそのように迷っておいででしたね。しかし、前にも申し上げたように、愛は自らの内に存在するものです。外に求めるものではありません」

「はい。仰ることは分かるつもりです、牧師様。でもそれこそが私にかけられた呪いのように思えます。私は自分の内に愛があるのかどうかが分からないんです。

私はずっと愛情深い両親に育てられたと信じていました。でも、私の家族は偽りの家族だったんです。父も母も、私が信じていたような善良な人間ではありませんでした。

父に至っては正体も分からない謎の人物で、母もその仲間だったんです。

そんな二人に育てられた私の中に、一体、本物の愛などあるのでしょうか？」

ビルの胸の奥に蟠《わだかま》っていた言葉が口から溢《あふ》れ出してきた。

「そういうご事情だったのですね。それで貴方は愛を信じられなくなったのですね。誰かが自分を愛することも、自分が誰かを愛することも……」

「はい……」

「たとえ一瞬、愛がそこにあったと思えても、やはりそれが偽りであることを知るのが怖いのですね」

「はい」

「裏切られるのが怖いのですね」

「はい……」

「なんと悲しいことでしょう。偽りの愛ほど空しいものはありません」

アダムの言葉に、ビルは嗚咽《おえつ》を漏らした。

「ええ、辛《つら》いです。そして怖いんです……」

「貴方の空虚と絶望の翳《かげ》りが、私の心も締め付けるようです」

アダムは苦しげに眉《まゆ》を寄せた。

「アダム牧師……」

「ですが、神の愛についてはどうです？　貴方は神の愛も疑うのですか？」

アダムの言葉に、ビルは胸を突かれて足を止めた。

「いいえ、神の愛を疑ったことはありません」

「それこそが貴方の福音です。ビル・サスキンス、全てを捨てて私とおいでなさい。貴方にはその資格がある」

アダムはビルの頭を優しく自分の胸に抱き寄せた。

ビルは幼子の様な無防備な心になり、アダムの胸に顔を埋《うず》めた。

## 2

セットしていたモーニングコールの音で、ロベルトは目覚めた。

室内の明かりは点《つ》けっぱなしで、平賀は昨夜《ゆうべ》見たのと同じようにパソコンに向かい合っている。

テーブルの上には書き込みのある地図とメモの山が広げられていた。

どうやら彼は、夜通し作業をしていたようだ。

ロベルトは溜息《ためいき》を吐きつつ、ベッドを下りた。

ポットで湯を沸かし、自分はシャワーを浴びる。

それから二人分の珈琲《コーヒー》を持って平賀の前に座った。

「おはよう、平賀」

「あっ、おはようございます、ロベルト神父」

「珈琲でもどうだい？」

「ええ、頂きます」

二人が温かなカップに口をつけた時だ。インターホンが鳴った。

ロベルトが立ち上がってドアスコープを覗くと、エリザベートが立っている。

(随分早いな)

ロベルトは訝《いぶか》りながら扉を開いた。

「おはよう、神父様がた。今日の衣装を持ってきたわ」

エリザベートは二つのスーツカバーを差し出した。

「衣装だって？」

「そうよ。そしてこれが二人の身分証。出来たてよ」

続いて差し出されたのは、フロリダ警察の身分証だ。

名義はトーマス・サントスと、ジェイムズ田中《たなか》。

そう言えば昨夜、二人の写真を撮りたいと言われ、白い壁の前で何枚もシャッターを切られたことを思い出す。

エリザベートはずかずかと部屋に上がり込み、スーツカバーから二着のスーツを取り出した。ダークグレーと紺のスーツだ。

「これに着替えるんですか？」

平賀は戸惑っていた。

「そうよ。今日は二人に、刑事になってもらうわ。プロテスタントの教会に行くのに、神父服じゃマズいでしょ？　時間がないから、さっさと着替えて」

勢いに押されるがまま、二人はスーツに着替えた。

「あのう……少しサイズが大きいのですが、変じゃありませんか？」

「僕はズボンの丈が足りない」

文句を言う二人の背中を、エリザベートはぐいぐいと押した。

「それで充分。安月給の刑事は、オーダーのスーツなんて着ないものよ」

三人はエレベーターに乗り、駐車場の車に乗り込んだ。

そしてリストの最後の溺死《できし》者のいる町、ミラマーを目指したのである。

辿《たど》り着いたのは、小さな湖をとり囲むようにして作られた、大規模タウンホーム・コミュニティだ。

フェンスに囲われた広大な敷地内には、同じ形の住居が十数棟ずつ固まって建ち、合計三百もの世帯が暮らしている。

手入れの行き届いた共用道路やロビーラウンジ、スイミングプールやジム、公園、屋外キッチン、ドッグラン等の共用施設も整備されていた。

クレア・シェパードの夫、デニスはその中の一棟で、三人を出迎えた。

「お電話頂いた、FBIの方ですね。ええと、リンダ・デイヴィス……さん」

デニスはエリザベートが示した身分証をじっくりと見た。

「ええ。後ろにいる二名は、フロリダ警察の刑事よ」

エリザベートの台詞《せりふ》に合わせ、平賀とロベルトが身分証を出す。

「クレアの件の再捜査ですね」

「ええ、それと昨夜も話した通り、私の同僚であるサスキンス捜査官についても、我々は調査しているの」

「それなんですが、一晩考えてもやはり、FBIの男性のことは記憶になくて」

「この捜査官なのだけど、覚えていない？」

エリザベートはビルの写真をデニスに見せた。

「……いえ、お会いしたことはありませんね」

デニスが首を横に振る。

「そう……」

「とにかく皆さん、中へどうぞ」

案内されたリビングは暖色系のインテリアで統一され、コンパクトながらも快適そうだ。レースのカーテンがかかった窓際では、六カ月ほどの乳児がバウンサーで眠っていた。

「では、クレアさんの件について話を伺うわ」

「ええ……。クレアがいなくなったなんて、今でも信じられません。ついこの間まで、僕と彼女と小さなピーターは完璧《かんぺき》なファミリーだったんです。なのにどうして……」

デニスは苦しげに呻《うめ》き、頭を抱えた。

「我々もそれを知りたくて来たの。さあ、話を始めて」

急《せ》かすようなエリザベートの言葉に、デニスは「はい」と頷《うなず》いた。

「クレアは完璧な女性でした。美人で明るくて才能に溢れていて。勤務していた不動産会社では、一、二を争う成績を誇っていたんです。

ウェブデザイナーとして入社した僕は、彼女が営業新記録を達成したインタビューの時に、初めて彼女と対面しました。

緊張でガチガチになっていた僕に、彼女はとても優しく対応してくれ、長く話し込んでいるうちに、彼女と僕が同じヴィーガンであることや、ダイビングの趣味など、共通点が多いことに気付いたんです。意気投合した僕達は二年付き合い、結婚しました。

結婚後も彼女は働き続け、僕は主夫になりました。そして四年目を迎えた頃、待ち望んでいたベビーがお腹にできたんです」

「順風満帆だったんですね」

ロベルトが声をかけると、デニスは顔を曇らせた。

「今思えば、あの頃が運命の分かれ道だったのかも知れません。

クレアはつわりが重い体質で、みるみる痩《や》せてしまい、酷《ひど》く落ち込んだり、泣き出したりと、不安定な日々が続くようになりました。いわゆるマタニティブルーです。

医者に相談しても妊娠中だからと薬も処方してもらえず、僕達は色んなサプリや健康法を求めて彷徨《さまよ》いました。そうしてなんとか無事に出産の日を迎えたんです。

まさかそれがきっかけで、突然、クレアが別人のように変わってしまうとは、思いもよりませんでした」

「変わったとは、どのようにです？」

平賀が質問した。

「全て、何もかもです。愛情深くて頑張り屋で綺麗《きれい》好きだった彼女が、真逆の性格に変わってしまったんです。

ピーターがおっぱいを求めて泣いても知らん顔で、風呂《ふろ》にも入らず、部屋の隅で蹲《うずくま》って『全ておしまいだ』と言って泣き出したりもして……。一度は家にスパイがいると言って、僕に銃を向けたこともありました。

出産後の女性の三割が産後うつになることは僕も知識で知っていましたが、それにしても酷過ぎて……」

「産後うつは、心の病気を主とする既往歴、人間関係、住環境の変化などによって引き起こされるのが一般的とされています。

ただでさえ妊娠から出産を経た女性の身体には、疲労やストレスが蓄積されており、ホルモンの急激な変化も起こります。また、出産には外傷も伴います。

そのような特殊な状況下では、普段ならうまく対処できるようなストレスに対しても、心身のバランスが崩れやすくなりますし、過去のトラウマや病歴がぶりかえすことも起こり得るのです。

分娩《ぶんべん》後六週から八週間は、母体が妊娠前の状態に回復する産褥期《さんじょくき》にあたります。子宮の大きさが次第に縮小し、子宮からは悪露《おろ》と呼ばれる分泌物が……」

「解説はそれぐらいでいいわ。有り難う」

平賀の話を、エリザベートはピシャリと打ち切らせた。

前のめりになって平賀の話を聞いていたデニスが、ハッと顔を上げる。

「それで、医者の診断は？」

「はい、急性の脳疾患の疑いがあると言われ、精密検査が行われました。しかし結果はどこにも異常はなく、診断名はやはり産後うつでした。薬も処方されたんですが、クレアは嫌がって飲もうとしませんでした。

元々、彼女も僕も自然派志向で、なるべく薬は飲みたくないタイプです。流石に緊急時だから飲んでくれと頼みましたが、どうしても駄目でした。

それで最後は神に縋《すが》ったんです。クレアを教会に連れて行き、二人で祈りました」

「すると？」

「僕達は救われました。主と、主の信仰の指導者、アダム牧師によって」

そう言ったデニスの顔は輝いて見えた。光の加減だろうか。

平賀達三人は顔を見合わせた。

「アダム・ミカズキ牧師のことね？パインズ新福音教会の」

エリザベートが念を押す。

「ええ、そうです。捜査官もあの方をご存知なんですか？」

デニスは嬉《うれ》しげに身を乗り出した。

「そうね。一度会ったことがあるし、今からも会いに行くつもり」

エリザベートは皮肉を込めてニッコリ笑った。

「本当ですか？でしたら、僕がまたお会いしたいと言っていると、どうかアダム牧師にお伝え下さい」

「貴方《あなた》も随分、アダムが好きなのね。それで、教会で彼は何をしていたの？」

「何と言われても……僕達が聞いたのは、アダム牧師の説法です。それだけで僕は充分感動したんですが、クレアはすっかり心酔して、熱心に教会へ通うようになりました。

勿論《もちろん》、彼女が元気になってくれるならと、僕は彼女を快く送り出しました。すると彼女はみるみる元気になっていったんです」

「クレアはそこで何をしていたのかしら？」

「教会の手伝いですね。説教会に人を呼び込む為にパンフレットを作ったり、配ったりして、教会の奉仕活動を頑張っている様子でした」

「貴方は一度しか、アダムに会っていないの？」

「はい……。僕は、ピーターの世話や家事がありましたので」

「成る程。それで、教会のお陰で、クレアさんは元気になった訳ね」

エリザベートの問いに、デニスは途方に暮れた顔で、窓の外を眺めた。

「まあ、一応は。だからこそ、復職にもこぎ着けたんです。

ところが彼女は、あんなに熱心だった仕事に、まるで興味がなくなった様子でした。出勤時間になっても、窓を開けてぼんやり外を眺めていたり……。

僕やピーターを無視するようなことも多くて、なんだかまるで他の人を愛しているかのような様子でした」

「つまり、クレアはアダム牧師を愛してしまったのね？」

エリザベートの台詞に、デニスはまっ青になって首を横に振った。

「いえいえ、まさか違います。牧師様に懸想するなんて、そんなんじゃありません」

「そう？　だってアダムはハンサムだし、魅力的な男性でしょう？」

エリザベートはゆっくりと、言い聞かせるように問いかけた。

「いえ、アダム牧師は間違いを犯すような御方じゃありません。クレアもそんな想いでアダム牧師を慕っていた訳じゃない。それは夫である僕には、よく分かっていました」

「……ふうん？」

エリザベートは眉《まゆ》を顰《ひそ》め、不審げな顔をしている。

「つまりアダム牧師に、尊敬や信仰のような想いを寄せていたとか？」

ロベルトが横から訊《たず》ねると、デニスは「はい」と頷いた。

「クレアの様子がおかしくなったのは、むしろ仕事を始めたことで、滅多《めった》に教会へ行かなくなってからなんです。

当時の僕は、慣れない子育てと家事にてんてこ舞いで、仕事を怠けている様子の彼女に腹を立てていました。でも、まさか自殺をするなんて……。

彼女の辛《つら》さを分かってあげられなかったことを、今は本当に後悔しています」

「自殺の兆候は、なかったのかしら？」

エリザベートは、デニスの横顔をじっと見詰めて言った。

「……僕もそれを考え続けているんですが、分からなくて」

デニスは困惑している。

「怪しい人物が付きまとっていたり、不審な人影を見たり、物音を聞いたりは？」

ロベルトの問いに、デニスは「さあ……」と首を捻《ひね》る。

「よく思い出して。大事なことよ」

エリザベートは腕組みをして詰めよった。

デニスは困った顔で黙り込んだ。

「クレアさんが溺死《できし》した子ども用プールは、まだありますか？」

静けさを割って、平賀の澄んだ声が問いかける。

「え……ええ……。庭にそのまま……」

「私に見せて下さい」

平賀は椅子から立ち上がった。

「は、はい」

デニスは平賀をつれて掃き出し窓の側へ行き、裏庭に放置されたままの、ぐしゃっと潰《つぶ》れたプールを指さした。

「あちらです」

すると平賀はひょいと裏庭に下り立った。

「事件当時のプールの設置場所は、ここでしたか？」

「え、ええ、大体、そのままかと」

「では、こちらにある空気ポンプをお借りします」

平賀は言うが早いか、空気ポンプでビニールプールを膨らませ始めた。

それを呆然《ぼうぜん》と見ていたデニスの側に、ロベルトとエリザベートがやって来る。

「平……何をしてるんだい、田中刑事？」

ロベルトが声をかける。

「ご覧の通り、子ども用プールに空気を入れています。それが終わったら、当時と同じように水を張り、遺体発見状況を再現します」

「僕も手伝おう」

ロベルトはデニスの横を通り過ぎながら、ちらりと彼を見た。

デニスは蠟《ろう》のように白い顔で、吐き気を堪《こら》えるように口元に手をあて、裏庭を見詰めている。

「申し訳ありませんが、これも職務ですので」

ロベルトはそっと彼に声をかけた。

ロベルトが空気ポンプを踏み始めると、潰れたビニールの塊が立ち上がり、みるみるプールの形になっていく。

平賀はその側にしゃがみ込むと、メジャーでプールの高さを測った。

「高さ五十センチです」

次に平賀は庭のホースを伸ばして、プールに水を張り始めた。

「デニスさん、私がこのプールに水を入れていきますから、遺体発見当時の水位になったところで、ストップと声をかけて下さい。はい、いきますよ！」

平賀は恐ろしく無神経な口調で、デニスに呼びかけた。

プールの水位が半分を超え、七、八分目ほどになった時、デニスが声を発した。

「ス、ストップ」

平賀はホースをプールの外に出した。

「この水位ですね？」

「ええ……そんな感じだったと思います」

平賀は、水の中にメジャーを入れた。

「水深は三十八センチです。クレアさんはここに仰向《あおむ》けで？」

「ええ、そうです……」

「上着と靴を脱いでプールの脇に置いて？」

「そ……うです。あの辺りです……」

デニスはプールの脇を震える手で指さした。

「ここですか？　靴の向きはどちらに？」

「……もう、やめて下さい！　いい加減にしてくれ！　僕は耐えられない！」

デニスは突然、耳を塞《ふさ》いで絶叫した。

平賀はビックリ顔で、目を瞬《しばた》いた。

ロベルトが平賀の肩に手を置き、小声で囁《ささや》いた。

「平賀、彼は思い出すのが辛いんだよ。これぐらいが限界だ。あとは警察資料を見ればいいだろう？」

「そうですね。遺体発見時の状況はだいたい分かりました。あとはクレアさんが使っていたパソコンや携帯のコピーが必要です」

「じゃあ、君は行ってくれ。僕はプールを片付けておくから」

ロベルトはプールの側面にある水抜きバルブと空気栓を開いた。

平賀は庭から家に戻り、極めて事務的にデニスに言った。

「クレアさんが使っていたパソコンや携帯等を、見せて下さい」

「……分かりました。こちらです」

デニスは平賀とエリザベートをクレアの部屋へ案内した。

ベッドと三面鏡、タブレットが置かれた小ぶりな机、ベッドサイドのテーブルには携帯が置かれている。

平賀はタブレットを起動した。

「駄目なんです。それ、ロックがかかってるんです」

デニスが背後から言う。

「大丈夫ですよ」

平賀は鞄《かばん》からノートパソコンを取り出し、タブレットに繋《つな》いだ。

ホームボタンを押しっぱなしで起動すると、見たことのない画面が現れ、目まぐるしい速度で英数字列が明滅し始める。

そのまま数分余りが経った時、突然、タブレットは普通のホーム画面を示した。

「今、何をしたんですか？」

デニスは目を瞬いた。

「ＯＳの脆弱性《ぜいじやく》を利用してパスワード入力回数制限を回避し、正解のパスコードが現れるまで総当たり方式で自動入力を行いました。たまたま早く正解が見つかって、ラッキーでした」

平賀が平然と答える。

「警察はこんなことまで出来るんですか……」

「彼は情報課ですから」

唖然《あぜん》とするデニスに、エリザベートも平然とフォローを入れる。

こうしてクレアの携帯とタブレットのデータコピーを手に入れた三人は、シェパード家を後にした。

「さあ、行くわよ。アダムの本拠地へ」

エリザベートはパインズ新福音教会にカーナビをセットし、アクセルを踏んだ。

## 3

ペンブロークパインズの繁華街から僅《わず》か二百メートルほど離れた緑の中に、その教会は建っていた。

つるりとした白い漆喰《しっく》い壁に、青いタイルで十字架模様が一つ描かれただけのシンプルな建物だ。三角屋根から白い尖塔《せんとう》がにゅっと、煙突のように突き出している。カソリックである平賀やロベルトには違和感があるが、こうした簡素なプロテスタント派の教会がアメリカでは主流だ。

扉を開けると、フォワイエと呼ばれる空間が広がっていた。

がらんと広いロビーに陽射しが降り注ぎ、ソファやベンチで数組の家族が団らんをしている。イベントを告知するポスターや立て看板があちこちに飾られたその光景は、まるで空港の待合ロビーのようだ。

見渡したところ、教会関係者らしき姿はない。

三人は映画館にあるような扉を開き、聖堂へと進んだ。

白亜の天井から昼光色のペンダントライトが吊《つ》り下がり、整然と並んだ白いベンチを照らしている。

正面の祭壇はステージのように広く、スポットライトを浴びた説教台がぽつりと置かれていた。背後の壁は十字架の形にくりぬかれ、そこから目映《まばゆ》い白光が漏れている。

三人は祭壇の隅を掃いている老牧師に駆け寄った。

「どうも、FBIです」

すると牧師は箒《ほうき》の手を止め、振り返った。

五十代後半といったところの、白髪交じりの頑固そうな牧師だ。

牧師はエリザベートのかざした身分証を見て、不審な顔をした。

「FBIが何の用ですかな」

「私の同僚の捜査官が任務中に失踪《しっそう》したの。私達は彼を探している。ビル・サスキンスという男だけど、見覚えがあるでしょう?」

エリザベートはビルの写真を牧師に翳《かざ》して見せた。

「いいえ、私は存じませんが」

牧師が首を横に振る。

「貴方《あなた》、お名前は?」

「ジェフリー・ボーデ。ここの主任牧師です」

「主任牧師ってことは、一番偉い牧師様ね。だったら、全ての部下達に訊《たず》ねて頂戴《ちょうだい》。ビルは木曜日にここへ来た筈《はず》よ」

「いいえ、FBIの方などがお見えになれば、必ず私に連絡が来る筈です。それに、我々は一日の終わりに必ず、反省会とミーティングを行います」

「そう……。じゃあ、質問を変えるわ。アダム牧師について、知っていることを教えなさい。彼の転任先は何処? 連絡先は?」

エリザベートは語調を強めて、ボーデに詰め寄った。

「アダム牧師か……。アダム・ミカズキのことかね」

ボーデは意味ありげな溜息《ためいき》を吐いた。

「そうよ。ここの牧師だったんでしょう?」

「彼については色々と思うところがあるが、そうだ、確かに彼はこの教会にいた。だが、アダムは牧師ではない」

「牧師じゃない?」

「そうとも。彼の身分は正式な牧師ではなく、ただのプリーチャー(説教者)だ。ここへ来る前は、フロリダ各地の教会を転々としながら、宣教活動を行っていたそうだ。

とにかく普段は無口な男で、身の上話などは彼の口から聞いたことがない。だから私が彼について知っていることは、本当に僅かなんだ。

アダムはふらりとこの教会にやって来て、プリーチャーだと自己紹介をした。実際に登壇したのは、つい半年前だったかな。

ほんの小さな集会で、ゲスト登壇のような形だったが、それがたちまち信者達の間で話題になって、見る間に人気が出たんだ。そう、主任牧師の私よりずっと人気がね。

正直、複雑な思いもあったが、積極的に一般向けの催しを開いたり、ヨガ教室なども開いたりして、宣教活動には熱心だった。そうこうする間に彼のファンも増え、私としても、アダムを認めない訳にはいかなくなったんだ。

ところが彼はまた、ふらりと居なくなってしまった。ここへ来た時のようにね。余所《よそ》の教会に転任したなんて話も、私は彼から聞かされていない。信者達の噂で知ったという有様だ。

私が最後にアダムを見たのは、水曜日のことだったか……。アダムの住所と電話番号は保管しているけれど、必要かな？　電話をかけても一向に出ないから、もうそこにはいないだろうがね」

エリザベートは険しい顔で腕組みをしながら、ボーデの話を聞いていた。

「アダムの住所を教えて頂戴。とにかくそこへ行ってみるわ」

「ええ。では書類をお持ちしましょう。暫《しばら》くお待ちを」

奥の事務所へ行きかけたボーデを、平賀が呼び止めた。

「レズリー・ローグという青年信者と、クレア・シェパードという女性信者を覚えていますか？」

ボーデが足を止めて振り返る。

「ああ……確か、可愛い顔の青年と、アダムの宣教活動に協力していたご夫人だね」

「デイビッド・ボウマンと、エミリオ・ゴンザロという男性信者のことは？」

「さあ……どうだったか。聞いたことがあるような、無いような。名簿を確認して来ましょうか？」

「是非、お願いします。あと、アダムさんの写真や動画があれば、頂きたいのです」

「ええ、分かりました」

ボーデは奥の扉へ消えた。

「なんだか予想外。この教会に手掛かりがないなんて。ビルは来ていないし、アダムは牧師じゃなかったし、肩透かしを食った気分よ」

エリザベートは悩ましげな溜息を吐いた。

暫く待っていると、ボーデがレターサイズの紙を持って戻って来る。

「彼がうちにいた頃の登録書だ。住所と電話番号、それに写真もついている」

エリザベートはその紙を受け取り、微《かす》かに眉《まゆ》を顰《ひそ》めた。

「あとはそうそう。デイビッド・ボウマンと、エミリオ・ゴンザロという信者は登録されていなかった。イベントには来ていたのかも知れないがね」

ボーデが平賀の方を向いて言う。

「そうですか……。有り難うございます」

ロベルトは登録書に貼られたアダムの写真をちらりと見た。

確かにエキゾチックな顔立ちをしている。ネイティブ・アメリカンとアフリカンの血が入っていそうだ。

「アダムは説法の上手《うま》い、カリスマタイプの指導者だったのですか？」

ロベルトが思わず訊ねると、ボーデは首を捻《ひね》った。

「何というか……彼の説教の内容自体は、凡庸か、それ以下ぐらいだった。ところが、アダム自身に華というか、何ともいえない魅力があるんだ」

「過激な主張をしたり、精霊崇拝のような教えを説いていたり、しませんでしたか？」

「いや、それは全くないね」

「そうですか……」

三人は大した成果を得られぬまま、肩を落として教会を出た。

「アダムって、写真写りが悪いわね。本物はもっといい男よ。目なんかもっとキラキラしてたし、口元だってセクシーだったわ」

扉を出た途端、エリザベートが言い放った。

＊　＊　＊

車に戻った三人は、登録書にあるアダムの住所を訪ねることにした。

教会からほど近い住宅地に建つ色とりどりのアパートメントの中から、オレンジ色のアパートを見つける。

一階の玄関を入った所には、ガラスの窓口がついた管理人室があった。

エリザベートが身分証を翳しながらガラス窓をノックすると、口髭《くちひげ》を生やした太っちょの白人が、読んでいた新聞から顔をあげ、窓を開いた。

「何か御用ですか？」

「ここの三〇三号室にアダム・ミカズキって人は住んでるかしら」

「ああ、あの牧師さんなら先週の金曜日、引っ越しされました」

「引っ越し先は？」

「さぁ……分かりませんね」

「木曜日にこの人が、アダムを訪ねて来なかった？」

　エリザベートがビルの写真を示すと、管理人は「ああ」と手を打った。

「確かに、この人がアダム牧師と連れ立って、出掛けたのを見ました」

「何処へ出掛けたの？　アダムから話を聞いていない？」

「まさか、そこまでは知りませんよ」

　管理人が首を横に振る。

「アダムはどんな人だったのかしら。トラブルは起こさなかった？」

「いいえ、無口で大人しい人でしたよ。トラブルなんてありません。強いて言えば、創世学会の方達がよく部屋を訪ねて来られてましたね」

「創世学会？」

「ええ。三〇三号室の借主は、創世学会のフロリダ支部だったんです」

「部屋の借主はアダムじゃなかったの？　つまり創世学会がアダムのスポンサーだったたってこと？」

「さて、その辺りの事情は知りませんが、お互いに親しくされていたようですよ。彼の引っ越しの時も、創世学会の面々がお手伝いに来られてました」

「そうなんだ……」

「あの、すみません。三〇三号室の中を見せてもらえませんか？」

平賀は管理人室の窓から、顔と身分証を突っ込んで訊《たず》ねた。

「まあ、部屋は空室ですから入れますが、中には本当に何もありませんよ」

「それでも見たいんです」

すると管理人は億劫《おっくう》そうに、引き出しの中から鍵《かぎ》の束を取り出した。


管理人が鍵を開け、一同は三〇三号室へ足を踏み入れた。

部屋の造りは2DKで、家具ひとつない。がらんとした空間だ。

「本当に何もないのね。することもないし、私は創世学会に連絡を取るわ」

エリザベートは携帯で創世学会を検索し、フロリダ支部に電話をかけ始めた。

ロベルトはゆっくりと部屋の中を歩いて見回った。

平賀は科学捜査用のALSライトを翳《かざ》してゴーグルをつけると、室内をつぶさに観察し始める。のろのろとした平賀の動きを見ていた管理人は、大きな欠伸《あくび》をした。

「それじゃあ皆さん、捜査が終わったら、管理室に声をかけて下さい」

管理人が去っていく。

ロベルトも廊下にいるエリザベートの側にやって来た。

「創世学会に連絡は取れたかい？」

「電話は通じたけど、担当者不在なんですって。のらりくらりで話にならないわ」

「ふむ……。創世学会というのは、どんな団体なんだ？」

「福音派を支援する二十万人規模の市民団体ね。福音派の中には物静かに聖書を読むような古き良き保守派もいるけど、創世学会はもう少し政治的だわ。前の大統領選ではトランプ支持に回って激戦区のフロリダを戦い、一ポイント差の勝利を収めるのに貢献してる。あとは進化論を教える本を焼いたり、中絶手術を行う医者に抗議活動したり、LGBT撲滅運動をする程度の無茶はしてる。けど、犯罪紛《まが》いの噂は無いし、カルトだとは誰も認識していないわね。ボーデ牧師も、アダムの説法は過激じゃなかったと言ってたでしょう？ 創世学会は自分達の主張に近い意見を持ち、人集めが上手なアダムのスポンサーになっていたってことになるわね。それで一応、話の辻褄《つじつま》は合うけれど……」

「だが、サスキンス捜査官がアダムを訪ねた翌日に、創世学会の手を借りて、アダムが家を引き払ったという事実はどうだい？ ただの偶然だと思うかい？ FBIの捜査の手が伸びたことを知った創世学会が、アダムを引っ越しさせたのだとしたら……？」

「FBIの捜査を恐れるような後ろ暗い何かが、創世学会にはありそうね。そして彼らはアダムを匿《かくま》って、ビルを何らかの方法で誘拐したのかも」

「大いにあり得る線だろう」

ロベルトの言葉に、エリザベートは考え込んだ。

「創世学会を訪ねるのはいいとして、どうやって相手に口を割らせるかが問題ね」

「彼らが事件の黒幕だとすれば、正攻法では難しいだろう」

「いっそフロリダ支部に突撃して盗聴器を仕掛けるのはどうかしら。ホテルに戻れば、私の荷物の中に三つばかり入っているわ」

「悪くない作戦だ」

「貴方《あなた》達がうまく相手の気を逸《そ》らしてくれたら、その隙に私が仕掛けてみせるわ」

「頼もしいね。フロリダ支部の場所は？」

「キーラーゴ島よ。車で一時間ほどってとこかしら」

ロベルトは部屋の隅に座り込んでいる平賀に近づき、肩を叩《たた》いた。

「平賀、収穫はあったかい？」

平賀は小さなビニール袋を二つ、ロベルトに見せた。

「切れた黒髪を一本、採取しました。アダム牧師のものかも知れません。あとは埃《ほこり》です。指紋などの痕跡《こんせき》は一切ありません。かなり念入りに掃除されたようです」

「プロっぽい手口だな。やはり創世学会は臭う。これから支部に乗り込むぞ」

「ええ、私もそれがいいと思います」

平賀は立ち上がった。

# 4

エリザベートの盗聴器を取るために一旦《いったん》ホテルに立ち寄り、軽く昼食を摂《と》った三人は、再び車上の人となった。

ハイウェイから繋《つな》がる幹線道路を使えば、キーラーゴまではほぼ一本道だ。

混雑するマイアミエリアを通り抜けると、車の流れも良くなり始める。

フロリダシティを抜けた頃には、まばらな樹木が生えた熱帯サバンナの大草原が、車窓に果てしなく広がった。

ここまで来ると、周りの車は派手なオープンカーか、観光バスばかりになる。それらは皆、アメリカ最南端のキーウエスト島を目指す観光客なのだ。

道路沿いの看板がスペイン語に変化していく。そうして前方からは煌《きら》めく海が迫ってきた。海を渡れば、すぐにキーラーゴだ。

思い切り加速した車は、時速百キロ近いスピードでオーバーシーズハイウェイ（海上道路）へと突っ込んだ。

前を走る観光バスを追い越そうと、エリザベートがアクセルを踏み、ハンドルを切る。

その瞬間だった。

車体ががくん、と上下に揺れたかと思うと、大きな破裂音が車内に響いた。

一瞬でコントロールを失った車が、対向車線に大きくせり出してカーブを描く。

「危ない！」

ロベルトと平賀が叫ぶ。

「ブレーキが利かない！」

エリザベートはまっ青になって、何度もブレーキを踏んだ。

だが車は全く減速しないままガードレール代わりの植木に激突し、それを軽々と突き破って、海中へと真っ逆さまに落下した。

落水の激しい衝撃が三人を襲った。

一瞬、気を失ったロベルトが顔を上げると、目の前のフロントガラスの半分まで水が上がってきている。足元も既に水浸しだ。

ロベルトはぐったりしている平賀とエリザベートの肩を揺すり、声をかけた。

「平賀、エリザベートさん、目を覚ましてくれ！」

先に平賀がハッと身体を起こし、素早く前後左右を見回した。

「エリザベートさん、起きて下さい！　銃で窓ガラスを割って下さい」

平賀は大声で叫んだ。

ロベルトは窓を開けようと試みたが、パワーウィンドウが反応しない。

ドアを開こうにも、重くてビクともしない。

「駄目だ、窓もドアも、ビクともしない！」

ロベルトの頭がまっ白になる。

「ロベルト、どうか落ち着いて下さい。窓が開かないのは、電気系統が水でショートしたからです。ドアが開かないのは、外からかかる水圧と車内の空気圧との差圧によって、推定数百キロもの圧力がかかっているせいです。何もおかしなことはありません。見たところ、窓にひび割れはありませんから、勢いよく流れ込む水流に身体が吹っ飛ばされるといった事態は回避できています。

今のうちに身体の自由を確保する為、シートベルトを外しましょう。車内がもっと水で満たされれば、水中でシートベルトを外すのは至難の業となってしまいます」

平賀は冷静にそう言いながら、自分のシートベルトを外し、運転席に身を乗り出してエリザベートのシートベルトを外した。

「う……」

シートベルトの金具の音と、平賀の気配がエリザベートの意識に届いたようだ。エリザベートは頭《かぶり》を振って薄く目を開いた。

その途端、フロントガラス一杯にせり上がった水が視界に飛び込んで来て、彼女は絶叫した。

「ど、どうなってるの⁉」

冷たい水は膝上《ひざうえ》まで上がってきている。命を失う恐怖に一瞬、彼女の頭はパニックになった。

「エリザベートさん、車のガラスを銃で割れますか？」

平賀がゆっくりと訊《たず》ねる。

エリザベートは絶望的な顔で、首を横に振った。

「この車のペアガラスだと、私の銃の口径では無理ね」

「成る程、分かりました」

平賀は頷《うなず》き、ロベルトとエリザベートを交互に見詰めた。

「ロベルト、エリザベートさん、ここは冷静になりましょう。生き残る為にはそれが何より肝心です。まだ車中には空気があります。呼吸が維持できている間は死にません」

平賀の声に励まされるように、ロベルトは深呼吸した。手の震えが少し止まって、やっとシートベルトを外すのに成功する。

「現在、車は前方から沈んでいます。エンジンが重いせいです。エリザベートさん、助手席にある貴女の鞄《かばん》の中身を空にし、それを持って後部座席に移動して下さい。上着と靴は脱いで、動きやすい格好で」

平賀の指示にエリザベートは無言で従った。

「ロベルト、私達も上着と靴を脱ぎ、鞄を空にして口を閉じ、それを胸元に抱えましょう」

三人が作業をする間にも、水はみるみる腰までせり上がってくる。

「人間の体は、肺に空気が入っていた場合、体積の二パーセントが水面上に浮きます。空気の入った鞄を抱えれば、もう少し浮きます。

この先、いよいよ車内に水が充満しますが、水面から口と鼻を出して、呼吸を続けることだけを考えましょう」

「けど、その状態で、どうやって車から脱出するんだ?」

ロベルトが問い返す。

「車内が水で満たされれば、外との差圧がなくなります。すなわちドアを外から押している圧力がなくなって、ドアは開く筈《はず》です。そこから脱出可能です」

「理屈は一応分かるけど、そう上手《うま》くいくの?」

エリザベートは込み上げる焦りを懸命に抑えている。

「ええ。物理法則は嘘を吐きませんから」

平賀はキッパリと答えた。

「だけど平賀神父。車内が水で満たされたら、呼吸はどうするのよ」

「ええ、そこが問題です。車が水で満たされなければ、ドアは開きません。しかし、その状態になった時、車中に空気はほぼありません。さらにドアを開けた時点で、車体はバランスを崩し、一気に沈み始めます。

つまり差圧がなくなるその一瞬が勝負なのです。

最後の空気を肺に溜《た》めたまま、ドアを開きさえすれば、鞄による浮力も助けとなって、海面まで上昇できるでしょう。当然、そのチャンスは一度きりです。

ドアを開ける時も、海面まで浮上する間も、なるべく空気を消耗しないことが生還のポイントです。焦らず、喋《しゃべ》らず、パニックを起こさず、肺の空気を保つのです」

平賀は淀《よど》みなく話した。

その間にも冷たい水が胸元から首筋へとあがってくる。嫌な圧迫感がすさまじい恐怖と共に全身を包み込む。

「思ったより水の勢いが早いわ」

エリザベートは冷や汗を流した。

「ええ。脱出のタイミングはそう遠くありません。皆さん、焦らずに」

平賀はそう言ったが、この状況で焦らないなど、到底無理な話だった。

なにしろ鉄の棺桶《かんおけ》に閉じ込められて海に沈められ、もうじき息が出来なくなるのをひたすら待っているという状態だ。

今にも叫び出しそうな恐怖を抑えるだけで精一杯だ。

ロベルトは意識して息を整えていたが、自然に呼吸は浅くなっていた。

それでも平賀の冷静な横顔を見ていると、不思議なことに生還の可能性を信じられる気持ちが湧いてくる。

「ロベルト、ドアを開く準備をして、私の合図を待って下さい。

エリザベートさんは合図を待って、私の側のドアを開けるのを補助して下さい。

脱出に使える時間は三十秒もありません。焦らず確実に成功させましょう。

今はその時に備えて、酸素と体力を身体に蓄えておきましょう」

「分かったわ」

エリザベートが頷く。

「よし」と、ロベルトもドアに手をかけた。

水はいよいよ顔まで上がってきた。三人はかろうじて鼻と口だけを水面に出した状態だ。

その状態で車がゆっくり沈んでいくのを、何もせず待つのが恐ろしい。

身体は凍り付き、頭は限界を超えてヒートアップしている。

「さあ、最後の呼吸を」

平賀の合図で、三人は肺一杯に空気を吸い込んだ。

車はまだゆっくりゆっくり沈んでいる。

もうこれ以上沈んだら、海面まで息も持たないだろう。

ロベルトがそう思った時だ。

窓の外を見ていた平賀がロベルトの方を見て頷き、ドアを指差した。合図だ。

ロベルトは一気にドアを押し開けた。

平賀とエリザベートもドアを押し開く。

三人は一斉に、鞄を抱いて車から飛び出した。

日の射す海面だけを見上げながら、鈍い速度で浮かび上がる。

徐々に徐々に海面が近づいて来た。だが、もう息の方が続かない。

最後は誰もが必死で水を掻《か》いていた。

ザバッという音と共に、ロベルトは海面に顔を出した。

そしてむさぼるように空気を吸い込んだ、その瞬間だ。

「おおーっ……！」

頭上から人の声が聞こえた。

空耳だろうかと訝《いぶか》りながら見上げると、海上道路から顔を突き出した十名ばかりの人々が、ロベルト達を指差している。

「大丈夫かーあ！」

「今、レスキューを呼んだからな！」

「頑張れ！」

励ましの合唱が聞こえてきた。

「た、助かった……のか……」

三人は顔を見合わせ、ようやく安堵《あんど》の息を吐いたのだった。


海面を漂うこと数十分。ようやく三人はレスキューのボートに引き上げられた。

びしょ濡《ぬ》れのままモンロー郡警へ運ばれ、事情聴取を受ける。

「酷《ひど》い事故だったが、よく命が助かったものだ。キーウエストへ向かう車の事故は数多いものだが、落水事故は極めて致死率が高いんだ」

郡警のマッシュー・ワイルド警部は、顎鬚《あごひげ》を撫《な》でながら言った。

ロベルトは改めてゾッと背筋が凍るのを覚えた。

「差圧がなくなるのを待って脱出したんです。上手く行ったのはラッキーでした」

平賀が答える。

「ふむふむ。海底でパニックにならなかったのは、幸いだった。運転手は誰かね？」

「私です。ワシントンからの旅行者で、エリザベート・モーリエといいます」

エリザベートが名乗った。住所と宿泊先、連絡先なども訊ねられて答える。

「事故の原因に心当たりはあるかね？」

「ありません。突然、ハンドルが利かなくなって、ブレーキも利かず……」

「ふむ、確かに現場にはブレーキ痕《こん》がなかった。奇妙なことだ」

「ブレーキは踏みました。でも、全く利かなかったんです」

「車の整備不足かな？」

「車はバジェットのレンタカーをマイアミ空港営業所で借りて、昨日から乗ってますけど、こんな風になったのは余りに突然で、不自然だと思っています」

エリザベートは考えながら答えた。

「保険には入っているだろうね」

「ええ」と、エリザベートが頷く。

「さて。目撃者の証言と、後続車のドライブレコーダーの映像から、事故の状況は大体分かっている。事故の直前、後部タイヤが二つともたわんで変形する様子が映っていた。そのたわんだタイヤが発熱して、一気に破裂したんだ」

「タイヤが二つとも？　やっぱりおかしいわ」

　エリザベートが顔を顰《しか》める。

「そのドライブレコーダーの映像を見せて下さい」

　平賀の言葉に、ワイルド警部はそれを再生してみせた。

　確かに警部の言う通り、不自然に後部タイヤが変形し、破裂する様子が映っている。

「妙ですね……」

　平賀は穴が空くほど画面を見詰めて呟《つぶや》いた。

「しかしまあ、君らが無事だったことと、他の車が巻き込まれなかったのは、不幸中の幸いだ。事故車の引き上げと、レスキューの費用等については後日、モーリエさんに連絡が行くことになるだろうから、対処するように」

　ワイルド警部は細々とした注意を与えた後、何枚かの書類にサインをさせ、三人を解放したのだった。

「この事故は妙よ。整備不良か何か知らないけど、全くブレーキが利かなかった。まるでブレーキホースに仕掛けをされたみたいにね」

　エリザベートは語気に怒りを込めた。

「創世学会やアダムを追い始めたせいで、車に細工されたんだろうか」

ロベルトが推理を口にする。

「そうかも知れません。あのドライブレコーダーの映像は奇妙でした。

創世学会とアダム……彼らはとても危険な存在ですね。ますますサスキンス捜査官の身が心配になりました」

平賀が呟く。

「車に仕掛けをされたとしたら、いつの時点だろう?」

「やはり昨夜《ゆうべ》かしら……。でも、今日の午前中は異常を感じなかったわ」

「昨夜と今日の昼に車があった場所は同じです。ホテルの駐車場です」

平賀の言葉に、二人は顔を見合わせた。

## 5

ビルは深い眠りから目覚めた。

こんなに気持ちよく眠ったのは、久しぶりだと感じる。

胸元には温かな日差しが一条、降り注いでいた。

(ここは何処だ……? そうか、昨夜アダムのテントに連れて来て貰《もら》ったんだ)

すっかり意識が覚醒《かくせい》した。身体も羽のように軽くなっている。

ビルは天幕を押し開け、外へ出た。

すると昨夜は恐ろしげだった草叢《くさむら》が、すっかり見違えるように瑞々《みずみず》しい。

葉先についた朝露の玉が、朝日を浴びて宝石のように輝いている。

(なんて清々《すがすが》しい朝なんだろう)

ビルは思い切り伸びをした。

「やっと目覚めたか」

朗らかな声に振り向くと、ジャックが立っている。

「父さん……どうしてここに……」

ビルが狼狽《ろうばい》すると、ジャックは目を丸くした。

「お前、寝ぼけてるのか？　家族で旅行に来たんじゃないか」

「えっ……」

「そうよ、ビル。仕事で疲れて忘れてしまったの？」

母は可笑《おか》しそうにころころと笑った。

その瞬間、ビルの胸に仕舞い込んでいた暗い蟠《わだかま》りが、堰《せき》を切ったように喉元《のどもと》へとせり上がってきた。

「作り笑いをしないでくれ、母さん！　父親面はやめてくれ、ジャック！　もう真っ平なんだ、こんな作り事は！」

ビルは腹の底からの叫びをあげた。

「どうしたんだい、兄さん。そんな大声を出して」

今度は弟のトムがやって来た。トムは野球のグローブをつけ、投げ上げた球を背面で上手にキャッチした。

「トム、お前こそ、どうしてそんな暢気《のんき》にしていられるんだ？　お前も知っている筈《はず》だ。この父さんは偽者だってことを！」

するとトムはあんぐりと口をあけ、次の瞬間、大笑いをし始めた。

「あっはっは！　兄さん、悪い夢でも見てたんじゃないの？」

「そうよ、ビル。さあ、美味《おい》しいドーナツでも食べて、目を覚ましなさい」

「それより母さん、キンキンに冷えたクアーズを飲ませてやってくれ」

弟と母と父が口々に言う。

「夢だって……？　私は……夢を見てたっていうのか？」

ビルは毒気を抜かれたような気分で、目を瞬《しばた》いた。

「そうとも。私が偽者だなんて、お前の勘違いだ」

「ビル、私達は本物の家族なのよ」

「おーいジュノ、それにエリザベートさん、二人からもビルに何か言ってやってくれよ」

トムの呼びかけに、ジュノとエリザベートが木陰から現れた。

「義兄《にい》さん、大丈夫ですか？」

ジュノが心配げに眉《まゆ》を顰《ひそ》める。

「ビルったら、スパイ映画の見過ぎじゃないの？」

エリザベートは目を細めて苦笑した。

ビルはエリザベートの腕を取り、ひと気のない木陰まで引っ張って行った。

「君までどうしたんだ。又、演技をしてるのか？」

ビルが真顔で詰め寄ると、エリザベートはふうっと溜息《ためいき》を吐いた。

「肝心なことまで忘れてしまったの？　私達の調査で、貴方《あなた》の家族はイルミナティと無関係だと分かったじゃない」

「それは本当か？」

「ええ。だから私も工作員を辞めて、貴方の家族になったってわけ」

エリザベートは愛らしくウインクをした。

「そうか……そうだったのか……」

ビルの全身を目も眩《くら》むような安堵《あんど》感が包み込んだ。温かな涙が頬を伝って流れる。

「分かったらビル、ご両親に失礼を詫《わ》びなきゃね」

「そうだな。そうするよ」

ビルは両親の許《もと》に歩き出して、ふと足を止めた。

「ところでエリザベート、アダムは何処だ？」

「牧師様なら、あちらの木陰で瞑想《めいそう》をなさっているわ」

エリザベートが指さした先に、アダムが坐禅《ざぜん》を組んでいる姿があった。

ビルは嬉《うれ》しくなってアダムに駆け寄った。

「良かったですね、真実が分かって」

アダムは飛びきり優しい笑顔をビルに向けた。

＊　＊　＊

平賀達三人は、タクシーでビルトモアホテルへ引き返した。

ホテルの支配人に会って、自分達の命が狙われたこと、その犯人がビルの失踪《しっそう》に関係している可能性が高いこと、ビルの命も危険であることを伝える。

そうして駐車場の監視カメラの映像を見せて欲しいと訴えた。

驚いた支配人は三人を連れ、ずらりとモニタが並んだ警備室へと向かった。

「この方々に、駐車場の監視カメラの映像を見せてやってくれ」

支配人が命じる。警備員は頷《うなず》いた。

「場所はDの七十五番よ。時刻はそうね、まずは今朝の十一時半頃から」

エリザベートが指示を出す。

一つのモニタに、映像が流れ始めた。

一同は鋭い目でモニタを見詰めた。

七十五番の空のスペースに、エリザベートの車が戻って来た。すぐにエリザベート、平賀、ロベルトが車から出て去っていく。

　するとどうだろう。黒いジャケットを着て、覆面をつけた怪しい人影が素早く車に近づき、車体の下へ潜り込んだ。

　そしてほんの十分ほどで車の下から這《は》い出し、足早に去った。

　間違いない。これが犯人だ。

　犯人と入れ違うように、平賀達が戻って来るのがモニタに映し出される。

「これは……」

　支配人は息を呑《の》み、警察に通報すると告げて部屋を出て行った。

「この部分の映像をコピーして下さい。あと、昨夜の様子も拝見したいんです」

　平賀が言う。

「そうね、お願いするわ。場所は同じDの七十五番よ」

「昨夜の何時頃からでしょうか？」

「十時からでお願いします」

　警備員が頷き、再生を開始する。

　慌ただしい車の駐車や人の行き来が、早送りで映し出されていく。

　そして人も車も往来がすっかり途切れた、午前三時半のことだ。

　やはり黒ずくめの怪しい人影が、車に近づいて来た。

　背格好は先程の人物とそっくりだ。それがやはり車の下に潜り込んだ。

三人は食らいつくように画面を見詰めた。

今度はその人物はたっぷり一時間以上、車の下にいて、ようやく這い出して来た。

その一瞬だ。怪しい人物の覆面が外れ、それを被《かぶ》り直す姿が映った。

「今の場面を拡大して下さい」

平賀が言った。モニタに拡大画像が映る。映像が粗くて顔までは分からない。

「この画像のコピーも下さい」

平賀はコピーを受け取ると、警備室から飛び出して行った。

「あの、もうすぐ警察が来られますから、こちらでお待ちになっては？」

警備員が焦って声をかける。

「申し訳ないのですが、僕達は事故に遭ったばかりで疲れています。部屋で休みたいので、ここで失礼します。警察にしっかり調べてもらって下さい」

ロベルトがエリザベートに目配せをし、二人も警備室を後にした。

「あの画像から犯人の顔が割り出せるかしら？」

エリザベートが小声でロベルトに訊《たず》ねる。

「平賀ならできるさ。警察には無理だろうがね」

ロベルトはエリザベートと共にエレベーターに乗り込み、平賀の待つ部屋へ戻った。

扉を開くと、平賀が極端な前傾姿勢でパソコンに齧《かじ》り付いている。

「調子はどうだい？」

ロベルトが声をかけた。

「ロベルト、勝手に貴方のパソコンをお借りしています。私のものは水没してしまいましたので」

平賀は上の空で答えながら、素早くマウスを動かしていた。

「構わないよ。君のパソコンのソフトのバックアップを僕のところに入れておいたのは、正解だったね」

ロベルトとエリザベートはソファに腰を下ろし、平賀の作業を待った。

「出来ました」

平賀がモニタ画面をロベルト達に向ける。

映っていたのは、鮮明化された横顔だ。画質は良くないが、顔立ちは判別できる。

「これは……女性じゃないか」

ロベルトは驚きに息を呑んだ。

「待って。この顔どこかで……あっ……私、この女を知ってるわ」

エリザベートの台詞《せりふ》に、平賀とロベルトは驚いた。

「知っている？」

「彼女は何者ですか？」

エリザベートは二人の問いに答えず、拳《こぶし》を握り締めて部屋を飛び出した。

エリザベートが向かった先は、ホテルのロビーだ。

カウンターの向こうで何食わぬ顔をして働いている女をじっと見詰める。

地味な容姿をした善良そうな女だが、間違いない。とんだ食わせ者である。

女が一人になった瞬間を見計らい、エリザベートは大股《おおまた》でコンシェルジェ・カウンターに近づいた。

その殺気に気付いたのか、女は振り返り、たちまち顔に恐怖の色を浮かべた。

後ずさりする女の手首を、エリザベートがねじり上げる。

「静かにしなさい。私は拳銃《けんじゅう》を持っている。抵抗すれば撃つ」

凄《すご》みのあるその声と目つきに、女はすっかり怯《おび》え、涙ぐんだ。

「その足元にあるのは貴女《あなた》のバッグ? ゆっくりとバッグを拾いなさい。そして跳ね上げ扉からこっちへ出て来るのよ。逆らえば命はないわ」

女は言われたままにバッグを拾い、カウンターの外に出てきた。

エリザベートは彼女の腕を後ろ手にねじり上げたまま、自分の部屋へ連れ込んだ。

床に広げられたままのビルのスーツケースから手錠と拳銃を拾い上げ、女をバスルームへと連行する。

エリザベートはバスルームの頑丈な手摺《てす》りと、女の右手を手錠で繋《つな》いだ。そして女に向かって拳銃を構え、女の胸につけた名札をちらりと見る。

「エマ・ダイソン。私の車に細工して、事故死させようとしたのは何故? 貴女は何者?

知ってることは全て吐いてもらうわ」

エリザベートは撃鉄を起こした銃を、女の額にピタリと押しつけた。

女は蠟《ろう》のように白い顔で、ぶるぶると震えている。

「貴女は創世学会の手先？　ビル・サスキンスは何処？」

エリザベートは詰め寄ったが、女は無言で鼻水と涙を流すばかりだ。

「そう、何も答えないつもりね。先に身体検査といくわ」

エリザベートはエマをボディチェックし、制服のポケットから財布を取り出した。

財布には数枚のクレジットカードが入っている。名義人は全てエマ・ダイソン。偽造のものは無さそうだ。運転免許の名義も同じで、証明写真のエマは眼鏡をかけている。

続いてエマのバッグを逆さ向きにして振った。

ハンカチ、携帯、眼鏡、化粧道具、ペーパーバックがバラバラと床に落ちる。

エリザベートは用心深くそれらを取り上げ、点検した。

レースのハンカチは清潔で、しっかりと折りたたまれていた。

化粧道具のチェックには、慎重さが必要だ。毒などが仕込まれている可能性があるので、後回しにする。

眼鏡は近眼用のものだった。仕掛けらしきものはない。

次に拾い上げたのは、『恋人たち——純潔の奇跡』というペーパーバックだ。

裏表紙を見ると、ハーレクイン・ロマンスのシリーズの一冊で、イギリス刊行と書かれている。あらすじに書かれた甘過ぎるストーリーに、胸が悪くなりそうだ。

パラパラと本を捲《めく》ると、ひらりと何かが舞い落ちた。

拾い上げると、一枚の写真だ。

「やめて、それは私のものよ、返して！」

それまで一言も口を利かなかったエマが、必死に叫んだ。

これは彼女に口を割らせる鍵《かぎ》になりそうだ。

しかし、奇妙な写真である。意味が分からない。

赤い玉座に座った男と、中世の貴族のような人々がダンスをしている場面が写っている。

舞台の一場面か何かだろうか。

「この写真を返して欲しければ、知ってることを全部吐きなさい」

エリザベートは写真を片手に、エマを振り返った。

「名前と年齢は？」

「エマ・ダイソン。三十歳……」

「どこの組織の者？　誰に頼まれて車に細工をしたの？」

「誰に頼まれたのでもないわ。チャールズの為にしたことよ……」

「チャールズ？　それは組織の上司かしら？」

「言えない……言えないわ……」

エマは唇を噛《か》んで涙を浮かべ、首を横に振った。

「そうやって意地を張れるのも今のうちよ。必ず吐かせてあげるから」

エリザベートはエマに猿ぐつわを咬《か》ませると、謎の写真とエマの持ち物を手に、平賀とロベルト達の部屋に向かった。


インターホンを鳴らすと、ロベルトが中からドアを開いた。

「エリザベートさん、何処へ行ってたんですか？」

「車に細工した犯人を拉致《らち》って、私の部屋に監禁してたの」

エリザベートは平然と答えた。

「犯人を知っていたと仰《おつしや》いましたが、誰だったんです？」

ロベルトが物騒な単語を聞かなかった体《てい》で訊ねる。

「あの女はホテルのコンシェルジェで、エマ・ダイソン、三十歳。結婚式の打ち合わせで何度も顔を合わせたから、覚えていたの」

「警察には知らせたんですか？」

平賀が背後から訊ねると、エリザベートは肩を竦《すく》めた。

「警察のちんたらした取調べを待ってなんかいられないわ。相手は組織の人間よ。今も証言を拒絶している。でも、どうやらこの写真が鍵みたいなの」

エリザベートが差し出した写真を、ロベルトはモノクルをつけて見た。

「ホールの天井画はピーテル・パウル・ルーベンス……。この建物はホワイトホール宮殿のバンケティング・ハウスだ。構造、装飾、内装のどれをとっても間違いない」

「宮殿ですって？」

「ホワイトホール宮殿は十六世紀から十七世紀、イングランド王の居住地として用いられた、ヨーロッパ最大の王宮だ。ただ、その大半は火災で焼失し、庭園の反対側に建っていた舞踏会用の建物、すなわちバンケティング・ハウスだけが今も現存して、観光スポットになっている。

それにしても奇妙なのは、この写真のシャンデリアの明かりに、蠟燭《ろうそく》が使われていることだね。写っている人物も十七世紀の貴族の格好をしているし、この赤い玉座に座っている男性ときたら、どう見たってチャールズ一世じゃないか」

「はあ？　チャールズ一世？　清教徒革命で処刑された、イングランド王の？　確かにあの女は、チャールズの為にしたことだって言ったけど……」

エリザベートは目を瞬《しばた》いた。

平賀はインターネットで現在のバンケティング・ハウスを検索し、その画像をロベルト達に示した。

「ロベルトの言う通り、現在のバンケティング・ハウスのシャンデリアには、ＬＥＤライトが使用されています。シャンデリアの形はそっくりですが……。

となると、この写真がどのようにして撮影されたのかが問題です。

写真の画質から見て、一昔前のフィルムカメラで撮影され、印画紙に焼き付けられたものように見えます」

「そうだね。紙質といい、画像のエッジの滲《にじ》み具合といい、これは銀塩プリントだ。手ブレも少しあるし、ピントも僅《わず》かに甘い。素人が撮った趣味の写真といった印象がする」

「エマ自身が撮ったのかしら」

「そうだとすれば、ますますこの絵画が問題だね」

ロベルトはチャールズの側に写った絵を指差した。

「この絵はティツィアーノ作の『聖マルガリタ』。聖女がドラゴンに化けた悪魔に飲み込まれ、十字架の力によって脱出する伝説を描いた、二メートル級の作品だ。

しかしながらこの絵は、チャールズ一世が処刑されるとすぐ、借金清算の為に他人の手に渡り、愛好家の間を転々としていたという曰《いわ》く付きの絵画なんだ。

つまりこの絵がバンケティング・ハウスに飾られていたのは、チャールズ一世が生きていた時代に限られるんだよ」

「どういう意味？　エマが持ってたフルカラーの写真が、十七世紀のものである筈《はず》がないでしょう」

エリザベートが眉《まゆ》を顰《ひそ》める。

「……そうだね。現像からは、まだ一年も経っていない新しさだ」

「だったら、そのバンケティング・ハウスとやらで、昔ながらのダンスイベントが開催されたんじゃないかしら？　大がかりなイベントなら、シャンデリアを昔風のものに付け替えたり、絵画の複製を用意したりしたのかも知れないわ」

「確かめてみよう」

ロベルトはバンケティング・ハウスの観光事務局に電話をかけ、そうしたイベントが行われたかどうか訊《たず》ねたが、そのような事実は一切ないと突っぱねられた。

「一体、どういう事だ……」

ロベルトが腕組みをする。

「現状、最も可能性が高いと考えられるのは、エマ・ダイソンさんが十七世紀にタイムトリップし、チャールズ一世に出会った、ということでしょうか」

平賀は自分で言った言葉に自分で驚き、目を瞬いた。

「金輪際、あり得ないわ。創世学会とアダムが彼女をタイムトリップさせたとでも？　アダムは宇宙人か何かなの？　冗談じゃないわ。オカルト話はもう懲り懲りよ！」

エリザベートは苛立《いらだ》って叫ぶと、煙草を咥《くわ》えてベランダへ出て行ってしまった。

「確かに彼女のいう通り、またオカルトのお出ましだね。

エマ・ダイソンは十七世紀に行き、ゾーイは精霊に会った。

デイビッド・ボウマンは死んだ昔の恋人に、レズリー・ローグも死んだ恋人と友人に出会っている。エミリオ・ゴンザロは居る筈のない妻子を追いかけ、クレア・シェパードは現実の夫と幼子を存在しないもののように扱った……。まるで皆が皆、異次元にでも迷い込んだような奇怪さだ」

ロベルトが溜息《ためいき》を吐くと、平賀は「そうですね」と、真面目な顔で頷《うなず》いた。

「そう言えば、僕はひとつ、四方山《よもやま》話を思い出したよ」

ロベルトはどこか浮かない顔で平賀を見た。

「どんなお話ですか？」

「大学時代の思い出話なんだけどね。

僕の同級生には、とても仲のいい二人組がいた。トスカーナ出身の幼馴染《おさななじ》み同士なんだけど、田舎に残った親友があと一人いて、元は三人組だったんだ。

その親友の結婚が決まり、三人は久しぶりに田舎で顔を合わせることになった。

勿論《もちろん》、三人は懐かしい思い出話に花を咲かせた訳なんだが、同級生の二人の記憶では、田舎の親友に姉がいた筈なのに、親友は姉なんて昔も今も、一人も居ないと言う。

子どもの頃、よく親友の家で三人、夜中まで遊んでいたら、続き部屋の扉が開いて、姉が怒鳴り込んできたという記憶が、二人には確かにあるのに、親友の部屋にはそもそも続き部屋もなければ、扉さえなかった。勿論、改装の痕《あと》だってない。

それで二人は、目の前の親友が、この世界とそっくりだけど少し違う世界から来た、見知らぬ男かも知れないと感じて、ゾッとしたというんだ。『それとも、別世界から来たのは僕ら二人の方かも知れないが』ってね。

僕もその話を聞いた瞬間、ゾッとした。そして二人が僕を驚かせる為の作り話だろうと、咄嗟《とっさ》に自分に言い聞かせた。だけど……今もあの二人の顔を思い浮かべる度、やっぱり彼らが嘘を吐いていたとは思えずに、混乱してしまうんだ」

ロベルトの言葉に、平賀は天井を見上げた。

「そう言えば私にも一つ、似たような話がありますよ。私の日本の祖母の近所に住んでいた、美代《みよ》さんという女の子の話です。

美代さんは、祖母が幼い頃からよくしてもらった年上のお姉さんで、二十歳で都会に嫁いだのですが、婚家で酷《ひど》い嫌がらせを受け、嫁入り道具の着物も箪笥《たんす》も焼き捨てられて、失意のどん底で、若くして亡くなったそうです。

その噂は祖母の町では結構有名で、実際に都会で苦労する美代さんを見かけた人は何人もいたし、彼女のお葬式に出た人もいたそうです。

祖母自身も一度だけ、美代さんの嫁いだ都会に行く用があって、そこで痩《や》せこけた美代さんに会い、苦労話を聞いて、抱き合って泣いたことがあったといいます。

ところがそれからずっと月日が経ったある日、美代さんの孫と名乗る少女が、祖母の住む町を訪ねて来たんです。そして、美代さんが去年、老衰でこの世を去ったことや、夫や子ども、孫達に囲まれて、幸せな一生を送ったことを語ったというんです。

その少女が持ってきた写真の中で、美代さんはふっくらと年老いた姿で、幸せそうに笑っていて、背景には嫁入り道具の箪笥や着物が写っていたんですって。

祖母は、一体、美代さんの本当の人生はどっちだったのか、自分が出会った美代さんは誰だったのかと不思議で仕方なかったそうですが、きっと幸せだった方の美代さんが本当の美代さんだったのだと、自らに言い聞かせたと語っていました」

「……確かに、妙に似たようなニュアンスの話だ。なんだか不気味だよ」

「ええ、どちらのエピソードも、ただの記憶違いにしては奇妙な点があります。

ねえ、ロベルト。もしかすると、私達が普段思い込んでいるよりもずっと、異世界との壁は薄いのかも知れませんね。

かつてアインシュタインは、超高速で航行する宇宙船内部の時空間が、私達の知る時空間とは異なる方法で存在し、時間と空間が混ざったり、距離が縮んだり、時間がゆっくり進んだりすると述べました。

ところが最近では、私達の暮らす時空間のどこかに四次元空間が隠れているのではないか、という研究が様々に行われており、いくつか成果も出ているんです。

例えばガラス製の実験機器の間を行き来する光子の挙動を分析すると、四次元の影響がある場合にのみ不規則性が現れることであったり、レーザーで作られたグリッド上の所定の位置に冷却した原子を配置して電流を流すと、四次元空間の影響が考えられる反応が起こったり、などというものです」

「止《よ》してくれ……。その辺に四次元が隠れているだなんて、ホラーだよ」

ロベルトは両腕で身体を抱きしめ、身震いをした。

その時だ。

けたたましいベルの音が部屋に響いた。

ロベルトは思わず飛びあがって、音のする方を振り返った。

真後ろで、ホテルの白い電話が鳴っている。

平賀が立ち上がって、その受話器を取った。

「はい、平賀です」

『こちらフロントでございます。平賀様宛てに、ご家族の平賀良太《りようた》様から外線電話が入っております。このままお繋《つな》ぎしても宜《よろ》しいでしょうか』

「良太からですか？　ええ、分かりました。繋いで下さい」

平賀は首を傾げながら答えた。

プツリと音声が切り替わる音がする。

『やあ、兄さん』

電話口から聞こえてきたのは、冷ややかな、それでいてクラヴィコードのような独特の響きを持った声だ。

涙が出るほど懐かしいその声に向かって、平賀は思わず叫んでいた。

「ローレン、お元気でしたか！」

# 第六章　作戦　Operation Recapture

## 1

『相変わらず正直な男だね、君は。少しは私の演技に付き合う気がないのかね』

　それは呆《あき》れたような口調だったが、平賀には電話機の向こうのローレンが微笑んでいるように感じられた。

「ローレン、貴方《あなた》、どこに居るんです？」

『そんな事より、時間もないから手短に用件を話す。

　君達が追っていると思《おぼ》しき事件は、私が監視中の企業に関係している。是非、君らに事件を解決してもらいたいので、必要なものを送った。手違いで遅くなったが、間もなく着く筈《はず》だ。私の用件は以上だ。必要があれば又、連絡する』

　電話はプツリと切れた。

「待って下さい、ローレン！」

　平賀の声が空しく部屋に響いた。

「ローレンだって？」

「はい……」

平賀は叱られた子犬のように項垂《うなだ》れて、ローレンからの電話をロベルトに語った。

「監視中の企業か……。陰謀の匂いがぷんぷんしてきたな」

「ええ。必要な物というのも気になります」

「特殊な新型カメラでも開発したのかな？　サスキンス捜査官を探す探知機でも送ってくれると助かるんだが」

そんな会話をしていると、部屋のインターホンが鳴った。

「あっ。きっとローレンからの宅配便ですよ」

平賀が小走りに駆けていき、ドアを開く。

そこには喪服姿の痩せた女が一人、立っていた。

頭からすっぽりと黒いベールを被《かぶ》り、足元は蜘蛛《くも》の巣模様のストッキング。黒いシアードレスを着、巨大なトランクを曳《ひ》いている。

「あの、部屋をお間違えでは？」

平賀の問いかけを無視するように、その女はするりと部屋に入ってきて、被っていたベールを脱いだ。

中から現れたのは、縮れた黒髪を長く垂らした青白い顔だ。どこか焦点の合っていないグレーの瞳《ひとみ》が、平賀とロベルトを交互に見、ゆっくりと瞬いた。

「やあ……久しぶり、っていうか、貴方達には前に一度会っただけだけど、なんだかあんまり他人って感じがしないんだよね」

「どうして貴女《あなた》が此処《こ こ》に……？」

平賀は呆然《ぼうぜん》と呟《つぶや》いた。

「もしかして、ローレンの言っていた役立つものって、君のこと……？」

ロベルトも啞然《あぜん》としている。

「えっ、マスターがボクを役立つって言ってくれたの？　嬉《うれ》しいな」

女は瞳を熱く蕩《とろ》けさせ、薄く笑った。

丁度ベランダから戻ってきたエリザベートは、部屋の中央に立つ異様な女性の存在に、幽霊でも見たかのような悲鳴をあげた。

無理もない。彼女の容貌《ようぼう》は、ただの美女というには病的過ぎるからだ。

「なっ、何なの、この人!?」

「やあ、ボクはフィオナ・マデルナ。ローマ警察の犯罪プロファイラーさ。マスターに言われて、事件解決のお手伝いに来たんだ。宜しくね、美しい人」

フィオナはそう言うと、やおらエリザベートに抱きついて、頰にキスをした。

「……この人、酔ってるの？」

エリザベートは怪訝《け げん》な顔をした。

「いえ、そうではなくてですね、そもそも事情を話せば長くなるのですが……」

「奇跡調査で平賀の右腕を務めてた、優秀なバチカン情報局員のご友人……とでもいうのかな。とにかく僕達の味方には違いない人だ」

説明しかけた平賀の横から、慌ててロベルトが言う。

「そう……。宜しくね、マデルナさん。私はエリザベート・モーリエよ」

エリザベートが気を取り直して握手の手を差し出すと、フィオナはぎゅっとそれを握りしめた。

「ボクのことはフィオナって呼んでいいよ」

「……ええ、分かったわ、フィオナ……。それで貴女は一体、何をお手伝いしてくれるのかしら？」

「何でも……。きっと今、困っていることがあるんでしょう？　マスターがボクを来させるってことは、そういうことだと思うから」

エリザベートはふうっと深呼吸をし、決意した顔でフィオナを見た。

「そうね、プロファイラーなら、丁度いいのかも知れないわ」

エリザベートはこれまでの事情を説明し始めた。

「一寸《ちよつと》待って、録音するから」

フィオナがレコーダーをテーブルに置く。

改めて、エリザベートは事件の経緯《いきさつ》を順序立てて話していった。平賀やロベルトも、必要な説明を付け加える。

一連の話を聞き終えると、フィオナはレコーダーを止め、薄《うつす》らと微笑んだ。

「そういうことかあ……。マスターはボクに言ったんだ。平賀神父やロベルト神父は理性的でまともな神経の持ち主だから、この事件には向かないだろう、ボクみたいな異常者が必要だって。その意味が今、分かった……」

「事件についてはどう？　解決できそう？」

エリザベートが意気込んで訊《たず》ねる。

「うーん……。色々と感じるところはあるけど……」

フィオナはたっぷり五分ばかり視線を宙に泳がせた後、不意に立ち上がった。

そしてテーブルとソファの間の狭い場所で、バレエのピルエットのようにくるりと回転した。

「おお！　我はこの堕落した地上の王位を離れ、堕落し得ぬ真の王座へと向かう。そこには如何《いか》なる争乱も存在し得ず、安寧で満たされているのだ！」

フィオナの芝居けたっぷりな台詞《せりふ》と仕草に、三人は呆気《あっけ》にとられた。

フィオナは楽しげに、ふふっと笑った。

「今のはチャールズ一世の辞世の句だよ。キングズイングリッシュは結構、得意なんだ。それでさ、ビル・サスキンス捜査官の行方を探す為にも、今はエマ・ダイソンの口を割らせるのが先決……ってことで、話はいいのかな？」

「そうなんだけど、エマは難敵よ。銃を突きつけても、証言を拒否してる」

エリザベートは唇を噛《か》んだ。

「タイムトリップした女性かあ……。これがエマの持ち物なんだね?」

フィオナはテーブルに置いてあったエマの鞄《かばん》の中のものを一つ一つ手に取り、本にもざっと目を通した。

「それじゃあボクは今から運命の魔導師になる。皆にも協力してもらうよ」

フィオナは謎の言葉を発して、一同を見回したのだった。

＊　＊　＊

エマ・ダイソンがバスルームで恐怖に震えていると、あの恐ろしいエリザベートという女が戻って来た。

彼女の手でギラリと光る注射器が、エマの首筋に近づいて来る。

「エマ・ダイソン、貴女には死んで貰《もら》うわ。地獄で自分の罪を悔いなさい!」

激しい怒りのこもった雷のような声が、頭上から浴びせられる。

エマは猿ぐつわの奥で、くぐもった悲鳴をあげた。

(誰か、助けて! チャールズ! 助けて……)

みるみる視界が霞《かす》み、全身の力が抜けていく。

(……私、死んでしまうの……? チャールズ……ああ……)

それからどれ程時間が経ったか分からない。

エマは、ぼんやりと目を覚ました。

目の前に、オレンジ色のオイルランプの明かりが揺れている。

その灯《ひ》が煤《すす》けたような板張りの床を、周囲一メートルほどに渡って照らしていた。

それ以外は暗闇だ。何も見えない。

(ここは何処……？　ホテルじゃないわ……)

肩と背中に固い板の感触がある。どうやら自分は板の間に倒れていたようだ。

両手で床の感触を確かめながら、エマはゆっくりと身体を起こした。

ランプを手に持ち、前方に翳《かざ》しながら立ち上がる。

そうして数歩も歩くと、狭い部屋の壁にすぐ突き当たった。

そのまま壁伝いに歩いていると、錆《さ》びた鉄のドアノブらしきものが目に留まる。

(ここから外へ出られそう……。でも、外には何があるのかしら？　ああ、神様、どうか地獄ではありませんように！)

エマはごくりと唾《つば》を呑《の》み、神に祈りながらドアを薄く開いた。

ギィ……。

軋《きし》み音が静かな空間に谺《こだま》する。

「誰だ」

誰何《すいか》の声が、前方から聞こえた。

エマは視線を恐る恐る足元から上げ、声のする方を見た。

石造りの暖炉が正面に燃えている。ぐらぐらと大釜《おおがま》が湯気を立てている。

その前に古びた木のテーブルがあり、黒いマントを羽織って椅子に座った何者かが、こちらを振り向いていた。

その者は到底、人には見えなかった。のっぺりとした白い顔をして、目は三日月のように細く、口は逆向きの三日月のように笑っている。

「貴方《あなた》は……何者です？」

エマは震える声で、謎の人影に問いかけた。

「我が名は王室魔導師ヴァイス。偉大なる、偉大なる、偉大なるトートの叡智《えいち》を受け継ぎ、肉体と魂とを完全なる存在へと錬成する者なり。ヘルメス・トリスメギストスこそ、我が師なり」

魔導師はマントを翻して立ち上がった。

「魔導師ですって？　じゃあ、ここもボルテックス・ゾーンなのかしら……」

エマが戸惑いの台詞を呟く。

「この空間はオラトリウムにして、ラボラトリウム。ボルテックスの神秘が渦巻く、祈りの空間なり。我は運命の導きに従い、汝《なんじ》を囚《とら》われの危機から救ったのだ」

そう言いながら、人影が掌《てのひら》を広げ、こめかみに手を当てた次の瞬間、不気味な顔だと思っていた仮面が外れ、その下から繊細で端整な顔が現れた。

黒く縮れた髪が、青白い頰まで垂れている。澄んだ瞳《ひとみ》は不思議な色を湛《たた》え、口元は優しげに微笑んでいる。

「まあ、貴方が私を助けてくれたですって⁉」

エマは感動に震え、胸に手を当てた。

そうして改めて周りを見回すと、仄暗《ほのぐら》い部屋の壁一面には、頭蓋骨《ずがいこつ》や炎、五芒星《ごぼうせい》、見たこともない不思議な文字列が書かれた羊皮紙が貼られている。床にはチョークのようなもので、精緻《せいち》な魔法円が描かれていた。

さらに机の上には色とりどりの液体の入ったガラス瓶、フラスコ、煙を噴き上げる蒸留器などが置かれ、コウモリの干物のようなものも飾られている。

「ああ……なんて不思議な場所なのかしら……」

エマはうっとりと瞳を潤ませた。

「そんなことより、困った事態になった」

魔導師は溜息《ためいき》交じりに呟《つぶや》き、項垂《うなだ》れている。

何事かと、エマは心配げに魔導師を振り返った。

「我は陛下の許《もと》へ駆けつけようと、魔法のゲートを開いたというのに、そこから現れたのは汝であった。これは一体、何を意味するのやら……」

苦悩する魔導師に、エマは問いかけた。

「陛下って、もしかして、チャールズ陛下のこと？」

「勿論《もちろん》だとも。我はチャールズ陛下のお抱え魔導師だからな」

「まあ、そうだったの！」

エマが瞳を輝かせる。

「我がチャールズ陛下と共に研究してきた成果を見せてやろう」

魔導師は金色の高杯《たかつき》に載った水晶玉を手に取り、高く掲げた。

『炎よ燃えろ』

異国語らしき意味の分からない呪文《じゅもん》が唱えられると、水晶玉の上に、紅《あか》い炎が揺らめいた。

『水よ流れろ』

今度は空中から水滴が流れ落ちてきた。

『雷よ吠えろ』

小さな雷が、蒼白《あおじろ》い火花を放った。

「凄《すご》いわ……凄い！　貴方は魔法が使えるのね。貴方のその力があれば、きっとチャールズを助けられる。私と一緒に、チャールズを助けましょう！」

エマは魔導師に訴えかけた。

「そうか、そういうことか。汝とこうして出会ったのは、運命の必然だったのだね。チャールズ陛下を助け出すには、汝の力が必要らしい」

「ええ、そうよ、チャールズも私にそう言ったわ」

エマは頬を上気させた。

「ふむ。どうやら君の事情を聞かねばならぬ番だ。陛下と何があったのか、今度は君が全てを話すんだ」

「ええ、分かったわ。私の名前はエマ、エマ・ダイソン。初めてチャールズに会ったのは、ロンドン旅行がきっかけだったの……」

エマは全てを語り始めた。

## 2

机の下に取り付けた隠しマイクを通じて、隣室でエマとフィオナの会話を聞いていたエリザベート、平賀、ロベルトの三人は、感嘆の息を吐いた。

「見事に騙《だま》したものね。エマのお気に入りの本から好みの人物像をイメージして、それを完璧《かんぺき》に演じてる」

「ええ。フィオナさんはお芝居が上手ですね」

「それもあるけど、心理的自白剤効果を上手《うま》く使っているんだろう」

「心理的自白剤効果？」

平賀が訊《たず》ねると、エリザベートが答えた。

「警察の尋問でよく使う手よ。厳しい取調べの後、話しやすくて優しい刑事が担当を交代した途端、犯人が自白を始めるってやつ。私が彼女を拘束して極限まで脅した後、心身ともに解放された空間で、フィオナが優しい刑事役を演じたってこと」

「成る程……」

平賀は感心したように頷《うなず》いた。

(あとは最後にエマに打った自白剤も、効果的に作用したみたいね)

エリザベートは心の中でそう思ったが、神父二人の前で口にはしなかった。

ここはホテルからそう遠くない場所に建つ、ココナッツグローブのフォトスタジオだ。

マイケル・ジャクソンがスリラーのPVを撮ったとも噂されたことのあるこの一帯には、ミュージシャンやグラビアモデル達が、PVや写真集の撮影に用いるレンタルフォトスタジオが数多くある。

その中から中世風の部屋を選んでレンタルし、フィオナが持ってきたホログラムを放射する仕掛けの水晶玉や魔女風の小道具、平賀のスーツケースに入っていたフラスコ類、ロベルトが手描きした魔法円などで飾り付け、雰囲気のある空間を作り上げたのだ。

部屋が仄暗いままなのは、勿論、細かな粗を隠す為である。

すっかりそこを不思議な空間と信じ込んだエマは、今まさに扉の向こうで延々と自白を続けている。

「エマさんは今、ロンドン郊外のシェルトン駅からほど近い森の中に迷い込み、古城の中であの写真を撮ったと言いましたね」

平賀はネットでイギリスの航空地図を読み込み、シェルトン駅を表示した。

「森の古城……というと、これじゃないかな」

ロベルトがいち早く、それらしき城を見つけて指をさす。

「えっと……名前は、オルドリッジ男爵城、とあります」

平賀がその名で検索をかけると、観光案内のブログが見つかった。

「十七世紀に建てられ、当時の建築物の特徴を色濃く残した、隠れた名城である。現在は個人の所有物であり、内覧は出来ないが、その外見だけでも眺めてみる価値はある……。連絡先も書いてあります」

「ロンドンは今……午前一時か。すぐに連絡はつかないな」

「朝一番に確かめましょう」

三人は再び、隠しマイクの声に耳を澄ませた。

＊　＊　＊

「それでね、チャールズに再会する方法を探し求めた私は、最後に奇跡のツアーに願いを託したの。そうしてエバーグレーズにある秘密のボルテックス・ゾーンで、とうとう彼と再会できたのよ」

エマは熱っぽく語った。

「奇跡のツアー？」

「本物の奇跡が体験できるっていう、知る人ぞ知るツアーよ。創世学会という人達が企画して、大きな青いバスで私達を運んで行ってくれるの」

「ふむ。そのボルテックス・ゾーンは、陛下を助けるにあたって極めて重要な場所となるだろう。緻密《ちみつ》な計算の為には、正確にその場所を知らねばならないのだが」

フィオナは誘導尋問を試みた。

「特別に選ばれた人間しか行けない場所だってことは確かなんだけど、ハッキリした場所は分からないわ。

ツアーバスで途中まで行って、あとは地図にもない道を歩いて行ったから……。エバーグレーズって、どこも同じような景色で、目印なんて殆《ほとん》どないの。

ただ、ボルテックス・ゾーンの入り口で、渦を巻くように捻《ねじ》れた糸杉を見たわ」

「ふむ……。そこで君は、何度も陛下に会ったのだね？」

「ええ、三度会うことができたわ」

「三度とは、まさに奇跡的だ！」

フィオナは目を見開き、オーバーアクション気味に両手を広げた。

「ええ、本当にそう思うわ。創世学会のメンバーは二十万人もいるのだけど、私はチャールズに会いたい一心で会に入ったばかりの新参者だったの。

なのに、試験を受けてみたら、他の古参の会員を一気に追い抜いて、ツアーのメンバーに選ばれたんです。その時、チャールズとの深い運命を感じたわ」

「試験とは？」

「適性試験や断食行で霊格をチェックして、私は合格したの」

エマは誇らしげに胸を張った。

「ふむ。やはり君には特別な力があるのだな」

フィオナがそう言ってエマの顔をじっと見詰めたので、エマは頰を赤らめた。

「ええ、そうだと思うわ……。魔導師さんにも出会えたのもそうだし」

「陛下は君に何と言っていたんだね？」

「チャールズは初めて会った時、私に逃げろと言ってくれた。そして、『君はまた、私と会うことになるだろう』って……。

二度目に会った時に、言葉の意味を訊ねたら、それは私が特別な存在だからで、チャールズを救えるかも知れない、と答えたわ。それで私の使命はチャールズを助けることだと分かったの。他にも彼は、ボルテックス・ゾーンを守れとも言ったわ」

「守れと？」

「だってあの場所はチャールズと交信できる、聖なる場所よ。

誰かに知られでもしたら、たちまち見物客や学者を名乗る者達が押しかけて、踏み荒らされてしまうもの。他の安っぽいパワースポットのように卑しく落ちぶれたり、奇跡の力が弱まったりしないように、聖なる場所のことは秘密にして守らなければ」

エマは急に表情を硬くし、拳《こぶし》をぎゅっと握りしめた。

「他の場所で、陛下の声が聞こえたことはあるのかね？」

「一度だけ……あるわ」

「いつ、何処でだね？」

「昨晩のことよ。職場の休憩室で聞こえてきたわ。邪魔な人間が、聖なる場所を踏み荒らしに来るって……。チャールズはとても嫌がっていたわ」

「ふむ……それは一度だけかね？」

「ええ、一度だけよ」

「普段は聞こえないのだね？」

「ええ……。聖なる場所以外で彼の声が聞こえたのは、たった一度だけなの」

エマは残念そうに呟《つぶや》いた。

「ふむ。ということは、やはりボルテックス・ゾーンの情報が肝心だ。その場所について、もう少し情報があれば良《い》いのだが……」

フィオナは羽根ペンを手に取り、机に置かれた羊皮紙に出鱈目《でたらめ》な数字と記号を書き足しつつ、難しい顔をした。

「もう一度、頑張って思い出してみるわ……」

エマは瞳《ひとみ》を閉じ、懸命に記憶を辿《たど》っていたが、やがて諦《あきら》めたように首を横に振った。

「バスに乗ってた時間は、マイアミから二時間ほどだったように思うわ。でも……その後のことは、記憶に霧がかかったみたいにハッキリ思い出せないの」

「仕方がない。では、我の水晶の力を借りるとしよう」

フィオナは水晶玉を正面に置き、空中で両手をくねらせた。

「魔導師さん、何か見えそう？」

エマは身を乗り出し、必死の形相で訊《たず》ねた。

「……うーむ……髪の長い男が見える……肌は褐色で、筋肉質……黒水晶のような目をした男だ……」

「それって、アダム牧師だわ！」

エマは心底驚いた顔で、目を見開いた。

「アダム牧師？」

「創世学会の牧師様で、特別な力の持ち主なの。ボルテックス・ゾーンを最初に発見したのも、その方なんですって。勿論《もちろん》、私達のツアーにも同行していらしたわ。そして私達はアダム牧師の祝福を得て、二時間ほど瞑想《めいそう》をしたの」

「瞑想を？」

「ええ、確かそうだったわ……。それから施設を出て……また暫く歩いて……」

エマはあやふやな記憶を絞り出すように頭を抱えた。

フィオナはふうっと息を吐くと、背筋を伸ばして両手を膝《ひざ》の上に置いた。

「さて。今日はここまでとしよう。君も疲れただろう。隣の部屋で休むといい」

「そうね……そう言われてみれば、とても疲れたわ」

エマは眠たげに目を瞬《しばたた》き、小さく欠伸《あくび》をした。

「さあ、行くといい。我はここでもう少し、研究を続けるとしよう」

「何かあれば、私を起こしてね」

エマはそう言い残すと、ふらふらと隣の部屋へ戻って行った。

その扉が閉まるのを見届けたフィオナは、扉に取り付けていた外鍵《そとかぎ》を閉めると、机の所に引き返し、隠しマイクにそっと語りかけた。

「撤収の時間だよ」

すると道具で隠していた扉が開き、ロベルト達が現れた。

「お見事でした、フィオナさん」

平賀はキラキラした瞳でフィオナに小さく拍手を送った。

「上手《うま》くいきましたね」

ロベルトが微笑み、私物を片付け始める。

「イタリアのプロファイラーって凄《すご》いのね。私、見直しちゃったわ。それとも貴女《あなた》が特別なのかしら」

エリザベートもフィオナに賛辞を送り、片付けを始めた。

「貴重なインタビューが出来て、ボクにとっても有意義だったよ」

フィオナは、はにかんだように答えた。

「この後、エマさんをどうしますか？」

平賀が発した問いに、一同は気まずい顔を見合わせた。

「ここに放っておけばいいんじゃない？　レンタル時間が過ぎれば店員が起こしに来るだろうし、その後は自分で家にでも帰るでしょう。

何が起こったか調べようにも、フィオナのことは調べようもないし、私が彼女を脅した件も、既に証明は不可能よ。話せば自分が不利になるから、黙っているでしょう」

エリザベートが冷たく言い放つ。

「まあ……そうだね。それで大きな問題にはならないと思うよ」

フィオナも同意する。

「ですが、やはり警察に突き出すべきではないでしょうか」

平賀が異議を唱えた。

「僕が匿名で、マイアミ・デイド郡警に通報するという案はどうだい？　町で偶然出会ったエマって女性が、車に細工したと自供して、この住所にいるとか何とかさ」

ロベルトの言葉に、それが良さそうだと一同が頷《うなず》く。

そうして静かに撤収作業を終えた四人は、フォトスタジオに朝までの料金を支払って、ホテルの部屋へと帰還した。

# 3

フロリダの地図を広げたテーブルを囲み、四人は顔をつきあわせていた。

「エマさんの証言には、興味深い点がいくつもありました。中でもやはり印象的だったのは、ボルテックス・ゾーンに行けば、奇跡が起こるということです。デイビッド・ボウマン、レズリー・ローグ、エミリオ・ゴンザロ、クレア・シェパードの溺死《できし》者達も、恐らくはエマさんと同じツアーに参加していたのでしょう。しかし、彼らが溺死をした地点とボルテックス・ゾーンに関係はあるのか、ないのか……。私の中で、何かが引っかかっているんです」

平賀は思惟《しい》と戸惑いの表情を浮かべている。

「エマの証言の中で、試験を受けるというものがあったね。恐らく創世学会は忠誠度の高い、秘密が守れるタイプの人間を選別する為に、心理テストを行っていたんだ。そして適合者だけがツアーに選ばれたんだろう。彼らには、選ばれし者としてのプライドと、奇跡の場所を知られてはいけないという暗示もしくは強迫観念が植え付けられていた。その為、今の今まで、場所の秘密が守られ続けてきたんじゃないかな」

そう言ったのはロベルトだ。

「エマは私達の車に仕掛けをする前、職場の休憩室で『邪魔な人間が、聖なる場所を踏み荒らしに来る』という声を聞いたと言ったわね。何故その一度だけ、ボルテックス・ゾーン以外で、チャールズの声が聞こえたのかしら。

誰かの仕業だったから？　エマの幻聴だった？　考えれば考えるほど、頭がこんがらがってくるわ」

エリザベートはお手上げだというポーズをした。

「エマはチャールズに惹《ひ》かれて、何度もボルテックス・ゾーンに行った。ビルって人もアダムに惹かれてそこへ行った……そんな気がしない？」

フィオナが感覚的なことを呟く。

「とにかくそのボルテックス・ゾーンとやらが何処にあるかが問題ね。ビルの携帯の位置が分かればいいんだけど。そろそろミシェルの許《もと》に調査結果が届いている筈《はず》よ」

エリザベートはホテルの電話からミシェルに電話をかけた。

「ミシェル、私よ。ビルの携帯の位置情報や通話履歴は分かったかしら？」

『履歴の方は判明しました。最後の十回の発信情報については、日曜日の十三時三十分から、三十秒おきにきっかり十回、同じ番号に繰り返し、かけています』

ミシェルがその番号を読み上げる。

「それはアダム牧師の番号よ。時刻は式の直前、つまり失踪《しっそう》直前のことね。それが最後の発信なのね？」

『ええ、それ以降、課長の電話は使われていません』

「携帯の位置情報の方は？」

『課長の携帯は現在、電源が入っていないか、圏外にあるようです。携帯と基地局が通信しあっていない以上、現在位置は不明との報告でした』

「そう……」

『残念ながら、課長が再び電源を入れるのを待つしかないそうです。あと、フロリダには基地局の建設が制限されている国立公園や自然保護区域が数多くあり、仕様上はともかく実際には電波の入らない地域も多いそうで、もしかするとそこに迷い込んだのかも知れないと』

「分かったわ。有り難う」

エリザベートは電話を切り、ミシェルからの報告を皆に伝えた。そうして重い溜息《ためいき》を吐いた。

ビルはアダムを追って行った。それは最早《もはや》、間違いない。

だが、一体何処へ？

普段からビルを監視している母親のエミリーなら、携帯の電源が切れる直前までの位置情報を持っている可能性があった。だが、エミリーにこちらの正体を疑われずに、その情報を引き出すことは、不可能に近い。

もしエミリーに自分の正体がバレれば、任務が灰燼《かいじん》に帰すばかりか、ビル自身やマギー博士にどんな悪い影響を与えるか分からない。

（もう！　私ったら、どうしてビルに発信器の一つも付けておかなかったの！）

エリザベートが焼け付くような焦燥を覚えていた時だ。

「フィオナさん、貴女からローレンに連絡は可能なんでしょうか？」

ロベルトがフィオナを見て、穏やかに訊《たず》ねた。

「ついさっき通じたメールアドレスなら知ってるよ。エマを聴取した音声データを送信したところだからね」

フィオナはうきうきした調子で答えた。

「彼に相談してもらえませんか？　サスキンス捜査官の行方を捜す方法を」

「あっ、そうだったね。それも伝えておかなくちゃ」

フィオナは軽く頷いてパソコンを立ち上げ、短いメールを書き送った。その後も暫《しばら》く画面を見詰めている。

「……うん、今のところエラーは返ってきてない。多分、マスターに届いた筈さ」

「有り難う」

二人の会話を聞いていたエリザベートは首を傾げた。

「そのローレンとかいう人には、ＦＢＩに追跡できないものが追跡できるの？」

「当然さ」

「間違いないですね」

二人が即答する。

「そう……そんなに凄い人なの……」

エリザベートは唖然《あぜん》とした。

「モバイル携帯に標準搭載された一部のシステムや地図ソフトは、ネットに通じている限り、ユーザーの位置情報や付近のネットワークの信号強度などを定期的に取得し、自動的に電話基地局へ発信し続けていて、そのデータは当然、サーバに蓄積されます。だから今、サスキンス捜査官が通話やネットの圏外にいたとしても、少なくともネットの通じるギリギリ最後の地点までは、分かる筈です。勿論、本人なら履歴データにアクセスできますが、そのデータを開示させるには裁判所の許可が必要で、余程事件性が高くなければ認められません。ましてその後の彼の行方をどう追えばいいのか……」

平賀は渋い顔で考え込んだ。

「マスターを信じて待ってれば大丈夫さ」

フィオナが平賀の肩をポンと叩《たた》く。

「そうですね。どちらにせよ、夜明けまでは捜索にも出られません。待ちましょう」

平賀は頬を緩めると、パソコンで何かを探し始めた。

ロベルトが横から画面を覗《のぞ》き込むと、モニタに映っているのは二枚の航空地図だ。一つは写真で、もう一つは地図上にびっしり等高線のような曲線が描かれている。

「何をしてるんだい？」

「エマさんが見たという、捻《ねじ》れた糸杉を探してみようと思って」

「エバーグレーズの中から、ただ一本の木をかい？」

ロベルトが驚きの声をあげる。

「はい、せめて何かをしていたいんです」

「線が沢山書かれた地図の方は、何なんだい？」

「ネットに公開されている、地磁気の観測マップです。パワースポットは古来、地磁気の強い場所と言われるでしょう？　磁気圏の動きがヒントになると思いまして」

平賀はモニタを凝視している。

「今のうちに私、仮眠をしておくわ。ベッドを借りるわね」

エリザベートはそう言うなり、ベッドに倒れ込んだ。

フィオナはいつの間にか部屋の隅に丸まって、静かにまどろんでいる。

ロベルトもソファに凭《もた》れた体勢で、うつうつと仮眠を取った。


午前三時。

時計のアラーム音で、ロベルトは目を覚ました。伸びをして身体を起こす。

「結構、眠ってしまったな。そろそろイギリスに電話をする時間だ」

「エマさんがあの写真を撮ったという、オルドリッジ男爵城ですね」

平賀がパソコンの画面を見ながら答える。

ロベルトは頷《うなず》き、二人分の珈琲《コーヒー》を淹《い》れた後、メモをしていた番号に電話をかけた。

『はい、オルドリッジでございます』

受話器の向こうで、執事然とした紳士の声がする。

「こちらはモンロー郡警のマッシュー・ワイルド警部だ。エマ・ダイソンというアメリカ人の起こした殺人未遂事件について、話を伺いたい」

ロベルトは威圧的な口調で、警部を名乗った。

『モンロー郡警のワイルド警部様ですか？　殺人未遂事件と仰《おつしや》いますと？』

相手は明らかに動揺している。

「うむ。事件被疑者のエマ・ダイソンは、約半年前にオルドリッジ男爵城と思《おぼ》しき場所で、チャールズ一世と出会ったと主張している。そのチャールズに唆《そそのか》されて、殺人未遂を犯したと供述したんだ。

勿論《もちろん》、馬鹿げた話と思うだろうが、彼女は実際、チャールズ一世の写真を持っていた。とんでもない話に、郡警としても困惑しているんだが、そちらの屋敷の主人が事件に関わっていたということは、ないだろうね」

『……あのう……それはですね……』

電話の向こうで、ごくりと唾《つば》を呑《の》む音がした。

『内密の話でございますが、実は当家でチャールズ一世の生涯を描いた映画の撮影が行われたことがございます。歴史ある当家の大広間が、バンケティング・ハウスに極めて近い作りをしていることに目をつけたバーナバス・マッケンジー監督が、当家を借り上げ、映画セットを組み上げたのでございます。

当家の主人はその間、外国でお過ごしでしたので、事件とは無関係でございます。映画の撮影が行われた事実については、公開前の宣伝が始まるまで秘密にするという約束になっておりました』

「成る程……事情は分かりました。では又、ご連絡します」

ロベルトは電話を切った。

「平賀、エマが出会ったというチャールズの正体が分かったよ。オルドリッジ男爵城では、チャールズ一世の映画の撮影が行われていた。つまりあのチャールズは役者だったんだ」

「エマさんの写真に写ったバンケティング・ハウスは、映画セットだったという訳ですか。それにしては大変精巧でしたが」

「監督があのバーナバス・マッケンジーなら、無理もないさ。なにしろ歴史物を撮らせたら彼の右に出るものはいないという、映画界の巨匠だからね。時代背景やセットの細部までこだわりぬくことで知られている、イギリスの名監督だよ」

「つまりエマさんは映画の撮影現場に迷い込み、あの写真を撮ったんですよね。

でもそうすると、あの写真には写っていないスタッフや撮影用カメラ、照明などを目撃していた筈《はず》です。彼女はそこが映画の撮影現場だと、気付かなかったのでしょうか？」

平賀は不思議そうに訊ね返した。

「エマが森で迷ってパニック状態であったことや、雨に打たれて高熱を出していた可能性があること、さらには彼女自身の夢見がちな性格を考慮すれば、大いにあり得る話だと僕には思えるよ。

人はたとえ目の前にある物でも、それがあると信じることができなければ、その存在さえ無視できるものさ」

軽い調子で言ったロベルトに、平賀は難しい顔で考え込んだ。

「そういうものでしょうか」

「人の認知は視力に頼っているとよく言われるけど、実際は偏見や思い込みのバイアスがかかった心の目で見てる事の方が多いだろう？　信じるものは真実に、信じたくないものは偽りに見えてしまうんだ」

二人が雑談をしていると、部屋の電話が鳴った。

平賀が素早くワンコールで受話器を取り上げる。

「平賀です」

『やあ、私だ』

「お待ちしてました、ローレン。報告をお願いします」

『うん。ひとまずビル・サスキンスの失踪《しっそう》時の動きが分かった。

ビルトモアホテルを出発後、州間高速道路七十五号線でエバーグレーズの内陸部へ向かっている。そこから南東へ延びる運河に沿って、ミカズキ族居留地へ続く専用道路があるのだが、その途中で車を降りたんだろう、移動速度が徒歩のものに変わった。それから暫《しばら》く南西へ向かって歩いた地点で、携帯の電波は途絶えている。

またアダム・ミカズキの携帯は、同じ日の早朝、全く同じルートを移動して、ほぼ同様の地点で電波を絶っている』

「サスキンス捜査官はあの日、連絡を絶ったアダムを追いかけて行ったんですね」

『だろうね。ちなみに二人は木曜日にも、同じルートを仲良く移動している。

その二人が進んだ方向の先に、施設らしき物は見当たらないが、うまくカモフラージュされた水上太陽光発電フロートが、沼の上に浮かんでいた。恐らくその付近の地下に、創世学会の施設があるのだろう』

「有り難うございます。あとは付近を徒歩で探します」

『やはり探しに行く気かね？』

「当然です」

平賀が即答すると、フッと溜息《ためいき》が聞こえた。

『ボルテックス・ゾーンとやらの場所についてだが、エマの証言とアダムの携帯の移動マーカー情報、君らが追っていた溺死《できし》者らの情報を考慮して、ある程度の目星はつけた。地図を持たせたガイドを手配するので、朝まで待て。迎えをやる』

電話は切れた。

「ローレンは何と言ってるんだい？」

ロベルトが訊《たず》ねる。

「ガイドを手配するから朝まで待てと」

平賀は時計を見上げた。夜明けまでおよそ三時間だ。

「焦っても仕方がない。朝を待とう」

ロベルトは欠伸《あくび》をして、ソファに凭れ込んだ。

平賀はパソコンを前に、長い間、考え込んでいた。


午前六時。再び部屋の電話が鳴った。

「はい、平賀です」

『こちらフロントでございます。お迎えの車がホテルの玄関でお待ちです』

「分かりました。すぐ行きます」

平賀は眠っているロベルトの肩を揺すった。

「迎えが来ました」

「ああ……行こうか」

ロベルトが立ち上がる。

「ビルを探しに行くのね。私も行くわ」

エリザベートもベッドから起き上がっていた。

「ボクはここで待ってるよ。体力に自信もないし、足手纏《まと》いになるだろうから」

フィオナはそう言うと、再び部屋の隅で丸まった。

「ええ、そうして下さい」

こうして平賀達三人は、エバーグレーズへと向かった。

## 4

ホテルの玄関前には黒いリムジンが止まっていた。

カーキ色のサファリ・スーツを着た男が、後部座席のドアを開く。

三人が車に乗り込むと、滑らかに車が走り出した。

「私はエバーグレーズのガイドで、ハリー・スミスです。皆さんに一つずつ、リュックを用意しました」

そう言われた三人はリュックを手に取った。

「中に入っているのは非常用セットです。経口水と乾パン、ナイフ、懐中電灯、双眼鏡、ホイッスル、ジッポ・ライター、コンパス、短波ラジオと衛星携帯電話。

あとはアームバンドがあるでしょう。そちらを腕につけて下さい。周囲に基地局が無い場所でも衛星と直接、位置情報がやりとりできる、軍事用のGPS装置です。

他には発煙筒が二本。そちらは道に迷ったり、危険が迫ったりした時に焚《た》いて下さい。

最後が銃と麻酔銃です。エバーグレーズには危険な動物が多いですから」

三人はリュックの中を確かめ合い、アームバンドをつけた。

車はものの十五分程度でマイアミ空港へ到着した。そこでハリーが証明書のようなものを示すと、空港職員が一行を案内する。

セキュリティチェックの長い列の横を素通りし、辿《たど》り着いたのは滑走路だ。

目の前にはローターを回した中型ヘリコプターが止まっている。

エリザベートは驚き呆《あき》れた様子で機体を見上げた。

「驚いた。FADEC搭載型のAS365、しかも警備隊仕様機じゃないの。一体、ローレンって何者なの？　こんなものを手配出来るなんて……」

「すみません、ローレンのことはバチカンの極秘事項なんです」

平賀はそう言いながら、開けられたドアからヘリコプターに乗り込んだ。

ロベルトとエリザベートもそれに続く。

最後にハリーが乗り込み、ドアがバタンと閉められた。

「安全ベルトを」

ハリーに言われるまま、ベルトを締める。

「キャプテン、離陸だ」

ハリーがコクピットに声をかける。

するとローター音が高くなり、ふわりと機体が浮き上がった。

ヘリは旋回しながら上昇し、西へ向かって飛び始める。

眼下をフロリダの街並みが過ぎていき、湖の多い住宅地の上空を横切ると、木立と沼地の広がるエバーグレーズが見えて来た。

延々と続く湿原の上空をヘリは飛び続け、緩やかに旋回しながら高度を下げ始めた。

ススキの草原がみるみる近づいてくる。

ローターから吹き下ろされるダウンウォッシュが、台風なみの力で草原を激しく波打たせた。

「降りる準備をして下さい！」

ローターの轟音《ごうおん》の中でハリーが叫ぶ。

激しい風が地面に反射して、ヘリは不安定に揺れている。

地表スレスレでホバリングする機体から、平賀達はぬかるんだ地面へ降り立った。

四人を下ろすと、ヘリは轟音と共に上昇して去って行く。

「ヘリは着陸できる場所で待機します。ここからは私が、目的地付近までご案内します」

ハリーは大きなリュックを担ぎ、GPSと地図を見比べながら歩き始めた。

あちらこちらで糸杉の群生が、背の高い木を中心にしたドーム状の森を形作っている。

糸杉の他にもアメリカハナノキや熱帯性の樹木、日光が遮られて湿気が高い地表近くには、蘭の仲間やシダ植物が繁茂していた。

それらの合間を縫って進むと、大きな沼があり、キラキラと太陽を反射する緑色のフロートパネルが浮かんでいる。

「この付近に教団施設の入り口がある筈《はず》です。恐らくあの辺りではないかと」

ハリーはこんもりと大きなドーム状の森に足を向けた。

そこは不自然なほど糸杉ばかりの森だった。足元のシダ類も短くて小さい。中でもシダや苔《こけ》さえ生えていない、新しく掘り返されたような土がお椀《わん》型に盛られた、不自然な一角がある。

近づいてよく見ると、表面の土からコンクリートがちらりと覗《のぞ》いていた。

ハリーがリュックから出したスコップで表面の土を取り去ると、一辺が二メートルほどのコンクリートの型枠と、その内側に分厚い鉄の扉が現れる。

鉄の扉には取っ手がついていたが、二つの取っ手が頑丈な鉄鎖でぐるぐる巻きにされ、大きな錠前がかかっている。

「シェルターの入り口のようですね」

平賀が言った。

「ええ。この辺りの土壌ですと、地下に建築物を作るより、シェルターのような構造物を埋め込む方が簡単だったのかも知れません。

しかし、この鉄鎖を切るにはチップソーか、ボルトクリッパーあたりが必要です。今の装備では残念ですが、中には入れません」

ハリーは無念げに、唇を嚙《か》んだ。

「だけどこの入り口の施錠を見る限り、中には誰もいないのよね。ビルもアダムも……。だったら施設の探索は後回しでいいんじゃない？」

エリザベートが言った。

「そうだね。エマの証言では施設を出て暫《しばら》く歩いた先に捻《ねじ》れた糸杉があって、その先がボルテックス・ゾーンらしい。そこを見つけるのが先決だろう」

ロベルトの言葉に、一同は頷《うなず》いた。

「いよいよここから先は、足で探索しながら進んで行くしかありません。私はヘリに戻って、皆さんのフォローに回らせて頂きます。何かあれば、電話か発煙筒で連絡して下さい。

そうそう。雇い主から皆さんへお渡しするよう、地図を預かっております」

ハリーはポケットから地図を三枚取り出し、平賀達にそれぞれ手渡した。

地図の上には、不規則な形で着色されたエリアが示されている。

エリザベートは地図と周りの景色を何度も見比べた。

「ビルはこのエリアの中のどこかにいるのね。もっとも軍用GPSがなければ、何処が何処だかサッパリ見分けがつかないけれど」

ロベルトはこれから進むべき方角を双眼鏡でじっくりと眺めた。

行く手にはマングローブに囲まれた、濁った沼が広がっている。沼の表面はさざ波を立てながら、ぬるぬると動いていた。

「早速だが、あの沼にはワニがうようよいるようだ。用心しよう」

その声に、エリザベートは銃を構えた。

「あの沼の向こうに、捻れた糸杉がありますね」

ロベルトは平賀が指差す方を見たが、それらしき物は見えない。

「君は相変わらず目がいい。よし、その糸杉まで僕らを案内してくれ」

「ええ」

平賀は先頭に立って歩き出した。エリザベートとロベルトが後に続く。

草木を掻《か》き分けながらぬかるみ道を進むのは、思ったより困難で体力を使う。

しかも風はすっかり凪《な》いで、日差しが強くなってきた。あっという間に汗まみれになる。

ワニを警戒しながら沼の脇を通り過ぎ、凸凹した地面を歩いて行くと、ロベルト達の目にも螺旋《らせん》状に捻れた糸杉が見えてきた。

「本当に不思議な木ね」

エリザベートが呟《つぶや》いた。

平賀は糸杉に駆け寄ると、その表面を撫《な》でた。

「見て下さい。杉の樹幹につる植物が絡みついています。

つる植物に絡みつかれた木は、つるを押しのけようと接触部分の生長を早めますが、つるも太くなって締め付けを強めます。すると今度は、木がつるを外側から飲み込むように、接触部分の周囲の生長を早めます。つるも負けじと太くなり、結果として幹につるが深く巻き込んだ、螺旋型に育つんです。ちなみに地表が傾斜した場所に生えた木に、一定の風が常に当たるという条件下でも、螺旋状の木が育つことがあるんですよ」

「そうなんだ」

　エリザベートが感心していると、隣で双眼鏡を覗いていたロベルトが声をあげた。

「あっちの草陰に、金属のような物が落ちていないか？」

　ロベルトは早足で斜め方向に向かって歩き、懐中電灯で草むらを照らした。するとそこには、泥に半ば埋《うず》もれた携帯電話が落ちている。

「携帯だ」

　ロベルトが拾い上げた携帯を、駆け寄ったエリザベートが確認する。

「ビルのものだわ。間違いない」

「兎《と》に角《かく》、サスキンス捜査官はここにいたんですね」

「だが、ここから何処へ行ったのかが問題だ」

「効率から考えて、三人で別々の方向を探すべきでしょうね」

　平賀の言葉に、ロベルトとエリザベートが頷く。

「なら私は、あっち。北の方角から探してみるわ」

　エリザベートはさっさと歩き出した。その後ろ姿が長い草の向こうに見え隠れしながら遠離《とおざか》っていく。

「では、私は直進します」

「僕は南方向だ」

三人はそこで三方に分かれ、それぞれの進路を取った。

＊　＊　＊

かれこれ一時間近く彷徨《さまよ》い歩いただろうか。

普段から長距離は歩き慣れているが、ここは酷《ひど》い悪路である。

糸杉や松林、マホガニーの叢林《そうりん》はまだ掻き分けて進めばいいにしても、時折、深い沼や川が立ち現れて、道を迂回《うかい》しなければならない。

自分が何処をどう歩いているのか、GPSで確認しなければ、あっという間に分からなくなってしまう。

茫漠《ぼうばく》と広がる湿原の果てを眺めて、ロベルトは溜息《ためいき》を吐いた。

長短の草や木々に覆われた大湿原の中から一人の人間を探し出すのは、砂漠で一粒のダイヤを見つけるほどに難しい。

探索を始めた時には、まだどこか楽観的な自分がいたが、そろそろ心が折れそうだ。

だが、そんな泣き言はとても言っていられない。

きっと平賀は諦《あきら》めることなく状況に立ち向かい、全力でビルを追っている筈だ。

エリザベートもタフな女性だ。滅多《めった》なことではめげないだろう。

ロベルトは再び覚悟を決めて、周囲を見渡しながら足を進めた。

それからまた、三十分ほど、泥の中を歩き回っただろうか。

ふとロベルトの鼻先に、微《かす》かな芳香が流れてきた。

どこかで嗅《か》いだ覚えのある匂いだ。

（そうだ、この匂い……。アダム牧師の部屋の芳香剤に似ている……）

辺りに花でも咲いているのではないかと見渡したが、そんな様子もない。

アダムの残り香だろうか？

まさかとは思う。だが、他に何の手掛かりも存在しない。

ロベルトは匂いが流れてくる方向を確かめると、そちらへ足の向きを変えた。

歩を進めるにつれ、微かでしかなかった匂いが、段々強くなって来る。

ロベルトはいつの間にか早足になっていた。

行く手に鬱蒼《うっそう》とした木立が現れる。

香りを含んだ風は、その木立の方から流れてくるようだ。

ロベルトは躊躇《ちゅうちょ》なく木立へ分け入った。

強い芳香が大気に漂っている。

安息香に似た樹脂の香りと、エキゾチックなチュベローズ、フローラルなジャスミンのような香り。何とも優雅で甘やかだ。

かぐわしいその匂いを胸一杯に吸い込むと、不思議と疲れも吹き飛ぶ心地がする。

ロベルトは木々の奥へと誘い込まれるように足を進めた。

飽きずに草を掻き分け続けた、その時だ。

突然目の前に、摩訶《まか》不思議な空間が現れた。


こっ、これは……


ロベルトは茫然《ぼうぜん》とした。

茶色く枯れたような下草だけが生えている、ぽっかりと切り開かれたような空間に、糸杉の大樹が数本、並んで生えている。

それらの木の枝が落とす影の中には、見たこともない、異様に巨大な植物があった。

毒々しい斑《まだら》模様を全身に纏《まと》い、緑の木に幾重もの蔓《つる》を巻き付けて、そこから壺《つぼ》状の捕虫器をいくつも垂れ下がらせている。

その茂葉は、大きなもので成人ぐらいのサイズがあるだろう。

地面に近い株元のまわりには、水差しのような形をした巨大な捕虫器が、なめし革のようにつるりとした光沢を放ちながら無数に存在していた。

ウツボカズラの群生だ。

しかも変種である。

四方に伸びた蔓は、四メートル余りの幅と高さに達している。

その異様な大きさは勿論《もちろん》、鮮やかな色彩も圧倒的な迫力と存在力を放っている。

葉も捕虫器も茎までもが、緑はもとより、自然界のあらゆる色が発色されているのではないかと思える程に鮮やかで、あたかも壮大な前衛絵画のようだ。

我を忘れて景色に見入っていたロベルトは、ウツボカズラの向こうにちらりと羽のある馬の姿を垣間《かいま》見て、息を呑《の》んだ。

(なんだ、今のは……?)

そろりとウツボカズラに近づいていく。

今度は足元で、小さなリスが跳ねた。

(おや?)

ロベルトが立ち止まると、頭上から可愛い声が聞こえてきた。

『ああ、忙しい、忙しい』

見上げると、枝に止まった一羽のコマドリが、綺麗《きれい》な声で喋《しゃべ》っている。

ロベルトはなにやら楽しくなって、ウツボカズラの周りを歩き出した。

すると視界の先の草陰に、長い髪の人物の後ろ姿が佇《たたず》んでいるではないか。

「アダム牧師ですか?」

ロベルトはアダムを捕まえようと、彼の肩に腕を伸ばした。

その手にぬるりとした感触があたる。

(何だ……？)

ロベルトは目を擦《こす》ってアダムに近づき、よくよく目を凝らした。すると人影と思ったものが、ウツボカズラの葉と蔓が描き出した模様に過ぎないことに気が付いた。

(なんだ、目の錯覚か。それにしても奇妙だな。ひょっとすると、この植物には幻覚作用があるのか……？)

ロベルトは改めてウツボカズラの斑模様をじっくりと見回した。

リス、ペガサス、ライオン。

様々な生き物達の形が、ちらちらとした木漏れ日に照らされ、ウツボカズラの斑の色彩の中から、まるで隠し絵のように浮かび上がってくる。

子どもの頃、ベッドの部屋にある天井の染みが、蠢《うごめ》く怪物の影に見えて恐ろしかった。恐らくそれと同じような現象なのだろう。

ロベルトは隠し絵を探すように目を凝らしながら、また一歩、足を踏み出した。

その爪先《つまさき》に、何かがコツンとあたる。

視線を落として見ると、男性用の白い革靴だ。それが片方だけ落ちている。

「これは……」

ロベルトの脳裏に、新郎姿のビルが蘇《よみがえ》った。

「サスキンス捜査官！」

ロベルトはビルの名を呼びながら、素早く辺りを見回した。

「サスキンス捜査官！　返事をして下さい！」
彼はこの付近にいる。間違いない。あやふやな直感が確信に変わった。
ロベルトはウツボカズラの蔓を掻《か》き分け、ビルの姿を探し求めた。
ふと落とした視線の先には、巨大な捕虫器がぽっかりと口をあけている。
その中に、光沢のあるラピスブルーの影を見つけて、ロベルトは目を瞬《しばた》いた。
身体を屈《かが》めて覗《のぞ》き込むと、捕虫器の縁の陰からビルの顔半分が覗いている。
ビルは何故だか膝《ひざ》を抱えた姿勢で、すっぽりと巨大捕虫器の中に収まっていた。
かろうじて顔の上半分が液面の上へ出ているが、目は固く閉じられている。
「サスキンス捜査官、大丈夫ですか！」
ロベルトは捕虫器のぬるりとした液の中に両腕を突っ込み、ビルの脇を摑《つか》んだ。
そして力任せに斜め上へと引っ張りあげた。
捕虫器の袋が破れ、ぬるりとした液が辺りに溢《あふ》れ出す。
ロベルトはぐったりとして動かないビルの身体を、慎重に地面に横たえた。
ビルの首や手の皮膚は白くふやけ、足首には血の滲《にじ》んだ布が巻かれている。
そっと鼻の下に耳を当てると、微かに呼吸音が聞こえてきた。
(息はしている……。だが一体、これはどういう事なんだ!?)
ロベルトが冷や汗を肩口で拭《ぬぐ》った、その瞬間だ。

ロベルト！

平賀の声が背後で聞こえた。

振り返ると、平賀が驚いた表情で立っている。

「何故、貴方《あなた》がここにいるんです？　違う方向に向かった筈《はず》なのに……」

「平賀、手当を頼む」

ロベルトは身体をずらし、平賀にビルが見えるようにした。

「ああっ、サスキンス捜査官！」

平賀は驚いてビルに駆け寄ると、指で脈を取り、首筋を触り、心音を確かめた。

「大丈夫です。息はあります」

平賀は続いて脱水症状の有無を調べる為にビルの手を取り、ぬるりとした感触と、白くふやけた皮膚に気付いて首を傾げた。

「彼は水中にいたんですか？」

「というか、その植物の捕虫器の中にいたんだ」

「えっ、どうして……」

「サッパリ分からない。ともかく無事で良かったが」

「ええ。無事かどうかは病院で検査をしないと分かりません。身体は衰弱していますし、怪我もしているようです」

平賀は衛星携帯を取り出し、ハリーに迎えを頼んだ。

ロベルトもエリザベートに連絡しようと、衛星携帯をかける。

その呼び出し音が、やけに近くから聞こえてきた。

ロベルトが不審に思って辺りを見回すと、草を踏みしめてエリザベートが近づいて来る。

「エリザベートさん……どうしてここが分かったんです？」

ロベルトは呆然《ぼうぜん》と呟《つぶや》いた。

「知らないわ。神父さんたちこそ、何故二人で」

そこまで言った時、エリザベートはビルに気付き、彼の傍らに屈み込んだ。

心臓に耳を当て、ほっとした顔を浮かべると、手に持っていたペットボトルの水を口移しでビルに飲ませる。

ごくり、と反射的に喉《のど》を鳴らして、ビルは水を飲んだ。

「彼は何処にいたの？」

「捕虫器の中だ」

ロベルトが困惑しながら答える。

「はあ？」

エリザベートは怪訝《けげん》な顔で辺りを見回し、ぞっと身体を震わせた。

「すごく気味の悪くて大きな食虫植物があるけど、あの中ってこと？」

「そうなんだ。意味は分からないが」

ロベルトが頷《うなず》く。

エリザベートは顔を顰《しか》めて捕虫器に近づき、じっとそれらを見回した。

「本当に意味が分からな……」

言いかけた言葉が凍り付いて止まる。そしてエリザベートは大声をあげた。

「人よ！　こっちにも人が入っているわ！」

ロベルトと平賀が捕虫器に駆け寄った。

平賀が中を覗き込むと、どっぷりと頭頂部まで浸《つ》かった人の頭が見える。長い黒髪が揺蕩《たゆた》っていた。

「これは……」

ロベルトは再び捕虫器に両腕を入れ、中の人間を引っ張り出した。

地面に横たえられた人物の顔を確認して、平賀とロベルトが顔を見合わせる。

「アダム牧師……ですね」

「ああ」

「こちらは完全に絶命しています。死後二日あまり経過しているでしょう。死因は恐らく捕虫器の中での溺死《できし》です」

「何てことだ……」

まるで悪夢の様な事態に、二人は言葉を失った。

遠くから、ローター音が近づいてくる。

エリザベートは発煙筒に着火して、ヘリに合図を送った。

# 第七章　真相　Disclosure

## 1

平賀達とビル、アダムの遺体を乗せたヘリコプターは、パーム総合病院に着陸した。

ビルは救急外来から集中治療室へと運び込まれ、様々な検査を受けることになった。

平賀とエリザベートが廊下で検査の結果を待っていると、ロベルトがフィオナを伴い、二人の着替えを持って駆けつけて来た。

「話は大体聞いたよ。ビルは無事で、アダムは溺死だって？」

「ええ。詳しい死因は解剖待ちですが、恐らくは静かな溺死です。サスキンス捜査官が助かったのは幸いでした。捕虫器に浸かった角度が少し悪ければ、鼻からの呼吸ができず、死亡していたでしょう」

フィオナの言葉に、平賀が答える。

「それにしても何故、捕虫器の中に？」

フィオナの疑問に、誰もが顔を顰めた。

「薬物等で意識を失った状態で、誰かに無理矢理入れられたか、そうじゃなければ自分で入ったことになるわよね」

エリザベートはそう言うと、悩ましげな溜息《ためいき》を吐いた。

「誰かが入れたとするなら、その目的は死体処理ではないでしょうか」

平賀が淡々と答えた。ロベルトが目を瞬《しばたた》く。

「食虫植物の中で溺死させ、死体ごと溶かそうとした、っていうのかい？」

「ええ。死体の遺棄は、殺人よりも手間がかかります。多くの殺人犯は遺体を持て余し、山の中に埋めたり、海やごみ処理場に捨てたり、自宅のクローゼットや庭に埋めたりといった方法を取ります。しかし、これらの方法は賢明とは言えません。

山なら肉の匂いに惹《ひ》かれた野犬などが掘り起こしてしまいますし、海なら腐敗死体に充満したガスの為に浮かび上がり、どこに流れ着くか分かりません。ごみ処理場では選別中に発見される可能性が高く、自宅に隠せば異臭が問題となります。

メキシコで逮捕された『シチュー・メーカー』なる男は、対立するギャングの遺体三百体を苛性《かせい》ソーダでシチュー状に溶かしましたが、それだけ大量の薬剤や設備を準備するのは容易ではありません。

一番確実な方法は、死体を血抜きして肉は食べ、骨もバラバラに砕くことでしょう。しかしながら、これは誰もに出来る芸当ではありません」

「だから、食虫植物で消化させようとしたっていうの？　食虫植物が消化するまで、かなりの時間がかかると思うけど」

エリザベートは疑わしげに問う。

「ええ、恐らく一カ月ほどかかるでしょう」

「そんな気長な犯人がいるものかしら？」

「その点も問題ですし、そうまでして完全犯罪を目論《もくろ》む犯人なら、サスキンス捜査官の顔面を確実に液中に沈めるでしょう。わざわざ手間をかけて捕虫器の中に入れた後、生死も確認せず、現場を立ち去るとは考えづらいです。従って、二人は自ら捕虫器に入った可能性が高いでしょうね」

「確かにね。あの捕虫器の中に、膝《ひざ》を抱えた姿勢の大の男を押し込めるっていうのは、相当難しそう。自ら入って自らあの姿勢を取ったという方が、まだ分かるわ」

「ええ。サスキンス捜査官とアダム牧師は、捕虫器の液体に自ら入水した。二人に起こった不可解な状況は、ゾーイさんや四人の静かな溺死者とよく似ています」

平賀は難しい顔をした。

「その点も不思議だけど、ボクがもっと不思議に思ったのは、どうしてあの広いエバーグレーズの中で、別々の方向を探索していた三人が、ビル達がいたのと同じ場所に辿《たど》り着いたのかってことなんだ。偶然とも思えないんだけど」

フィオナが目を瞬く。

「私は最初、ただの偶然かと思っていました。でも、私達のGPSを追跡していたハリーさんには、私達が明らかに意思的な動きで集合しているように見えたそうです」

平賀も首を傾げた。

「僕の場合は匂いを追ったんだよ。アダムの部屋で嗅《か》いだ芳香剤と同じ匂いが森の中から漂ってきた。それで、もしかするとアダムの残り香じゃないかと思ったんだ」

ロベルトの言葉に、平賀は怪訝《けげん》そうに首を捻《ひね》った。

「匂いですか？　私は何も感じませんでした」

「私もただの偶然と思ってたわ。けど、確かに私も、あの場所の匂いを知っていた」

「知っていた？」

フィオナがエリザベートに問いかける。

「ええ、ゾーイの香水の香りに似ていたの。ゾーイと初めて会った時も、その時ゾーイにもらったペンダントも、彼女の家のリビングでも、同じ匂いがしていたわ。

アダムの部屋では匂いに気付かなかったけど、彼はゾーイに香水瓶を贈っていたから、二人は同じ香水を使っていたのかも」

そう言ったエリザベートを、皆が振り返る。

「香水瓶？」

「ええ、ゾーイのコンサートの後、アダムが小箱を彼女にプレゼントしていたの。ゾーイが箱を開けると、臙脂《えんじ》色の香水瓶が入っていたわ」

「それって、どんな匂いだった？」

フィオナが訊《たず》ねる。

「ゴージャスな薔薇《ばら》のような香りよ」

エリザベートが答える。

「僕が感じたのは、安息香に似た樹脂の香りと、チュベローズにジャスミンが混じったような香りだった」

ロベルトは別の答えを言った。

「二人の意見は随分違うんだね。しかも、平賀神父は何も匂わなかった……」

フィオナは不思議そうに呟《つぶや》いた。

すると平賀が、ハッとした表情で立ち上がった。

「人によって、匂いと感じたり、感じなかったりしながらも、人の行動を左右するものがあるとしたら……」

平賀は鞄《かばん》からパソコンを出し、何かを調べ始めた。その脳裏にローレンの言葉が蘇《よみがえ》る。

ボルテックス・ゾーンとやらの場所についてだが……

君らが追っていた溺死者らの情報を考慮して、ある程度の目星はつけた
(ローレン、貴方《あなた》の言葉の意味が今、分かりました)

平賀は小さく頷《うなず》き、顔を上げた。

「各国の気象庁は飛来する花粉情報等の告知の為に、風況マップを公開しています。

今、過去の風向情報を調べたところ、レズリー・ローグとクレア・シェパード、エミリオ・ゴンザロが死亡した日の死亡推定時刻には、強い西風が吹いていると分かりました。つまりエバーグレーズ方面からの風です。デイビッド・ボウマンがエバーグレーズを訪れた日も同様でした」

「つまり風に乗って、匂いが漂ってきたってこと？」

フィオナとロベルト、エリザベートが平賀を見る。

平賀は静かに首を横に振った。

「いいえ、正確には匂いではありません。たとえ一滴でも数キロ単位に影響する可能性を持ち、人の行動を左右するもの、それは恐らくフェロモンです。

溺死者たちは皆、フェロモンに影響されて入水した可能性があります。ゾーイさんやアダム、サスキンス捜査官も、恐らくは同様だったのではないでしょうか」

「フェロモンというと、動物や昆虫が異性を惹きつけるために分泌する、匂い物質じゃなかったっけ？　人間はそれを感知する器官が退化して、機能しないと聞いたけど？

なのに君は、あのウツボカズラが人を入水させるようなフェロモンを発していたというのかい？」

ロベルトが疑問を差し挟む。

「そこが問題です、ロベルト。

あの巨大ウツボカズラがフェロモン様の化学物質を放出している可能性は高いと思いま

す。ところが、そのフェロモンが強制的に人を溺死行動に導くものだとすれば、フロリダ中でもっともっと多くの人間が溺死を起こしていなくてはなりません。

つまり実際に溺死した人達と、そうではない人達の間には、決定的に異なる条件があったと考える方が自然です」

「確かに……。僕達だってあのウツボカズラの近くにいたけど、捕虫器に入ろうなんて気分にはならなかった。

ただ、僕の場合は確かに気分が良くなって、ウツボカズラの色彩の中に動物や人の姿が、隠し絵のように沢山見えたんだ。とても不思議で幻想的な気持ちだった」

「それは貴方が感じた匂いによって、貴方の脳が活性化されたという証拠です。その現象を引き起こしたフェロモン様の物質が特定できれば、人間に作用するフェロモン第一号と認められるかも知れません。

これは大変な事態です。ロベルト、私達はもう一度、あの巨大ウツボカズラを調査しなければなりません。それに、教団施設のことも調べなくては」

平賀は自分の鞄を開け、中に大小のビニール袋があるのを確認すると、衛星携帯でガイドのハリーに電話をかけた。

「ハリーさん、平賀です。もう一度、私をエバーグレーズに運んで下さい。先程入れなかった施設の中にも入りたいのです」

『分かりました。ヘリは現在もノース・ペリー空港で待機中です。鎖を切断する工具もご準備しました。いつ出発されますか？』

「今すぐにでも。今からそちらへ向かいます」

「いよいよ調査開始という訳か。当然、僕も同行するよ」

ロベルトが立ち上がる。

「一寸《ちょっと》残念だけど、私はビルに付き添っておくわ。いつ彼の意識が戻るか分からないし、ビルのご両親が来るかも知れないから。調査は神父様方にお任せするわ」

そう言ったエリザベートの肩を、フィオナは優しくトントンと叩《たた》いた。

「じゃあ今度はボクが行く。行って貴女《あなた》の代わりに見てくるよ」

## 2

平賀とロベルト、フィオナはヘリに乗り込み、エバーグレーズを目指した。

今度は目指すべき緯度経度がハッキリ分かっている。ヘリは、ビル達を収容した地点に向かって一直線に飛んでいった。

ヘリが着陸すると、平賀達三人と共に、ハリーもヘリを降りた。平賀は飲料水が入っていたクーラーボックスを空にして、それを肩からかけている。

一同が巨大ウツボカズラに向かって、草をかき分けながら進んでいると、間もなくロベルトが声をあげた。

「ほら、やはり樹脂と花の匂いがする」

「私には草の匂いしか感じられませんが」

ハリーは首を傾げた。

「私もです」

鼻をひくつかせていた平賀も、がっかりと肩を落とす。

「とっても不思議だけど、ボクにはマスターの匂いのように感じられるよ」

フィオナは胸いっぱいに大気を吸い込んだ。

四人の目の前には、間もなくあの巨大ウツボカズラが現れた。

「わあ……これは凄《すご》いや」

フィオナはウツボカズラをしげしげと見詰めた。

ハリーは余りの驚きに、声も出ない様子だ。

「改めて見ると、とても美しいウツボカズラですね。しかも新種です。エバーグレーズの環境変化によって生まれた、突然変異種かもしれません。ウツボカズラ科はとても面白くて、進化の多様性の幅が広いのです」

平賀はカメラを構え、様々な角度からウツボカズラを撮影した。

「環境変化って？」

フィオナが問い返すと、ハリーが小さく咳払《せきばら》いをして、横から答えた。

「エバーグレーズの土壌汚染や水質汚染は、国家的環境問題なのですよ。

この一帯を見ただけでも、ヒトモトススキより、ガマや外来種の草が蔓延《はびこ》っているのが分かるでしょう？　ガマや外来種は背が高く群生するので、鳥類やアリゲーターが巣を作れなくなってしまうんです。

こうした環境変化の原因としては生活排水やハリケーンの影響もありますが、最も大きな原因は、オキーチョビー湖の南に作られた大規模な農業地だと言われています。そこで使われた農薬や肥料の成分がエバーグレーズに流れ込み、昆虫類や貝類、ミミズといった無脊椎《せきつい》動物を死なせてしまうんです。

その一方で、こうした巨大植物が誕生したのも、栄養剤の作用かも知れませんね。

平賀神父が仰《おっしゃ》ったように、ウツボカズラは環境に対する対応進化が早いと思われる植物です。ニューカレドニアなどには、一つの島の中に、一見すると全く違う種に見えるほど、大小様々な形に分化した食虫植物が生育しているといいます」

「ふうん……」

フィオナはぼんやりと頷き、視線を虚空に漂わせた。

ハリーはウツボカズラに近づいて行き、愛《め》でるような手つきで捕虫器に触れた。

「この植物は紛れもなくウツボカズラ目ですが、サラセニア科なのかネペンテス科なのか、はたまた別の分類に属する新種なのかは謎ですね。

サラセニア科は北アメリカ原産の食虫植物で、ネペンテス科は熱帯アジアからオーストラリア北部に自生しています。いずれも湿った荒野や湿原など、他の植物が好まない痩《や》せた土地に自生して光合成を行いながら、不足分の栄養を昆虫などの小動物を捕食することで補うという生存戦略を取っています」

ハリーの言葉を聞いていた平賀は、ニッコリと微笑んだ。

「ええ、ハリーさんの仰る通りです。

この立派な捕虫器はウツボカズラの葉の一部で、袋状に変化した葉の中に、虫などを引き寄せる匂いを発する液体が溜《た》まっています。それに引き寄せられた獲物がツルツルした口の周囲から足を滑らせて中に落ちますと、捕食袋の内部は非常に滑りやすく、毛が下向きに逆立って生えていたりもしますので、一度入った獲物は二度と上って出られずに溺死《できし》するか、もしくは生きたまま消化されてしまいます。

消化の方法としては、ネペンテス科の植物が消化酵素を分泌するのに対し、サラセニア科の植物は内部に生息する細菌の力を借りて獲物を分解し、栄養素を吸収します。

ウツボカズラ目が獲物とするのは昆虫類のみならず、大きなサイズの種ならカエルやネズミ、猿の子どもなども捕らえて溶かすことができます。

しかしながら、流石に人間が匂いにつられて捕虫器に入ったという話は聞いたことがありませんし、入ったところで脱出できる筈《はず》なんです」

「そうだろうね。そこのところが不思議で仕方ないよ」

ロベルトが怪訝《けげん》な顔をする。

その時だ。フィオナの浮かれ調子な声が辺りに響いた。

「見て見て、精霊さんがいっぱいいるよ。ほら、ここにも、あそこにもさ」

その様子を見たロベルトが、平賀にそっと話しかける。

「フィオナさんが見たような物が、僕にも見えたんだよ。でもそれって、壁の染みがモンスターに見えるような現象じゃないのかい？」

すると平賀はコクリと頷《うなず》いた。

「ええ。無意味な図形や模様の中に、何か特別なものの形を見てしまう現象は、パレイドリア現象と呼ばれるものです。

パレイドリアには視覚的なものと聴覚的なものがあります。

視覚的なものの例としては、雲の形から動物、顔、何らかの物体を思い浮かべたり、古代の人が月の模様からザリガニや兎の姿を見たりしてきたようなものです。

一方で聴覚的なパレイドリアは、雑音の中に隠されたメッセージが聞こえてくるといった現象です。

こうした現象は、意識が明瞭《めいりょう》な場合でも体験され、対象が実際は顔でなく雲だという認識などは保たれるものです。

その一方で、特殊な状況下で体験されるパレイドリアもあります」

「特殊な状況下というと？」

「戦争や、疫病が蔓延《まんえん》するような状況とか、不意の窮地に陥った時ですね」

平賀はキッパリと答えた。

「そんな事があるんだ……」

「理屈が分かればご納得頂けると思いますよ。パレイドリアというのはそもそも、ランダムなデータの中に何らかのパターンを認識し、素早く事態を把握する為に装備された、人間の知覚システムです。

つまり人間が異常な状況下に置かれた時、その状況の意味と秩序を理解しようと、認識機能はフル稼働します。その焦りや不安が、時に誤ったパターン認識をもたらすのです。

そう考えれば、強迫性障害の患者にパレイドリア現象が起こったという事例も理解できますよね。脳神経が発達中で常に活性化している子供もよくパレイドリアを体験しますし、熱性疾患、譫妄《せんもう》、薬物酩酊《めいてい》時にもしばしば見られます。

ロベルト、貴方《あなた》の場合はあの植物の匂いを含む化学物質によって脳が活性化し、視覚野が刺激されたのがパレイドリアを起こした原因でしょう。

匂いに脳の働きを活性化させる力があることは、多くの医療研究者が報告しています。

例えばレモングラスの香りは、記憶を司《つかさど》る前頭葉を活性化します。

この性質を利用して、前頭葉の神経細胞が不活性化した認知症患者に、一日二時間ほど純度の高いレモングラスの細胞水の香りを嗅《か》がせることで、交感神経を刺激したり、前頭葉の内側の血流を増やしたりするという試みが行われ、一定の成果をあげています。

また、セント・ジョーンズ・ワートのアロマを嗅いだだけで脳の血流が良くなり、セロトニンなどの脳内物質が分泌され、不眠症対策になるとは昔から言われています。

勿論《もちろん》、結果には個人差がありますし、外科手術のように分かりやすい治療ではない以上、被験者の感情や気分によって、評価が大きく左右されるという欠点を排除することはできませんが」

「まあ、そうだろうね。人によって匂いに影響される度合いは違うだろう。それはアロマの効果なんかを見ていればよく分かる。

昔の修道士がアロマを作っていたのは有名だけど、やはり自分が信じる修道士に貰《もら》ったアロマには、高い効果があっただろう。

それは現代の西洋医学的には、プラセボ効果と切り捨てられることかも知れないが、信頼感や安心感といった心理作用が、病状の改善に全く無関係だとは言えないさ」

「そうですね。そしてあのウツボカズラが特定の化学物質を分泌していることと、あの極彩色の色彩もまた、無関係ではないのでしょう。

つまりあのウツボカズラは、視覚の発達した哺乳類《ほにゅうるい》を惹《ひ》き付け、利用することで生き延びてきたのかも知れません。哺乳類が近くに住めば、リンを含んだ糞尿《ふんにょう》を得ることができるからです。

森のトイレと呼ばれるオオウツボカズラをご存知ですか？　彼らは捕虫袋の上部にある葉から、甘い蜜《みつ》を分泌し、ヤマツパイというリスに似た小動物を招き寄せます。

ヤマツパイが蜜を舐《な》める時、自然に捕虫袋をトイレのようにまたいだ体勢になるのですが、この蜜の中には下剤のような成分が含まれている為、舐めるとほとんどその場で用を足す結果になるんです」

「つまりあの匂いも、あの色彩も人間をおびき寄せる為の罠《わな》だと？」

「罠だなんて人聞きの悪い。糞尿を頂くだけです。むしろトイレの提供です」

平賀はまるで身内でも庇《かば》うように、一寸《ちょっと》怒った顔で、オオウツボカズラの肩を持った。

生きとし生けるものは彼にとってみな、兄弟なのだ。

ロベルトはクスッと微笑んだ。

「君はウツボカズラが好きなんだね」

「ええ。とても健気《けなげ》で可愛らしいじゃありませんか」

「それにしても、君が言ったことが事実なら……。そうか、エマ・ダイソンはウツボカズラの模様の中に、チャールズ一世を見つけたんだ。違うかい？

デイビッド・ボウマンはオリビアを、他の人達も何らかの人影を読み取った」

「ええ、恐らくは。アダムが発見する前からこの植物は森に迷い込んだ人間を香りと視覚で惹き付け、人体が出す糞尿などからリン等を摂取していたのかも知れません。

その辺りを確認する為にも、ウツボカズラのサンプルを持ち帰って、詳しく調べてみたいと思います」

平賀はファスナー付きのビニール袋を手に取り、それを捕虫器の中に入れると、中の液体を掬《すく》った。同じ作業をあと四個の捕虫器に対して行っていく。

また、蓋《ふた》に当たる部分をナイフで切り取り、こちらも五個分をビニール袋の中に入れた。

葉や蔓《つる》、茎、根の部分も、それぞれビニールに入る大きさに切り取っては、丁寧に収納していく。また、捕虫器そのものも解体してビニールに詰める。

それらの作業の傍ら、平賀は喋《しゃべ》り続けた。

「そもそも植物というのは、動かないという生存法を選択したために、動物とは違う生存戦略を身に付けました。多くの動物が捕食の為に移動するのとは逆に、植物は置かれた環境に適応する為、しなやかに体の機能や特性を変えるという方法です。

言うまでもなく植物は、光合成によって太陽エネルギーからでんぷんを生成し、イモ類の根や穀類の穀粒に蓄積しますが、他にもタンパク質や脂質を生成します。

しかも、それらの物質の生成過程で副産物や廃棄物として生まれた二次代謝産物を、害虫や草食生物の撃退といった目的に用いたり、昆虫などの受粉媒介者や鳥などの種子散布者を引きつける目的に使ったりします。

そして貧弱な土壌で育つ食虫植物は、足りない栄養を補う為、積極的に動物を捕らえる必要があり、獲物をおびき寄せる為に、化学物質の餌を使うのです。

植物が生成する二次代謝産物には、アミノ酸に由来するアルカロイド、樹脂やゴムに使われるテルペン、タンニンなどのフェノール化合物、ポリフェノールやフラボノイド等のフェノール誘導体、下剤にも使われるアントラセン誘導体などがあります。

そうして例えば葉にたまったフラボノイドが、有害な紫外線から身を守る日焼け止めのような働きをしたり、紫外線が認識できる昆虫に認識できる模様を生み出したりします。

また、幹を傷つけられた植物が特殊な樹液を出して自己修復を行うのも有名です。あるいは寒冷地に生息する樹木は、冬に導管液が凍り、水分の輸送経路である導管が使えなくなってしまいます。これを再び機能する状態に修復する為に、根の細胞が糖分や無機塩を大量に輸送して、土壌中の水よりも導管内部の溶質濃度を高くするという行動に出ます。すると、土壌の水が導管内部の溶液を薄めるようにして根の内部に移動するので、導管内に水が浸入し続け、地上部に向かって押し出す方向の圧力が生まれるのです。

サトウカエデなどの木を傷つけると、メープルシロップが採れるのはこうした仕組みによるものです。

昆虫などの受粉媒介者、鳥などの種子散布者などを惹き付ける為に、植物内で芳香分子を作製することも、植物の生存戦略には欠かせません。香りは様々な環境下で上手《うま》く生き抜くための戦略として、植物が獲得したものです」

平賀が採集した植物を次々とクーラーボックスに収納していくと、あっという間にボックスは一杯になった。

「一旦《いったん》、これをヘリまで運びましょう。でもその前に」

平賀はそう言って立ち上がると、ウツボカズラの前に引き返し、壺《つぼ》の中に両手を突っ込んだかと思うと、中の液体を掬ってゴクリと飲んだ。

「あっ！　それって大丈夫なのかい？」

ロベルトが慌てて声をかける。

「熱帯アジアではウツボカズラの消化液を普通にごくごく飲んでいるんですよ。味は結構、美味《おい》しいです」

　平賀は、けろりと答えた。

「だけど万が一のことがあったらどうするんだ。どんな危険な成分が入っているか、分からないんだぞ」

　ロベルトが眉《まゆ》を顰《ひそ》めて注意する。

「もし私がおかしくなったら、貴方が教えて下さいね」

「やれやれ……」

　ロベルトが呆《あき》れた溜息《ためいき》を吐いた時だ。

　今度はフィオナが壺の中の液体を素早く掬ってゴクリと飲んだ。

「ほんとだ、美味しいや。酸味と薄い雑味が丁度いいね」

　フィオナはそう言うと、さらにもう一口、喉《のど》を鳴らして液体を飲んだ。

「ええ、そうなんですよ。純粋な$H_2O$というのは、科学的な生成によってしか存在しないもので、人間はそんな水を美味しいとは思わないんです。人間が本当に美味しいと思うのは、ミネラルを含んだ少し濁った水だといいますよ」

　平賀が微笑んで同意する。

「二人とも、頼むからもう勝手に行動しないでくれ。心臓に悪い」

　ロベルトが困り顔で二人を止める。

ハリーは三人三様の様子に苦笑しながらクーラーボックスを担ぎ上げた。ロベルトもそれを手伝う。

四人はヘリに引き返し、操縦士の手を借りてクーラーボックスを機上に担ぎ上げた。

「次は施設の方へ移動します」

ハリーの合図でヘリは上昇した。そして間もなく施設の近くに到着すると、ホバリングして停止する。ハリーは大きなボルトクリッパーを担ぎ、真っ先にヘリから飛び降りた。

一行は施設の入り口が隠された糸杉の森へと分け入った。

## 3

ハリーが頑丈な鉄鎖の切断に成功すると、四人は力を合わせて重い鉄の扉を開いた。

そこには地下へと続く急な階段がある。

懐中電灯を翳《かざ》しながら降りて行くと、踊り場に到着した。その先に、がらんとした空間が広がっている。

照明スイッチを探して点灯すると、天井はまだ真新しい感じのする青いかまぼこ形で、正面にあるステージには、スポットライトに照らされた十字架と講壇がある。

「ライブハウスみたいだね」

フィオナがぽつりと呟《つぶや》いた。

「二、三百人は収容できそうな規模ですよ。地下にこんな物を作っていたとは」

　ハリーは目を丸くしている。

「アダムがこのチャペルで説法をしていたんでしょう。調べておきますか」

　平賀の言葉に、ロベルトはまだ下へ続く階段を指差した。

「いや、ひとまず他の階も見てみよう」

「そうですね」

　一行はさらに階段を下った。十数段も降りると、すぐに最下層へ辿《たど》り着く。

　階段の先には白い扉があった。

　ロベルトが警戒しながらそれに手をかけると、扉は無防備に開いた。

　今度は妙に天井が低い部屋だ。

　手探りしながら照明スイッチを押すと、オレンジの明かりが室内を照らし出す。

「これは……」

　四人は思わず息を呑《の》んだ。

　そこには棺桶《かんおけ》のような灰色の物体がびっしりと、十センチ程度の間隔を空けながら、規則正しく並んで置かれていた。その数、およそ二百はあるだろう。

「霊廟《れいびょう》でしょうか。気味が悪いです……」

　ハリーは青い顔で呟いた。

「いいえ、これはアイソレーション・タンクですね」

平賀はそう言いながら、棺桶のような物体の開口部らしき箇所に触れた。

すると蓋がゆっくり開き、人ひとりがゆったりと横たわることのできる、空っぽの空間が現れる。

「平賀神父の言う通りさ。これは瞑想《めいそう》タンク、もしくは浮揚タンクとも呼ばれる代物だ。ここにエプソムソルトを溶かした人肌の湯を三十センチ程度張ってやると、タンクに入った人の身体がぷかりと浮くんだよ。すると重力から解放され、五感を閉ざされた人間は、変性意識状態に導かれる。その結果、フローと呼ばれる集中状態や忘我状態が起こりやすくなり、身体はゆったりと弛緩《しかん》して、心身共にリラックスできるというので、心理療法やリラクゼーションに用いられているんだ。

セレブや有名人にもファンが多いと言われていて、元ビートルズのジョン・レノンは自作のタンクを利用して、ヘロイン中毒を克服したとも言われているよ」

フィオナの言葉に、平賀が頷《うなず》いて説明を加える。

「アイソレーション・タンクの生みの親は、アメリカの脳科学者、ジョン・カニンガム・リリー博士です。カリフォルニア工科大学で生物学と物理学を、ペンシルベニア大学で医学を学んだ博士は、大脳を電極で刺激する研究を通じて、脳神経活動と意識におけるリアリティの関係性や、人間の意識の構造について研究していました。

そして一九五〇年代、刺激を受けない脳は眠ってしまうと考えられていた当時の常識を覆すべく、タンクを使った感覚遮断実験を行い、外部刺激のない状態でも脳が活動すること、むしろ感覚遮断によって脳が普段より活性化することを証明したんです。

するとと博士の研究に興味を持ったFBIも、そうした実験が洗脳に応用できるのではと考えて、人を長時間拘束したり、光や音を無理矢理知覚させたりして、その反応を観察する実験などを繰り返したといいます。

自らの実験を悪用されたことなどから、リリー博士は電極による実験を断念し、アイソレーション・タンクの研究やイルカの研究に没頭していきます。

麻酔薬のケタミンや幻覚剤のLSDを服用して感覚遮断実験を行っていた際には、地球偶然統制局という高次元の存在者に出会ったそうです。そして、地球で起こる『偶然の一致』と呼ばれる現象が、より高次元の組織によってコントロールされたものだと教わったと主張していました」

平賀は大真面目な顔で話を結んだ。

「まあそんな訳でさ、アイソレーション・タンクで神秘体験ができるというブームがアメリカを中心に起こった後、暫《しばら》くは下火になっていたんだけど、一九九〇年代からヨーロッパを始め、世界的に再びタンクの人気が高まっているんだ。

最近は感覚遮断する代わりに、環境音楽やアロマの香りを流すことも多いのさ」

「信者達はここで、あのフェロモンのような香りを嗅《か》いでいたんだろうか？」

フィオナの言葉に、ロベルトが問い返す。

「是非実験してみたいですね。どこかに水の入ったタンクがあれば良《い》いのですが」

平賀はタンクの扉を一つずつ開いていった。ロベルト達も手分けをして全てのタンクを開いていく。だが、全てのタンクが空であった。

「微《かす》かにだけど、あのウツボカズラの匂いがしている」

ロベルトは空のタンクに顔を突っ込みながら言った。

「皆さん、こっちに制御室がありました」

ハリーが奥の扉を開いて手招きをする。平賀とロベルトは制御室に入った。

個々のタンクの空調や水温を管理するパネルがずらりと並んでいる。アンプやマイクといった音響設備もあった。

壁には空っぽの棚もある。恐らくは薬品棚だろう。

「仕方がありませんね。実験は別の方法で行いましょう」

平賀はそう言うと、ハリーを振り返った。

「ハリーさん、この近くに電子顕微鏡や成分分析器をお借りできる、大学の研究室などはありませんか？」

するとハリーは自慢げに咳払《せきばら》いをして胸を張った。

「どのような機材が必要ですか？　必要な機材は買い揃えるようにと、雇い主から言われております。私が手配致しますので、仰《おっしゃ》って下さい」

「気前のいい雇い主だねえ」

ロベルトが横から揶揄《やゆ》するように呟いた。

「ええ。私の雇い主は、アメリカの大財閥の御曹司だと聞いています」

ローレンがどんな手を使ったのかは知らないが、ハリーはすっかり作り話を信じ込んでいるらしい。

「へえ、そうなんだ。だったら平賀、遠慮無く欲しい機材を揃えて貰《もら》ったら？」

ロベルトが平賀に言う。

平賀は躊躇《ためら》いながら頷いた。

「すみません。それではリストを書きますので、手配をお願いします」

平賀がハリーにメモを手渡し、三人が制御室を出る。

すると、目の前の空っぽのタンクの中に、フィオナが横たわっていた。

「フィオナさん、そんな所で何を……」

ロベルトが驚くと、フィオナはパチリと目を開いた。

「ここに入った人の気分になってみただけ……」

「何か分かりましたか？」

「そうだね。どうかな。なんとなく……」

フィオナは曖昧《あいまい》に微笑み、のっそりとタンクから出てきた。

こうして一行はヘリに乗り込み、町へと引き返したのだった。

＊　＊　＊

空港でハリーと別れた三人は、採集したウツボカズラと共に、迎えのリムジンに乗り込んだ。

「ホテルへ向かいますか？　それとも病院の方へ？」

運転手が訊《たず》ねる。

「寄って欲しい場所があります。大型のDIYショップとペットショップです」

平賀の言葉に、運転手は「承知しました」と答えた。

リムジンが静かに走り出す。

「何をする気だい、平賀？」

「勿論《もちろん》実験の準備ですよ。今夜にはホテルに機材が届くでしょうから」

「ふむ……」

車はまずDIYショップの前に停まった。

「皆さん、一寸《ちょっと》待ってて下さいね」

ロベルトとフィオナを残し、平賀がショップの中へ入っていく。

そうして両手いっぱいに買い込んできたものは、ガスコンロに中華料理用の蒸し器、ミキサー、小ぶりな寸胴鍋《ずんどうなべ》、パイプ、ガラス製タッパー、料理用ラップ、金属カッター等である。

「そんなもので、何をしようと言うんだい？」

「すぐに分かりますよ。じゃあ、次はペットショップへお願いします」

平賀はハキハキと答えた。

今度はペットショップの駐車場に車が停まる。

アメリカでは犬猫はブリーダーから買うもので、店頭では扱っていない店も多い。従ってペットショップで売られている生体は魚、爬虫類《はちゅうるい》、小動物程度である。

その代わりに、多種多様なペット向けのフードやおもちゃ、ケア用品、トイレやベッド、ケージなどが所狭しと並んでいた。

平賀は店内に入ると脇目も振らず、店員の許《もと》に駆け寄った。

「すみません。二十四ほど動物を買いたいのです」

「どのような動物をお探しですか？」

店員が訊ねる。

「なるべく安くて数が揃っているものがいいですね。種類は何でも結構です」

その答えに、店員は訝《いぶか》しげに首を傾げて平賀を見た。実におかしな客だと思うが、彼の真っ直ぐな目を見ると、悪人ではなさそうだ。

「でしたら、ゴールデンハムスターは如何《いかが》でしょう。一匹八ドルです」

「では、その子達を二十四下さい。あとは広いケージが必要です」

「ハムスターのケージですと、この辺りですわ」

店員が小動物用のケージコーナーに案内する。

「もっと大きくて広い、大型犬サイズぐらいのものはありませんか?」

「大型犬用のケージですと、ハムちゃんは檻《おり》の隙間から逃げだしてしまいますよ」

店員は(本当にこの人、分かってるのかしら)とでも言いたげに平賀を睨《にら》んだ。

平賀はそんなことなどお構いなしに、辺りをキョロキョロと見回した。

「あっ、あれがいいです」

平賀が指さしたのは、四十センチ×七十センチほどもある透明のプラケースだ。

「そちらは大型のカメなどの飼育ハウスになっております」

「結構です。それを二つ下さい」

「あの……お客様、ゴールデンハムスターというのは大変臆病《おくびょう》な性格で、狭い場所を好みます。広い場所を用意したところで、恐らくケージの隅で丸くなったりするのではと思うのですが」

店員は不安げに平賀に進言した。

「ええ、それでいいんです」

平賀が平然と答える。

「……そうですか? プラケースでお飼いになるのでしたら、換気をよくする為に、空気穴を開けることを強くお勧めします。プラケースの加工道具は、あちらの棚にございますので」

店員はそう言うと、関連道具の売り場に平賀を誘導した。

平賀はそこで錐《きり》を一本と、プラスチック用のカッター、ダクトテープを手に取った。

店員がハムスターをケージから集めてきて、紙の箱に詰め替える。

レジの前に大きなカートが置かれ、商品が積まれていく。

平賀はそれらの準備を待つ間に、お徳用の床材、ハムスターの餌、餌入れ、水入れを取ってレジに並べた。もぞもぞと財布からクレジットカードを取り出す。

支払いを済ませたカートを押して駐車場に現れた平賀を見て、ロベルト達は目を丸くした。それでも運転手は努めて冷静に、平賀の手からカートを譲り受け、荷物を淡々とリムジンへ積み込んだのだった。

「では、ホテルへ向かって下さい」

平賀の号令で、車がビルトモアホテルへと走り出す。

「何が起こるか楽しみだね」

フィオナは上機嫌で鼻歌を唄《うた》っている。

「平賀、これだけの荷物に加えて、ハリーさんに頼んだ調査用機材を運び込んだんじゃ、僕達の部屋には収まりきらないよ」

ロベルトがそっと平賀に話しかける。

「確かにそうですね。エリザベートさんのスイートルームを借りましょう。あの部屋にはミニキッチンもあったので、実験室にうってつけです」

平賀はけろりと答えると、衛星携帯でエリザベートに連絡を入れた。

## 4

ホテルのスイートルームに大荷物を持って入った平賀達は、早速ハムスターの飼育箱を作り始めた。

平賀の指示で、ロベルトはプラケースの幅面をカッターで切り、二つのプラケースをダクトテープで連結した。出来上がった長細い箱に空気穴を開け、床材を敷き詰め、餌と水を設置していった。

その間に平賀は買ってきたアルミの寸胴鍋の胴体上部、胴体下部、アルミの蒸し器の蓋《ふた》にそれぞれ丸い穴を開けた。寸胴鍋の中にアルミのパイプを入れ、その一方を胴体下部の穴から外へ出し、残りの部分は寸胴鍋の中で螺旋《らせん》を描くように曲げて胴体上部の穴から外へ出す。上部から出したアルミパイプは、今度は蒸し器の蓋の穴から蒸し器の中へと差し入れた。

「何作ってるの?」

フィオナが訊ねる。

「蒸留装置です。蒸し器の部分でお湯を沸かすと発生した水蒸気がパイプを伝わって、水を張った寸胴鍋の方へ流れていき、そこで冷却されて液体となり、下の穴から出て、タッパーの受け器に溜《た》まります。アルミ製を選んだのは、熱伝導率が良《い》いからです」

　平賀は作業しながら答えた。

「さっきミキサーも買ってたよね？」

「ええ。ミキサーを箱から出して、軽く洗っておいて頂けますか？」

「オッケー」

　フィオナは言われた通りにした。

　蒸留装置を作り終わった平賀は、クーラーボックスからウツボカズラのパーツを取り出し、葉の部分や捕虫器の部分を部分ごとにミキサーにかけていった。

「平賀、こっちも完成したよ」

　ロベルトが声をかけてくる。

「ではロベルト、飼育箱を奥の部屋の静かな場所に置き、ハムさん達が入った紙箱を中に入れて紙箱の蓋を開き、彼らが巣箱に慣れるまで奥の部屋を暗くしていて下さい」

「了解」

　ハムスター達が奥の部屋に置かれる。

　一方、平賀はまず捕虫袋の中の液体を蒸し器に入れ、ガスコンロで熱し始めた。

　暫《しば》くするとそれが沸騰し、受け器に油を含んだ水分が溜まり始める。

「あー、そういうことか。アロマオイルの抽出だね」

フィオナは納得したように頷《うなず》いた。

「ええ、そのようなものです。ハーブ成分の中には沸点が百度以上のものもあるのですが、この水蒸気蒸留法を使えば、沸点の高い成分も取り出すことが出来るんです。受け皿に溜まるのは芳香成分及び揮発性化学物質のエッセンスと凝縮した蒸留水ですが、蒸留水の中にも水溶性成分が溶け出しているために、ハーブの場合は芳香蒸留水になります。さらに暫く放置しておくと、水より軽い成分が表面に浮いてくるという仕組みです」

「成る程ね……」

そこからの工程は一滴、一滴が受け器に溜まっていくのをじっと待つという、根気のいるものだった。受け器に充分に液体が溜まると、平賀はそれにラップをかけ、さらに蓋で密封した上で、冷蔵庫の中へ収納した。

そして道具類をミニキッチンで丁寧に洗い、ウツボカズラの別のパーツを蒸留装置で煮出してゆく。

気の長い作業を続けている途中で、平賀の携帯が鳴った。ハリーが機材を用意して、こちらに向かっているという連絡だ。

それから暫くすると、ホテルのボーイが大荷物を運び込んで来た。

電子顕微鏡、分析器、ビーカーやフラスコ類、注射器などの医療キットもある。

平賀はそれを作業しやすい場所に並べていった。

そしてまず手に取ったのは注射器だ。それを持って奥の部屋へ行き、すっかり寛《くつろ》ぎ始めたハムスター達から一匹ずつ、採血していく。

採取した血液は分析器にかけられた。

その傍らで、今度は捕虫器の消化液をシャーレに垂らして顕微鏡で観察する。

分析器の唸《うな》る低音と、滴々と水の滴る音だけが室内に響いている。

平賀は意気揚々と目を輝かせていたが、ロベルトとフィオナは眠気を覚えずにはいられなかった。


部屋に響くチャイムの音でロベルトは目を覚ました。

壁に張り付くように追いやられたソファで、仮眠をしていたらしい。

伸びをして身体を起こすと、エリザベートがすっかり変わり果てた部屋の入り口に、呆《ぼう》然《ぜん》と立ち尽くしていた。

「一体どうなってるの、これ……」

「平賀が実験をしているんだ」

ロベルトは簡潔に答えた。

「そう……」

「それより、サスキンス捜査官の具合はどう？」

するとエリザベートは短い溜息《ためいき》を吐いた。

「医師の話では身体が衰弱してるだけで、命に別状はないそうよ。なのに、まだ意識が戻らないの。先程デンバーからご両親が駆けつけていらして、自分達がビルを看《み》ておくから、私にはホテルで休むようにって」

「そうか……」

「だけどとても休むなんて気分じゃないわ。ロベルト神父、聞かせて頂戴《ちょうだい》。昨日貴方《あなた》達が何を見聞きしたのかを」

エリザベートの言葉にロベルトが時計を見ると、時刻は午前九時を回っている。カーテンを閉め切っていたから、朝になっていたのも気付かなかった。

改めて室内を見回すと、平賀は無言で顕微鏡に齧《かじ》り付いているし、フィオナは床で丸くなって眠っている。

ロベルトはエリザベートに、昨日見聞きしたことを詳しく語った。

「成る程……。それで平賀神父はあのウツボカズラの分析をしようっていうのね」

「そうなんだ。ねえ、平賀」

ロベルトは顕微鏡に目を凝らしている平賀の肩を叩《たた》き、声をかけた。

「何か分かったかい？　あのウツボカズラから、幻覚作用や睡眠作用のある物質が検出されたとか？」

すると平賀はようやく顕微鏡から目を離し、成分分析器で数値化された成分表の束をロベルトに見せた。

ロベルトはその紙の束をパラパラと捲《めく》って眉《まゆ》を顰《ひそ》めた。

「この表の意味を説明してもらえるかい？」

「ロベルト。私なんかの説明より数字や表の方が、正確に事実を伝えてますよ」

平賀は温かく、思いやりに満ちた微笑みを浮かべた。

「悪いけどこの数字だけじゃ、僕には意味が分からない。解説してもらわなきゃ」

「そうですか……？　では簡単にご説明します。

まず貴方が今、手にしてらっしゃるのは、捕虫袋の中の液体の成分分析結果です。プロテアーゼであるネペンテンシンⅠとⅡ、β－1、3－グルカナーゼ、甘味タンパク質であるタウマチンと類似したタンパク質、およびキチナーゼ、これらは消化液の成分です。あとはデトリタスだけですね」

「デトリタスとは？」

「生物の遺体の一部、もしくは生物由来の物質の破片、微生物の死骸《しがい》、それらの排泄《はいせつ》物起源の有機物粒子です。ウツボカズラが捕食して消化した、昆虫類や生き物の残り粕《かす》とでもいいましょうか。

捕虫器の中で生物の身体や老廃物が分解されていくと、その表面や内部に微生物群体が生じます。その微生物自体が分解作用に関わりますし、その分解が進めば無機塩類の形で植物本体の肥料になります。

また微生物の死骸である有機物が、有機物を栄養とする小動物などを集めます」

「それに惹《ひ》かれて、小型哺乳類《ほにゅうるい》なども捕虫器に誘い込まれるという訳か」

「ええ。そうすると食物連鎖のループが生じますから、とても効率的なんです」

平賀は嬉《うれ》しそうに答えた。

「ところで、隣部屋のハムスターには、どんな実験をしたんだい？」

ロベルトの言葉に、平賀はハッと目を見開いて椅子から立ち上がった。

「うっかりしてました。成分分析に熱中し過ぎて、生体実験がまだでした。でも、丁度良いタイミングかも知れません。いつの間にかエリザベートさんもいらっしゃっていますし、皆さんで一緒に結果を見ましょう」

平賀はそう言うと、冷蔵庫にしまっておいた芳香蒸留水の受け皿容器を取り出し、その表面に集まった芳香成分をスポイトで一滴ずつ採取した。

十個の容器から採取された液を含んだ十本のスポイトを手に、平賀は隣の部屋へ向かうと、ハムスターの飼育箱の蓋《ふた》を開けた。そして飼育箱の壁面沿いに充分な間隔を空けながら、スポイトの液体を一滴ずつ垂らし、各々の場所の壁にマジックで連番を書いていく。

それが終わると再び飼育箱の蓋を閉じ、箱全体にふんわりとシーツをかけた。

平賀はその間ずっと無言であった。作業を終えた後は、忍び足で奥の部屋から出てきて、ホッと息を吐き、奥の部屋の扉をそっと閉める。

「このまま暫く時間を待ちます」

平賀が作業を見守っていたロベルトとエリザベートを振り返り、小声で言った時だ。

「もう実験は終わったの？」

不意に三人の背後で、フィオナの声がした。やっと彼女も起きてきたらしい。

「丁度今、始めたところですよ」

ロベルトが答える。

「結果は今から三十分もすれば出るかと思います。ハムスターが早くリラックスしてくれるように、私達はこちらの部屋で、静かにしていましょう」

平賀が言う。

「だったら、珈琲《コーヒー》でも淹《い》れてゆっくり待つか」

キッチンに向かって歩き出したロベルトを、平賀が呼び止めた。

「ロベルト、珈琲は駄目です。実験結果に香りが影響を及ぼす可能性があります。何か飲むなら、無味無臭で、なるべく音もしない飲み物がいいです」

「つまり……水ってことか」

ロベルトは仕方ないな、と肩を竦《すく》めて冷蔵庫から四本のミネラルウォーターを取り出し、一人ずつに配った。

それから三十分。平賀とロベルト、エリザベート、フィオナの四人は、無言で水を飲みながら、時計を見詰めて待った。

三十分経つと、平賀が立ち上がった。

奥の部屋の扉を開け、飼育箱にかけたシーツをそっと捲る。

そうして平賀は三人を手招いた。

ロベルト達も抜き足差し足で飼育箱に近づき、中を覗《のぞ》き込む。

するとどうだろう。

二十四のハムスター達は、一番と番号が書かれた壁の周りに密集している。中には交尾行動を行っている個体もいた。

「やはり……」

平賀は満足気に頷《うなず》き、医療キットから注射器を取り出すと、ハムスター達を捕まえては、次々と採血を始めた。

採血が終わると、それらを血液検査機にかけていく。

「あとは分析結果を待つだけです。もう喋《しゃべ》っても、珈琲を淹れても大丈夫ですよ」

平賀はニッコリと微笑んだ。

「その結果が出るまでに、どれぐらいの時間がかかるのかしら？」

エリザベートが訊《たず》ねる。

「一時間程度でしょうか」

「だったら下のレストランでブランチしない？　昨日からロクに何も食べてないわ」

エリザベートの言葉に三人は同意し、レストランへ向かったのだった。

## 5

食事を済ませて部屋に戻ると、成分分析器がデータレポートを吐き出していた。

平賀がそれを取ってじっくりと眺める。暫《しばら》く身じろぎもせずレポートを見ていた平賀は、満足したように顔を上げ、三人を振り返った。

「皆さんもご覧になった通り、ハムスター達は一番の番号がふられた場所に集合していました。巨大ウツボカズラの捕虫器の蓋部分から採取した成分にです。

そしてそれを与える前の彼らの血液と、与えた後の血液を比較したのが、こちらのデータです」

平賀はレポートの紙をちらりと皆に見せた。

「比較データからハッキリ分かったことは、実験後のハムスター達の血液には、以前と比べて五倍から七倍のノルアドレナリン、ドーパミン、エンドルフィンが検出されたという事実です。

また同時に言えることは、ウツボカズラの蓋部分から得られた揮発性化学物質自体を分析したところ、麻薬や幻覚剤や睡眠剤のような成分は一切検出されなかった、ということです」

平賀の言葉に、ロベルト達は首を傾げた。

「麻薬や幻覚剤じゃないものを嗅《か》いだら、結果としてノルアドレナリンやドーパミン、エンドルフィンが増加した、ってことかい？」

ロベルトが懐疑的に訊ね返す。

「そうですよ、ロベルト。つまりこのウツボカズラの捕虫器の蓋が発する化学物質は、フェネチルアミン誘導体と同じ働きをしているということです。

皆さんもご存知の通り、ノルアドレナリンは交感神経系を刺激する興奮ホルモンで、ドーパミンは意欲や動機付け、報酬系の働きに関与することから、快楽ホルモンとも呼ばれます。エンドルフィンは内在性オピオイドであり、報酬系ならびに鎮痛系に関わり、多幸感をもたらすという特徴があります。

これらのホルモンが外部刺激によって急激に増加したならば、人は理由もなくときめきや幸せ、多幸感などを覚えることになるでしょう。仮にその時、異性が側にいれば、一目惚《ぼ》れをするかも知れません」

「その……フェロモンのようなものは、ハムスターだけじゃなく、人にも働きかけるってことなのかい？　けど、ネズミと人は違うだろう」

ロベルトは真正面から疑問をぶつけた。

「そうですね……。種を超えて働くフェロモン様物質は、フェロモンと呼ぶべきではないのかも知れません。いわゆるフェロモンやその受容体というものは、種間での差が大きく、それが異種間交雑を防ぎ、ひいては種の固有性の維持に関わってきたというのが一般的な見解ですから。

しかしながら近年、古代魚から哺乳類まで全ての脊椎《せきつい》動物に共通して存在するフェロモン受容体が発見されました。四億年以上にわたる脊椎動物の進化の過程において、一コピーのフェロモン受容体が保持されてきたと分かったんです。ここから、脊椎動物全てに共通するフェロモン様物質があるのでは、という研究も始まっています」

平賀が淡々と答える。

「だけどさ、フェロモンを知覚する器官はハムスターには存在するけど、人間には存在しないって話じゃなかったかい？　それに僕は、一体フェロモンが匂いなのか、匂いじゃないのかも分からなくなってきたよ」

ロベルトが肩を竦める。

すると平賀は三秒ばかり中空を見詰めたかと思うと、突然、喋り出した。

「フェロモンの正体については諸説ありますが、簡単に言えば繊細な分子化合物です。

狭義には、ある生物が体内で生成したホルモンを体外に分泌し、同種の別個体が鋤鼻器《じょび》官等の受容器でそれをキャッチした時、キャッチした側に生理活性作用を生じさせ、その行動や発育に影響を与えるものだといえるでしょう。

最も有名なフェロモンは、同種の個体が交尾可能となったことを知らせる性フェロモンです。例えば雄のカイコ蛾は、雌のカイコ蛾の性フェロモンを探知すると、数キロ先にいる姿の見えない雌のいる場所まで追いかけていく事ができます。まさにこれは、カイコ蛾の脳にプログラムされた本能というべきものです。

他にも、他個体に特異的な行動を触発させるリリーサーフェロモンというものや、目的地から巣までの道のりにフェロモンを残し、その後を他の個体に辿《たど》らせる道標《みちしるべ》フェロモン。

交尾や越冬などのために仲間の集合を促す集合フェロモン。外敵の存在を仲間の個体に知らせる警報フェロモン等があります。

また、蜂や蟻の世界に社会性をもたらすのは、プライマーフェロモンです。女王蜂などが発するフェロモン物質は、他の雌の卵巣の発育を抑えて雄化させ、働きバチとしての行動を起こすよう働きます。働きバチ達は、女王からこの物質を与えられると生理的に満足し、女王に尽くしたくなってしまうのです。そして女王が死ぬと、この物質の供給が途絶えるので、働きバチや幼虫の中から生殖能力のあるものが現れ、新たな女王となります。

こうしたフェロモンの多くは無味無臭で、極めて低濃度で効果を発揮します。

しかしながら昆虫の触角と嗅覚受容体《きゅうかくじゅようたい》を結ぶフェロモン感知器官や、サルも含めて哺乳《ほにゅう》類《るい》すべてに備わっている鋤鼻系器官は、人間においては退化したといわれます。

正確に言えば、胎児の頃から出産直後までは存在していて、新生児を母親の腹部にのせると、本能的に母親の頭部に向かって這《は》っていき、ある位置まで這い上がると、首を横に向けて乳首に吸いつくという行動を起こさせます。この現象は、母乳中のフェロモンに触発されて本能的に起こるプログラムです。

また、新生児に自身の母親の母乳の匂いを嗅がせると、痛みストレスによる啼泣《ていきゅう》時間が減少するとか、自身の母親の母乳フェロモンがついた布などに反応して、口を開くという反射的反応も見られます。

その一方で、母親による子どもの認知もまた、匂いによって行われているとする実験結果が多数存在しています。

　母親が出産直後に自分の子どもを匂いで認知できるという研究はとても多くて、子どもと産後六十分間接していれば、自分の子どもをほぼ百パーセント認知でき、自分の産んだ子の匂いを嗅ぐと、眼窩《がんか》前頭皮質《ぜんとうひしつ》——つまり快楽や安心感などをホルモンとして分泌させる脳部位の活動が活性化することが、事実として知られています。

　このようにフェロモンらしき物質が人間の行動を誘導したり、活性化させたりする事例は他にも認められます。

　例えば、複数の女性が同居する居住域において、互いの月経周期が同調をはじめるドミトリー効果現象があります。また、思春期の女性が父親を生理的に嫌悪し、自分から遠い遺伝子タイプを持つ人の匂いを好ましく感じるという現象も有名です。その理由は明解かつ有益で、女性は免疫関連遺伝子タイプの一致率が低い男性を選択すると、免疫のバリエーションが豊富な、感染症に強い子を生むことができるからです。

　他にも、強いストレス下に置かれた人がSTチオジメタンという硫黄《いおう》化合物系の匂いを放って周囲にサインを送っていることが分かったり、恐怖や不安を感じた人の汗を別の人に嗅がせると、その人も無意識に恐怖や不安の表情を作るという実験結果もあります。

　数々の実験や研究から、人間はどうやら嗅覚系のコミュニケーションを取っているらしきことが強く推測されているんです。放出された化学物質のシグナルを読み取り、反応し、感情や振る舞いに影響を及ぼしている、そうした実験結果は多数出ています。

それだというのに不思議なことは、多くの哺乳類がフェロモンを感知する鋤鼻器官が、人間の場合は生後一時間程度で消失し、この部分の受容体としての遺伝子コードが働かなくなって、感覚ニューロンが中枢神経系と連動しなくなるという事実です。ただ、人の退化した鋤鼻器であっても、ESTやANDといったフェロモンに反応し、受容器電位が発生していることが、実験では観察されています。ところがそこから神経系が脳に繋《つな》がっていない為、脳はその情報を探知していない、と言われてきたんです。でも、もしかすると、直接には神経が繋がっていなくても、それに代わる未知の神経伝達物質が、脳に情報を伝えているという可能性も、あり得るのではないでしょうか。

そしてまた、人が失ったといわれる鋤鼻系に代わって発達するのが、一般的な嗅覚系回路です。

嗅覚というものは長年、余り意味のないもの、野蛮なものとして、その研究が避けられてきた歴史があります。

アメリカはラトガース大学の研究論文によりますと、人が匂いに反応しない生物だという意識は、『人間の嗅球が相対的に小さいのは、嗅覚に頼る必要がなくなった為であり、嗅覚や肉体的感覚から解放された理性こそが文明化を推し進め、動物と人間を区別することになった』という観念が、十九世紀の社会にすり込まれたせいだというんです。確かに犬などに比べて、人間の脳全体からみると嗅球の大きさが相対的に小さいのは事実であり、その為、匂いに左右されないイメージが定着してしまったのだとか。

万物の霊長たる人類が、フェロモン等に支配され、プログラムされた生物だとは信じたくない、人類だけは自由意志を持っている。そんな不遜《ふそん》な思いもあったのでしょう。しかし実際には、人間の嗅球にあるニューロンの数は、他の哺乳類と違いません。ただ、人間の場合、言語化して初めて物事を認知できる動物である為に、匂いの種類をいかに多く嗅ぎ分けられたとしても、それを言語化して区別できなければ、本当に認知できたとは納得しないし、感じないのです。

人間は進化の過程で言語を習得し、視覚情報の取得に特化してきました。そして匂いによる情報収集やコミュニケーションは、野蛮で下位の機能だと見做《みな》されてしまった。

そうして嗅覚に関する研究自体、益体《やくたい》もない無意味なものと見做された結果、人の嗅覚のメカニズムもまだまだ解明されていないのが実状です。

しかも匂いの感じ方、その表現が一人ひとりで異なることも、嗅覚研究を遅らせている一因でしょう。同じ匂いを嗅《か》いでも、その匂いの感じ方には人それぞれの経験が強く影響を及ぼすからです。匂いと記憶が分かちがたく結びつくという特性ゆえに、ある匂いを言語化しようとする時、それを誰にでも分かる一般的な表現に置き換えることは困難であり、どうしても個人的な経験に立脚したものになってしまうんです。

その理由は嗅覚が五感の中でもっとも直接的に、本能や情動に働きかける感覚だからと言えるでしょう。

匂い、すなわち嗅覚刺激信号は、神経を伝わり、脳の中で本能や情動をつかさどっている辺縁系《へんえん》に到達します。他の感覚も同じように辺縁系に向かいますが、嗅覚信号は到達速度が最も速い為に、より強く本能や情動に訴えかけやすいという特徴を持ちます。また、嗅覚だけが情動や記憶に直結する神経回路を持っており、さらには内分泌ホルモン系にも作用することが、最近の研究で明らかになってきました。

つまり人間は何かの嗅覚刺激をきっかけに、考えるよりも先に情動が変化することがあり得るということです。これは脳内の神経伝達物質やホルモンの変化という生理現象が、嗅覚細胞の刺激によって引き起こされることで生じます。

しかもそれは、大脳新皮質が感知しない場所で発生する現象なんです。ですから人は意識的にではなく、無意識のうちに匂いに心動かされると言えるのです。

嗅覚刺激は無意識下に訴えかけるもの。しかもそれが過去の記憶からも強い影響を受けると、既にお話ししましたよね。

例えばラベンダーのアロマが心を落ち着かせることは有名ですし、ラベンダーの匂いには人を落ち着かせるホルモンを分泌させる働きがあることが分かっています。この生理的変化はおよそ万人に起こるんです。ところが、過去にラベンダーの香りと共に嫌な経験をしたことのある人間にとっては、嫌な記憶の方が想起されてしまい、意識に上るのは嫌な記憶や印象となってしまいます。

このような嗅覚に独特の特性が、科学的実験の結果に多様性をもたらしてしまうこと。それに加えて、匂いというものが目に見えず、実体もないこと。そしてどこか野蛮だというイメージ。それらが相俟《あいま》って、匂いは曖昧《あいまい》で信用できないという社会イメージが定着してしまったのでしょう。

　それでも嗅覚刺激が人の情緒や生活に及ぼす影響、そしてその豊かさを否定する人はいない筈《はず》です。

　例えば、人が食事の味を感じる大部分は舌にある味蕾《みらい》細胞ではなく、鼻が感じる匂いだという話は有名です。食物の風味を楽しむことができるのは、人間の特徴です。人間は食道と肺への気道が喉《のど》で交差しているので、飲み込むときに一度気道の弁が閉じられ、再び弁が開くと同時にぱっと香りが鼻に通るという構造を持っています。それに対してネズミや犬は気道と食道が別々ですから、呼吸しながら食事が可能である一方で、食物の香りを味わいながら食べるということができません。

　人間はこのような身体的特徴を獲得した結果、鋤鼻《じょび》器官が担っていた機能を嗅上皮《きゅうじょうひ》細胞が担うように変化したのかも知れません。

　嗅覚刺激というものが、人に一定の影響を及ぼすものでありながら、それが言語化しづらく、他人と情報共有がしづらく、それでいて視覚よりも速やかに状況をキャッチするという不可解な性格を持つことから考えて、不思議な予感や直感と呼ばれるものや、気配や第六感といったものの正体は、実は嗅覚器官が感じる刺激ではないか、もしくは皮膚などの触覚器官が感知し得る、フェロモン様物質によるコミュニケーションが存在しているのではないか。そんなことを主張する研究者もいるんです」

平賀は一気に話し終わると、やっと呼吸を思い出したかのように息を吸った。

「そういうことか、成る程ね……。人が嗅覚系もしくはその代用器官によって、言語化しづらいシグナルを受信していることとか、フェロモンのような物質が人に影響を与えうるということまでは、なんとなく分かったよ」

ロベルトはようやく納得した様子で頷《うなず》いた。

「うん。今の話、ボクにはよく分かるな。ボクは大気の濃い場所でなら精霊の声が聞こえるし、存在を感じるもの。

それは他の人より感覚が鋭くて、普通の人が見逃すような小さなサインや匂いなんかを感知してるんじゃないかって、マスターは言ってくれたんだ。

簡単に言うなら、鋭い感性ってやつさ。ロベルト神父も、きっとボクと同じ人種なんじゃないの？　貴方《あなた》も気配や匂いに敏感で、霊なんかも見えるタイプなんでしょう？」

フィオナがロベルトに微笑みかける。

「いや……親近感を持ってくれるのは有り難いけど、僕は君ほどぶっ飛んじゃいないよ」

ロベルトは腰が引けた様子で、小声で言い返した。

「だからさ。貴方のその常識をぶっ飛ばせば、凄《すご》い才能が開花するかもね」

フィオナが尚《なお》も言い募る。

答えに詰まったロベルトに代わって、平賀が横から会話に加わった。

「そうなんです、フィオナさん。私も常々、ロベルトの五感や直感は特別製だと思っていました。私に見えないものや気付かないことに、彼は何でも気付きますし、霊感だってお持ちなんです。

ですから私にとってロベルト神父は、神秘の古代人のような方です。世が世なら、神殿に仕える『歌うたい』のような人だったと思うんです」

平賀の台詞《せりふ》に、ロベルトは短い溜息《ためいき》を吐いた。

「神殿って、君……。それじゃ今と余り変わらないよ」

「あっ。言われてみれば、そうですね」

平賀が笑った。フィオナもフフッと笑う。

「さあさあ、脱線はそれぐらいにして頂戴《ちょうだい》。それで結局、アダムと創世学会の連中は、そのフェロモン的な物質を使って何をしていたの？　アイソレーション・タンクとやらでその物質を使っていたと考えてもいいのかしら？」

エリザベートが鋭く切り込んできた。

「ええ」と平賀が頷く。

「勿論《もちろん》そうさ。ボクにはこの事件のことが手に取るように分かったよ」

フィオナはエリザベートの目をじっと見た。

「そう。どういう風に分かったの？」

お手並み拝見とばかりにエリザベートは腕組みをし、フィオナを見詰め返した。

「えっとね。まず、アイソレーション・タンクっていうのは、五感を遮断する装置なんだ。

そこでウツボカズラのアロマを使ったら、どうなると思う？

　理由もなくときめきや幸せ、多幸感を感じるだろう？

だけど人の脳は、『理由もなく』っていう状態でいることに耐えられないから、理由を探して納得しようとする。そうすると、その人にとって快楽や恋愛に結びつく記憶が蘇《よみがえ》り、とてもリアリティのある、実体験さながらの夢を見ることになるんだよ。また、その夢に深く溺《おぼ》れると、時々、そうしたものが白昼夢となって現れることもある。

　実際ボクも向精神薬のカクテルを飲んでタンクに入ったことがあるけど、そりゃあ鮮やかでリアルな幻を見たものさ。体験者が言うんだから、間違いはないね」

　フィオナはさらりと、とんでもない発言をした。

「つまりゾーイ・ズーの見ていた精霊や、ボウマンのオリビアのことなんかも、皆、夢や幻だったってこと？」

　エリザベートは目を瞬《しばた》いた。

「そうだよ。しかもただの夢や幻じゃない。現実と見分けがつかないくらいのね。

　勿論、その為には特定の条件が満たされなければならない。

　まず、あのアロマが良く効く体質の人間だということ。精神に働きかける化学物質というのは、効き方に大きな個体差があるからね。

　そして、現実から目を背けたいという願望を持っていることさ」

「現実から目を背けたい？」

「うん。ゾーイと四人の溺死者《できし》、エマ・ダイソンの共通点が、まさにそこさ。エマは霧の古城でチャールズ一世に出会うという、説明のつかない劇的な出来事を体験して以来、現実よりも空想のチャールズが大切な存在になってしまった。

デイビッド・ボウマンは愛するオリビアを事故で失ったことがずっと忘れられなかったし、レズリー・ローグも銃撃事件で失った親友と恋人を、医者になって迎えに行けば彼らが蘇るなんてことを考えていたようだ。

エミリオ・ゴンザロは腰を悪くしてずっと働けず、妻に財布を握られたヒモ生活だ。きっと現実に絶望して、裕福な妻子がいるという夢でも見ていたのかも知れないね。

クレア・シェパードは産後鬱《うつ》で、子供がいる生活に耐えられず、違う生活を夢見ていたという。彼女は仕事人としても妻としても完璧《かんぺき》な女性だったそうだけど、そういう人間は大抵、過剰適応症候群を煩ってるのさ。ま、これはボクの偏見だけどね」

「過剰適応症候群って？」

「社会生活に過剰に適応する病っていうのかな……。周りの環境や他人からの期待に自分が適応しなければと思い詰め、身の丈以上のストレスを背負いながら自己犠牲を伴う滅私奉公的な努力を続けて、燃え尽き症候群に至る病、って感じだろうか。

幼少期に親やなんかと無条件の信頼関係を築けなかった人が、必要以上に周りに同調したり、誰かの役に立つことをアイデンティティとしてしまったりした場合に起こりやすい。

クレアはきっと誰の為でもなく自分だけの為に、好き勝手に生きたいなんて夢を持っていたんじゃないだろうか。

ボクが思うに、ゾーイ・ズーも同じような病を抱えていたのかもね。ファンからの思いに過剰に応《こた》えたい、ファンの望む最高のゾーイでありたい、なんて気を張って走り続けているとさ、いつかはスタミナを使い果たして走れなくなるものさ」

「つまりゾーイは燃え尽き症候群のようなものだったのね……。確かに彼女の幼少期は辛《つら》いものだったそうよ」

エリザベートが神妙に答える。

「そう……。アーティストの心理分析なんて野暮だけど、歌の精霊が自分を見守ってくれていることが、幼い彼女のプライドを支えていたのかも知れないね。

ともあれ、心の中に現実として受け止めがたいドラマを背負った人間はさ、常に頭のどこかで、何故そんな理不尽なことが自分に起こったのかと考え続けているものなんだ。そうして過酷なドラマから逃げ込める妄想を密《ひそ》かに育てていくんだよ。

それらは得てして非現実的な空想になりがちで、他の人からすれば意味のない、馬鹿馬鹿しいものかも知れないけど、本人達にはどうしてもそれが必要なんだよ。自分という存在が置かれている状況に、なんとか折り合いながら生きていく為の杖《つえ》としてね。

だけど多くの人の場合、幻想は幻想のまま脳のどこかにしまい込んでおいて、社会生活にどうにか適応していっている。

そんな時、彼らは創世学会の主催するツアーで、自分にとって都合のいい、幸せな夢を見てしまったんだよ。

アイソレーション・タンクに入って情報遮断された脳は、ウツボカズラのアロマの効能もあって、現実よりもずっとリアリティのある夢を見てしまった。それは当然、耳にも聞こえるし、触覚にも感じる生々しい夢だった筈《はず》さ。

恐らく彼らは、何度も被験者になったのだと思うよ。中毒になる程ね。

そうしてタンクの中で幸せな時間を過ごすたびに、辛い現実よりも、幸福なタンクでの夢の方が、意識の中の大きな部分を占めだしたんた。そうして現実と夢との間の壁が極端に薄くなっていき、何が現実で何が夢なのか、分からなくなったんだろう」

フィオナの発言に、エリザベートは複雑な顔で黙り込んでいる。

すると平賀が話に割り込んできた。

「妄想が脳の一部に存在しているというお話でしたら、私にも分かります。

人間の意識は、各種感覚器から入力される膨大なデータに支えられています。様々な感覚器官から送り込まれた情報を受け取るのは、各々の器官に対応する脳の小さなユニットで、そのユニット達が口々に意見を述べ合うという状況が、脳内で起こっています。

意識の司令塔である前頭葉は、全てのデータを公平に吟味して、どれが正しい情報かと判断しているのではなく、ただユニットとユニットを結びつけ、知識と知識を結びつけて、ある程度整合性のあるストーリーを組み立てるという作業を行います。

すると当然その中には、知識を無視されるユニットや、意見を纏《まと》める際に不都合だから、少し意見を変えるように言われるユニットも出てくるわけで、情報が全て反映されて意識が生まれたり、現実認識が生まれたりする訳ではないことになります。

つまり人間の意識というのは、脳の中に点在する情報を都合よく組み立てているストーリーなのです。

例えば難治性てんかんの緩和治療法に、脳梁《のうりょう》を切断して一方の脳半球からもう一方の脳半球に異常放電の影響が及ばないようにする、というものがあります。切り離された右脳が繋《つな》がる左の目に『歩け』というカードを見せると、患者は席を立って歩くのですが、その情報を知らない左脳の言語野は、自分が何故歩いたのかが分からず、『一寸《ちょっと》気分転換したくなったから、自分の意思で歩いた』などと作話することが知られています。

ここから分かることは、脳は様々なユニットから成り立っていて、それぞれが専門分野を担っているということ。それが繋がったり、繋がらなかったりすることで、脳が作るストーリーに変化が生じるということなんです。

フィオナさんの言うように、精神の一部で通常ではない妄想や思考が生まれ、どこかに温存されているのは、脳にとって自然の姿なんです。ですから、ロベルト」

と、平賀は突然、ロベルトを振り返った。

「貴方《あなた》の友人や私の祖母が体験した、並行世界体験のような不思議なエピソードも、もしかすると、成長や環境の変化によって脳の配線が変化した結果、過去には採用されていなかった回路が新しく開け、現実解釈が変化したという説明が可能かも知れませんね」

「それにしたって、平賀。複数の人間にそれが同時に起こるっていうのは不思議だよ。例えば僕の友人のケースだと、一人の記憶なら勘違いで済ませられるが、二人が同じ夢のようなものを見たって訳だろう？」

「勿論、不思議な現象です。ですが記憶というのは案外、適当に作り替えられる性質がありますから、友人の片方が自信満々に過去の思い出を語っているうちに、もう片方もそんな気がしてきた……という解釈は、成立し得ないでしょうか」

平賀の言葉にロベルトは「なんだか気味が悪い話だな」と呟《つぶや》いた。

「あのさ。神父様達が何を言ってるのか、半分ぐらい分かんないけど、誰かの幻覚に他の人が巻き込まれるという現象は、よくあることだよ。

ボクは個人的にその現象を『インフルエンサー脳による情動感染』って呼んでる」

フィオナが横から口を挟んだ。

「ねえ……さっきから何の話をしているの？」

エリザベートが三人の顔を見て眉《まゆ》を顰《ひそ》める。

「あっ、そうだった。話の続きだったよね」

フィオナはエリザベートを振り返り、小さく咳払《せきばら》いをした。

「平賀神父が援護してくれたように、脳は矛盾する複数のストーリーを持ち続けることだって出来るのさ。表向きに採用されるのは、一つのストーリーだったとしてもね。

例えば、子どもの頃一緒に遊んだイマジナリーフレンドの存在なんて、大人になれば、あれは記憶違いだったと自分を納得させるものだけど、その友人の笑顔や匂い、雰囲気なんてものは、忘れたりしないんだ。実在しなかった友だと、結論を出した後でもね。

あるいはボクが相手にしている犯罪者なんかでも、独房に長く入れられていると、見えない友人を作って一人芝居を始めたりする。

結局、その幻覚が現実かどうかを判断しているのは、お利口さんの前頭葉よりも案外、匂いや肌触りといった情報がもたらす臨場感だったりするんだよ。

あたかもそこにあるかのような臨場感を帯びた幻覚に対して、『それは幻覚だ』と判断することは、何もおかしな人間ばかりじゃなく、誰にとっても難しいことなんだ」

「つまり条件さえ整えば、誰にでも幻覚が見えるし、それを信じてしまうってことね」

エリザベートの言葉に、フィオナは「うん」と頷《うなず》いた。

「心はね、現実と幻覚の境目をなんなく乗り越える力を持っているんだよ」

「まあ……何となく分かってきたわ。だけど、ゾーイや溺死《できし》者達が幻覚を見ていたとして、どうして入水自殺する羽目になったのかしら？」

エリザベートは首を捻《ひね》った。

「それはやっぱり報酬系が働いたからじゃない？」

フィオナが面倒そうに答える。

「フィオナ、説明に手を抜かないで頂戴《ちょうだい》」

エリザベートがフィオナを咎《とが》めるように言った。

「えーっと……。動物の基本原理っていうのは、詰まるところ快楽の追求でしょう？食欲、性欲、睡眠欲……。自らの行動によって原始的欲求が満たされれば、その行動が正しかったことの印として、快感が与えられるっていう造りになってるんだ。

だから、たとえある行動が過ちであっても、結果として快感を得られれば、動物的本能はそれを正しきことと見做《みな》すっていう、逆転現象も起こってしまう」

フィオナがそこまで答えた時、平賀が手を打った。

「成る程。だから溺死者達は、浅い水の中に入ったんですね」

「そういうこと」と、フィオナが頷く。

「待って。どういうこと？」

エリザベートが問い返すと、今度は平賀が口を開いた。

「報酬系というのは、欲求が満たされた時や満たされると分かった時に活性化し、ドーパミンやエンドルフィンが放出されて快さをもたらすという、神経系回路です。

そして、ある行動と快感の結びつきが強烈になり、快感回路が強化されると、その行動が癖になるばかりか、半ば条件反射のごとき条件付けが形成されて、自分の意思とは関係なく、快感を求める行動を起こしてしまうんです。アルコール依存やギャンブル依存、関係依存なんかがその典型ですね。

つまり溺死者達はアイソレーション・タンクの中で快感を覚えていたでしょう？そのタンクには浅く水が張られていた。だから……」

「ああ！　だから子ども用のプールや、溺《おぼ》れるのも大変そうな噴水なんかに、わざわざ飛び込んだのね」

エリザベートは納得した顔で一声、叫んだ。

「成る程。つまりゾーイはアダムから貰《もら》ったウツボカズラのフェロモンを嗅《か》ぐことによって、他の溺死者達は風に乗って運ばれてきたフェロモンを嗅ぐことによって、条件反射のようにトランス状態を起こし、目の前にあった、アイソレーション・タンクに似た物の中に飛び込んだ……ってことか」

ロベルトの言葉に、フィオナが深く頷く。

「きっと彼らには、狭くて水のある所が、アイソレーション・タンクに見えたんだ」

「そうなりますと、彼らの死は自殺というより、不慮の溺死ですね。

アイソレーション・タンクなら身体は浮かびますが、ただの水なら身体は沈みます。その時、トランス状態になって朦朧《もうろう》としていたのなら、咳嗽《がいそう》反射も無く静かに溺死していったことにも納得できます」

平賀がスッキリした顔で、話を纏めた。

「でも待って」と、エリザベートが口を挟んだ。

「被害者達が意図して自死したのじゃないなら、加害者側にも人を操って溺死させる意図はなかったことになるのかしら？

だったらアダムと創世学会の連中は、何の為に地下施設なんかを作ったというの？

「それにエマ・ダイソンは何故、溺死しなかったのかしら？」

「エマの場合は、溺死した人達よりも嗅覚《きゅうかく》刺激に敏感でなかったのかも知れないね。だから創世学会のツアーには何百人、いや恐らく何千人が参加していたのに、実際に溺死した人数は〇・一パーセントにも満たなかったんだろう。恐らく大多数の信者にとってあの体験は、害のない、なんだか楽しい夢を見る時間だったと考えられる。

　そう言えば、ボウマン夫人がオリビアの亡霊に首を絞められたという証言があったけど、あれはしょっちゅうエバーグレーズに行っていたというボウマン氏の身体についた残り香が、夫人に幻覚作用を及ぼし、ノルアドレナリンの分泌を強く促したのかも知れないね。つまり夫人の方こそ、優れた嗅覚や感覚の持ち主だったのかもだ」

　ロベルトが推理を述べる。

「そうかも知れませんね。そしてあのウツボカズラを発見したというアダム・ミカズキもまた、ずば抜けた嗅覚を持っていたのでしょう。もしかすると新生児期に鋤鼻《じょび》系神経がうまく刈り込まれず、その機能が残存した人間だったのかも知れません。

　鋤鼻系神経を失わずに持っている人が一定の割合で存在するという話も、私は聞いたことがあります。正式な調査が行われていないので、その割合は不明なのですが」

　平賀は真剣な顔をした。

「あのさ。創世学会の意図は、ただの治験だったんじゃない？」

　フィオナがその時、ズバリと言った。

「どうしてそう思うのです？」

平賀が訊《たず》ねる。

「だって……マスターが言ってたもの。製薬系企業が創世学会と繫《つな》がってるって」

「製薬系ですか？　確かに彼は監視してる企業があると言ってましたね」

「うん。確か企業の名前はナントラボとか言ってたかな」

フィオナの一言に、エリザベートと平賀、ロベルトは驚愕《きょうがく》して息を吞《の》んだ。

「ナントラボ社だって？」

「それってビルと神父様が巻き込まれた事件の黒幕よ」

「そうです。そしてイルミナティやガルドウネの陰謀に深く関係している企業です」

「へえ……そうなんだ。知らなかった」と、フィオナは目を瞬《しばた》いた。

「ボクはただ、マスターから、キーラーゴにある創世学会の支部で神父さん達を待っていて、出来る手助けをしてやれって、言われただけだから」

「キーラーゴにある教団支部に、貴女《あなた》はいたんですか？」

三人はまたも目を丸くした。創世学会の支部といえば、車の水没事故で行くことができなかった、当時の目的地である。

「うん、そうだよ。けど、指定の場所で待っててもなかなか神父さん達は来ないし、挙げ句に事故に遭ったと聞いて、とってもビックリしたんだ」

「こっちこそビックリよ。私達の行動は、マスターって人にお見通しだったたって訳？」

エリザベートは呆然《ぼうぜん》とした。

君達が追っていると思《おぼ》しき事件は、私が監視中の企業に関係している。是非、君らに事件を解決してもらいたいので、必要なものを送った。手違いで遅くなったが、間もなく着く筈《はず》だ

平賀の脳裏には、ローレンの言葉が蘇《よみがえ》っていた。

フィオナはゆっくり瞬《まばた》きをすると、言葉を継いだ。

「そう言えばボク、創世学会の支部で暇だったから、ビデオライブラリーをずっと見てたんだ。信者の人にお勧めだって言われて、アダム牧師の説法っていうのも見たよ。

三年前の一番古いビデオの中で、彼は生命の木について熱く語っていた。

永遠の楽園エデンに辿《たど》り着く鍵《かぎ》も、人類の抱える苦しみと罪を取り除く鍵も、生命の木にあるんだと言って、彼はとっても自然保護主義的なスピーチをしていたよ。ボクが見る限り、その目に嘘は無かったと思えたんだ。

その時は意味が分からなかったけど、きっと彼にとってはあの巨大ウツボカズラこそが、生命の木に思えていたんだろうね」

フィオナの言葉に、ロベルトが強く頷《うなず》いた。

「元来、ネイティブ・アメリカンの文化は、夢を非常に大切にしてきた。考えることがで

きるもの、感じることができるもの、夢に見ることができるものは、全て現実に存在すると認識され、平等に扱われるのだという。

そうなるとアダムは純粋に、ウツボカズラの持つ力を良《い》いものだと信じ、世間に広めようとしただけ……ってことになるのかな？」

「そうかもね。私もアダムがそう悪い人には見えなかった。でも、そのアダムの思想やウツボカズラの存在を知って利用しようとしたのが、ナントラボ社ってわけね」

エリザベートは目の前の霧が晴れたように、腑《ふ》に落ちた顔をした。

「ですが、アダムにそれを利用する意図がなかったとしても、嗅ぐだけで人を気持ちよくさせたり、快感物質を誘導したりするフェロモン様物質の発見は脅威です。

それを身につけた人間は、自然と周りから好意を向けられるようになるでしょう。大衆の心を難なく摑《つか》み、心理操作を行うことも可能でしょう。

それでいてその物質は無味無臭で、それが使われたかどうかも分からないまま、無自覚のうちに人に作用するんです。

現時点においては化学的探知も不可能で、その分子構造の特定と解明には何年かかってもおかしくありません。

そんな力を秘めた植物がエバーグレーズの奥深くに咲いていただけなら、影響も局所的だったでしょう。でも、そんなものが意図的に使われでもしたら……。

いいえ、その危惧《きぐ》は既に現実のものになっています。数百人以上の創世学会の信者に行き渡らせるだけのフェロモン様物質は、自然から採取された量では足りなかった筈です。つまりナントラボ社はそれを人工的に合成して作る技術を、既に持っているということです」

平賀の言葉に、エリザベートはまっ青になった。

「なんてこと……。そんな物騒な代物がもし大統領選にでも使われたら……。この件は今後も追及していかなきゃならない。被験者であるエマ・ダイソンも保護すべき対象だわ」

「確かに、一寸《ちょっと》マズいかもね。フェロモン様物質に強く操られるのは、嗅覚系の感度が高い人だけかも知れないけれど、大衆の中に何人かそういう人が紛れているだけで、周囲の人にも情動感染は起こるだろうし、集団心理は熱狂的傾向を加速させるだろうから」

フィオナが考えながら言う。

「それにだ。今回の事件が比較的小規模な実験段階だったとすれば、今後はもっとエスカレートした手法が用いられる可能性だって高い。

あの地下施設には音響設備があっただろう？　ああしたものを使って、トランス状態の人間に暗示を与えることも、将来的には考えていたのかも知れないね」

ロベルトは重々しく呟《つぶや》いた。

「とにかくこの事件は、公に出来ない事情が多すぎるわね……」

エリザベートは天を見上げて、溜息《ためいき》を吐いた。

「先の憂いはあるものの、ひとまずは解決ですよ」

平賀が元気よく言った時だ。部屋の電話が鳴った。

エリザベートは受話器を取ると、笑顔で皆を振り返った。

「病院からの電話よ。ビルの意識が戻ったんですって！」

「おお、それは良かったです」

「早速お見舞いに行きましょう」

平賀とロベルトが立ち上がる。

「それじゃあボクの役目は終わったから、これでお暇《いとま》するね」

フィオナも微笑み、席を立った。

# エピローグ　憂《ウーブリエ・ラ・メランコリ》いは忘れて

## 1

平賀とロベルト、エリザベートの三人が急いで病院に駆け付けると、ビルは上体を起こしてベッドに座り、茫然《ぼうぜん》とした顔をしていた。

「お医者様が仰《おっしゃ》るには、身体の方はもう心配ないそうよ」

ビルの母エミリーは涙ぐんでいる。

「ボーッとしとらずに、お前は皆さんにお詫《わ》びをせんか。色々と迷惑をかけてしまったんだから」

ビルの父ジャックはビルの頭をぐっと摑んで謝らせ、自らも頭を下げた。

「エリザベート、神父様方……。私に一体、何が起こったんです？」

まだ記憶がハッキリしない様子で、ビルは戸惑っていた。

「貴方《あなた》はエバーグレーズのウツボカズラの捕虫器に入って、意識を失っていたのよ。危うく死んでしまうところだったんだから」

エリザベートは涙声で答えた。

「ウツボカズラ？　どうしてそんな……」

「サスキンス捜査官、覚えていることを話して下さい」

平賀が話しかけると、ビルは首を捻《ひね》りながら、ゆっくり語り始めた。

「私は……。結婚式の直前、アダム牧師に連絡が取れないことにどうしようもなく焦り、ただもう夢中で彼を追っていったんです……。何が何でもそうしなければならないと、それが自分に与えられた使命だと……その他のことは何も考えられず……」

「どうしてエバーグレーズに？」

「……よく……分かりません。とにかく彼はエバーグレーズにいるんだと、神の啓示のように分かったと言いますか……。以前に彼の家を訪ねた時、ボルテックス・ゾーンと呼ばれる不思議な場所に連れて行かれたことがあり……。その時のことを思い出すと、居ても立ってもいられない気持ちになって、真っ直ぐそこを目指したんです」

「成る程……。それにしても、よくあの場所が分かりましたね。装備を整えて向かった僕達でも、あそこへ辿り着くのは困難だったというのに」

ロベルトが柔らかな口調で訊《たず》ねる。

「仕事柄、方向感覚には自信があったのですが、やはり思い切り迷いました。時間の感覚もなかったのですが、二度の夜を過ごしましたから、丸二日、歩き回っていたのでしょう。そうしてとうとうワニに襲われて足に怪我をしてしまい、携帯も落とし……。途方に暮れていますと、アダム牧師が迎えに来てくれたんです」

「アダム牧師が？」

「はい。彼は今、どうしています？　私と一緒に居た筈《はず》ですが」

ビルはきょろきょろと病室を見回した。

「アダムは亡くなったわ」

「えっ……いや、さっきまで一緒にいたんだが……」

エリザベートの言葉に、ビルは混乱した様子で頭を掻《か》きむしった。

「どうにも妙な話だな。アダム牧師は発見時で死後二日の状態だったそうだ。つまり結婚式の日の朝には既に亡くなっていたことになる。お前と出会う筈がない」

ジャックは眉間《みけん》に皺《しわ》を寄せた。

「ええ、検死をしたお医者様がそう仰ってたわ。なんてことでしょう。ビル、貴方、記憶の検査もしっかりしてもらわないと」

エミリーはハラハラと心配げに胸を押さえた。

「サスキンス捜査官、貴方は夢を見ていたんですよ」

平賀はキッパリ断言すると、事件のあらましをビルに語った。

「そんな……そんな恐ろしいフェロモンに私は操られていたんですか……」

ビルは声を震わせ、ハッと何かに気付いた様子で顔を上げた。

「あっ、そうすると、アダム牧師の言葉が天啓の様に聞こえたのも、そのせいだったんでしょうか」

「ええ、恐らく」

平賀の言葉に、ビルは落胆したような大きな溜息をついた。

「なんてことだ……」

「アダム牧師自身も、実験の被験者だったのでしょう。そうして他の溺死《できし》者達と同じように、あの場所で条件反射のようにトランス状態を起こし、目の前にあった、アイソレーション・タンクに似た捕虫器の中に飛び込んだんです。

ただ、一つ分からないのは、どうしてサスキンス捜査官がそこまでフェロモン様物質に影響され、捕虫器の中にまで入ってしまったのかです。

貴方がアダム牧師にウツボカズラの許《もと》へ連れて行かれたのは一度だけですよね？　一度で条件反射が起こるというのは、考えづらいのですが」

平賀が不思議そうに首を傾げる。

「アイソレーション・タンクですか……そう言われてみれば……以前に上司の指示で、鬱《うつ》の治療を受けたことがあるんです。その時、リラックス効果が高い最新治療だと言われ、タンクに入りました。その頃の記憶が曖昧《あいまい》なのですが、治療期間は三ヵ月ほどだったかと思います」

ビルはとつとつと答えた。

「その治療医に連絡はつきますか？」

平賀が身を乗り出して訊ねる。

「ええ、勿論《もちろん》。ＦＢＩの指定医ですから」

「ではアイソレーション・タンクで某《なにがし》かのアロマを使っていなかったか、訊ねて下さい」

「分かりました」

ビルは平賀が差し出した携帯でＦＢＩに連絡を入れ、指定医であるイーサン・ジョーンズに連絡を取りたいと告げた。

折り返し、すぐに電話が鳴る。ビルは携帯をスピーカーモードにした。

『イーサン・ジョーンズだが、急用とは何だ、ビル？　又、調子が悪いのかい？』

軽快な口調でジョーンズが言った。

「いえ、以前に受けた治療のことで質問があるのです。私が鬱になった時、アイソレーション・タンクで治療を受けたことを覚えてますか？」

『ああ、勿論だとも。タンクは筋緊張の緩和や自律神経の調整、脳の休息などストレス軽減に効果がある治療法だよ』

「その時、アロマのようなものを使わなかったでしょうか？」

『使ったよ。リラックス効果のあるラベンダーのようなアロマがあると、医師会から勧められてね。まだ発売前の製品だったが、非臨床試験を通過して、他の臨床試験でもかなりの好成績をあげていたものだ』

「その実物はまだ手元にありますか？」

『いや、全て使ってしまって無いよ。どうしてだい？』

「いえ、別に。ただの確認です。有り難うございました」

ビルは溜息《ためいき》を吐き、電話を切った。

「発売前のそんな危険な薬を使ったなんて……酷《ひど》いわ」

エミリーはショックを受けた様子だ。

「ああ。FBIには厳重に抗議しないとな」

ジャックは鼻息を荒くした。

「抗議なんてしないでくれ、父さん。本部には私からきちんと話をしておくから」

ビルが慌ててそう言った時、不意に大粒の涙がポロリと零《こぼ》れた。

さっきまで見ていた両親の姿はただの夢だったと分かったが、あの夢が本当ならどれほど良かっただろうと、一瞬、そんな思いが脳裏を過《よ》ぎったせいだった。

「まあ、お前がそう言うなら、それでもいいが……」

ジャックは苦虫を噛《か》み潰《つぶ》したような顔をしている。

「お義母《かあ》さん、お義父《とう》さん、ビルは疲れているようですし、少し休んでもらいましょう。お二人も朝早くからの付き添いで、お疲れでしょう。少し休んで下さい。ここは私が看《み》ておきますから」

エリザベートが絶妙のタイミングでフォローを入れた。

「まあ、よく気の利くお嫁さんね。じゃあ、少し休ませてもらおうかしら」

エミリーはほっと息を吐いた。

「エリザベートさん、有り難う。結婚式はまた折を見て、やり直し出来るさ」

ジャックは上機嫌になってエリザベートをハグした。

「平賀。僕達もここでお暇《いとま》しようか」

ロベルトが平賀に声をかける。

「そうですね。では、何か御用があればいつでも連絡して下さいね」

平賀は微笑み、ビルとエリザベートと握手を交わした。

「神父様がた、お世話になりました。又、お会いできる日を楽しみにしています」

エリザベートは病室の扉まで皆を見送った。

全員の背中が見えなくなるまで廊下に立っていたエリザベートだったが、突然、くるりと踵《きびす》を返したかと思うと、盗聴器の探知機を手に部屋中を歩き出した。

(仕掛けはないわね)

そう分かった瞬間、ビルのベッドの下に潜り込む。

ベッドの下から出てきた彼女の手には、小型録音機が握られていた。

「そんなものを仕込んでいたのか」

ビルは目を丸くした。

「工作員の嗜《たしな》みよ。盗聴器だと電波探知されると思って、録音機にしておいたの」

エリザベートは囁《ささや》き声で言うと、イヤホンをつけ、録音機を再生した。

無音の部分をスキップしていくと、ぼそぼそと小声で話すジャックとエミリーの会話が入っている。

『……まさかビルがアダムを追って行くなんて……』

『お前が不用意にアレを使うから……』

『アレには懐疑心や不信感を取り去る効果があるからよ。あの子には素直でいてもらわないと』

『やれやれだ……』

『貴方こそ、コンシェルジェの女にアレを使ったせいで、危うくエリザベートと神父達を殺すところだったじゃない』

『あれは部下のミスだ。私はあの女を使って情報を攪乱《かくらん》させろと部下に命じただけだ。まさか車に細工するとは……』

『アレは画期的なものだけど、上手《うま》く使わないと、思わぬ副作用があるわね』

『ふむ。今回の件を本部に報告しておかなければ』

エリザベートはそこまで聞くとニヤリと微笑み、停止ボタンを押した。

「貴方も聞く?」

エリザベートがイヤホンをビルの方に差し出す。

「今はまだ……いいよ」

ビルは力なく首を横に振った。

「そう? じゃあたっぷり休んでね。それが済んだらまた、戦いの再開よ」

そう言って肩をぐるりと回すエリザベートの姿が眩《まぶ》しく逞《たくま》しい。

甘い夢は終わり、現実に戻ったという実感が、ビルの胸にこみ上げてきた。

(だが待てよ……。私がフェロモンに操られていたなら、彼女へのプロポーズも……。あのプロポーズは無効じゃないのか？)

ビルはそう思ったが、今は打つ手も見つからず、どすんとベッドに倒れ込んだ。

## 2

「ところで平賀、ホテルにいるハムスター達はどうするんだ？」

病院から出たところでロベルトが言った。

「私にアイデアがあります。今からホテルに戻りましょう」

平賀は時計を確認し、満足そうに頷《うなず》いている。

タクシーでホテルに戻ると、平賀はハムスター達を買ってきた紙箱に入れ、餌や水やり器をビニール袋に入れて立ち上がった。

「さあ、行きますよ」

二人が向かった先は、マイアミのメトロ動物園だった。

親子連れが多い賑《にぎ》やかな動物園の入り口で、平賀が大声を張り上げる。

「ハムスターはいりませんか？　無料でお譲りしますよ！」

成る程、ここなら動物好きが集まっているだろうと、ロベルトも声を揃えた。

「とても可愛いゴールデンハムスターです。餌も差し上げます」

すると早速、子供達が興味を示し、わらわらと集まってきた。

「ハムスター見せて」

平賀とロベルトは、箱を開いてハムスターを見せた。

「わぁ、可愛い」

「ねえママ、この子が欲しい」

「ダメよ。うちには猫がいるでしょう？」

「だってー」

「ほらほら、行くわよ」

立ち去る親子もいれば、なんなく親の承諾を得る子もいる。

「神父さん、本当に無料でいいんですか？」

「ええ、是非育ててやってください」

そんなことを数時間続けていると、十七匹の引き取り手が見つかった。

二人は日暮れまで粘ったが、どうしても最後の三匹の引き取り手が現れない。

「どうしましょう。もう動物園も閉園時間です」

平賀はぎゅっと眉根《まゆね》を寄せた。

「何処かの教会に頼み込むか、愛護団体でも探してみるか……」

ロベルトが溜息を吐く。

「あ……いっそ連れて帰るのはどうですか？」

平賀は閃《ひらめ》いたように手を打った。

「でも、君はペットなんて飼えないだろう？　僕達の仕事は出張も多いんだし」

「そうではなく、飼ってくれそうな人に心当たりがあるじゃないですか」

そう言った平賀の顔をロベルトはじっと見た。

「そうか。シン博士か」

「ええ」

二人はホテルへ引き返し、ロベルトのパソコンから博士にメールを送った。

ご相談したいことがあります。至急このアドレスにご連絡下さい。　平賀
暫《しばら》くすると、パソコンの画面にシン博士の顔が現れる。

『……何ですか、まさかまたアメリカで血腥《ちなまぐさ》い事件に巻き込まれたのでは……』

シン博士はわなわなと唇を震わせている。

「いえ、全く違います。博士に動物の保護をお願いできないかと思いまして」

『はて。動物の保護……ですか？』

シン博士は目をぱちくりさせた。

「この子達の飼い手がなくて困っているんです」

平賀は、箱の中でもごもごと動いている三匹のハムスターを手のひらに乗せて、カメラに差し出した。

画面をじっと見ていたシン博士の頬が緩む。

その表情の変化を、ロベルトは見過ごさなかった。

「シン博士。このままだと、この子らを放って帰るしかないんです。でも、そんなことをすれば、ただでさえそう長くないこの子達の寿命は、たちまち尽きてしまうでしょう」

ロベルトは切なげに訴えた。

『そっ、それはいけませんね』

シン博士はコホンと咳《せき》をした。

『その子達は私がお引き取りしましょう。ムシカの遊び相手にもなるでしょうし』

「博士、ハムスターとドブネズミを一緒にするのは無理なんです」

平賀が困り顔で言う。

『そうですか……。でも、これも何かのご縁でしょうから、やはり私が引き取ります』

「本当ですか？　有り難うございます」

平賀はパッと顔を輝かせた。

「博士、これからこの子達を動物病院に連れて行き、国際健康証明書を取るといった手続きに時間がかかりますが、構いませんか？」

ロベルトが念を押すように訊《たず》ねると、シン博士は余裕の表情で頷いた。

『ええ。検疫のことについては私も勉強しましたので知っています。ロベルト神父のお手を煩わせるのも何ですから、私がフロリダのペット輸入業者を探して手配します。そちらの業者にハムスターちゃん達を預けて頂ければと思います』

「大変助かります。これで僕達も安心してバチカンに帰れます」

『こういう御用でしたら私も歓迎です。ところで、ご友人の結婚式は如何《いかが》でしたか？』

博士の言葉に、平賀とロベルトは顔を見合わせた。

「それが……残念なことに、中止になってしまったんです。実はですね」

平賀が話し出そうとするのを、シン博士は慌てて遮った。

『いいです、いいです、事情は聞かないでおきます。どうせまた、禍々《まがまが》しくもグロテスクな事件に巻き込まれたのでしょうから。悪い予感がします。背筋が寒くなってきました』

「いいえ、博士。今回はそれほどのことは起こっていません。強いて言うなら、巨大食虫植物の中で、少しばかり消化された死体はありましたが」

そう言った平賀の声を聞くまいと、シン博士は耳を塞《ふさ》いで大声を出した。

『わーわーわーわー。貴方《あなた》の声が全く聞こえません。では仕事が立て込んでおりますので、私はこれで失礼します』

博士の映像はプツリと切れた。

「博士にとって、僕らはまるで疫病神らしいな」

「でも、ハムスターの行先が決まって良かったですね」

平賀は屈託なく微笑んだ。

「そうだね。博士ならこの子達をたっぷり可愛がってくれるだろう」

ロベルトも晴れやかな顔で、暮れなずむ美しい空を見上げたのだった。


シン博士が手配した業者が来るのを待ちながら、二人はルームサービスの夕食を摂《と》った。

豆のサラダとローストチキン、フルーツの盛り合わせ、ミニサンドウィッチを取り分けながらテレビを見ていると、気になるニュースが流れてくる。

『……アメリカを揺るがす大きな社会問題となっているオキシコンチン問題、すなわち麻薬系鎮痛剤の過剰摂取問題に対し、今、新たな治療アプローチを掲げる企業が新風を巻き起こしていると話題になっています。

その企業とは、フレデリック・メディカルサイエンス社。世界四十数カ国に支店を持つ、大手医薬会社です。では、先日行われた新薬発表会の模様をご覧頂きましょう』

アナウンサーの顔から場面が切り替わると、長テーブルについた白衣の医師達が映し出された。

平賀とロベルトの目が一瞬にして、左端に座る男の顔に釘付《くぎづ》けになる。

白磁のような肌に、鮮やかなエメラルドグリーンの瞳《ひとみ》。面長な卵形の輪郭を彩る輝くようなプラチナブロンド。艶《なまめ》かしいほどに端整なマスク。白いスリーピースのスーツを着こなし、髪を短くしているが……。

「ジュリアだ」

「ええ。ジュリア司祭ですね」

平賀とロベルトは、食い入るように画面を見詰めた。

『我々が長年に亘《わた》って研究開発と改良を続けて来た新薬を、こうして世に出す日が来たことを嬉《うれ》しく思います。本日発表致します新薬は、もはや現代病である鬱病《うつびょう》、ストレスが引き金となって発症する不安障害、ならびに慢性疼痛《とうつう》に対する画期的な治療薬です。

我々は香りにとことん拘《こだわ》ったアプローチから、この新薬「ウーブリエ」を生み出しました。太古から人類と共に歩み続けた芳香文化が今、最新科学の力によって人々を癒《い》やす確かな力となって結実したのです』

中央の席に座った医師は、臙脂《えんじ》色の小瓶を誇らしげに掲げて見せた。

「あれは快感物質を誘導するフェロモン様物質だろうね」

ロベルトが眉《まゆ》を強く曇らせる。

「ロベルト、フェロモン様物質は無味無臭なのです。彼らはそこに敢《あ》えて意味のない香りを付け加えたと発言したのです。『ウーブリエ』は昨今の自然派志向ブームに乗って、オキシコンチンの代替品として、世界市場を席巻《せっけん》するかも知れません。

すると、どんな事が起こると思いますか？」

「フェロモン様物質の依存症患者が世界中に誕生するということだろう？」

「そうです。しかもその人達は、無味無臭のフェロモン様物質にも反応するようになるのです。それが使われたかどうかも分からないままに、化学的探知も不可能なままに……。これは世界規模で行われるガルドゥネの実験です」

平賀は表情を冷たく強張《こわば》らせた。

テレビ画面では、医師が朗らかに微笑んでいる。

『さて。この場を借りまして、我々に多大なる援助を惜しまず注いで下さった、スポンサー企業の筆頭株主にして、サンティ・ナントラボ社の取締役、アシル・ドゥ・ゴール氏をご紹介させて頂きましょう』

医師が席を立ってジュリアに拍手を送ると、会場中が拍手に包まれた。

『この新薬ができたのは、偏《ひとえ》に研究者の方々のご尽力とご努力によるものです。私から言えるのは、一つだけ……。世界中に蔓延《まんえん》するオキシコンチン禍に歯止めをかけ、皆様の安全で心豊かな生活に役立つことができましたら、これに勝る喜びはありません』

アシルを名乗ったジュリアはそう言うと、伏し目がちに、はにかんだような笑顔を見せた。

会場には割れんばかりの歓声と拍手が渦巻いている。観客席に向けられたカメラには、不自然なほどに熱狂する人々の顔が映し出されていた。

それを見ているジュリアの口元には、悪魔の笑みが浮かんでいるに違いなかったが、テレビカメラはその瞬間を捉《とら》えてはいなかった。

# 参考資料

『人殺し大百科』著・ホミサイドラボ　データハウス
『香りの記号論　香りの心的エネルギーの世界』著・J・シュテファン・イェリネク　訳・狩野博美　人間と歴史社
『匂いコミュニケーション　フェロモン受容の神経科学』著・市川眞澄　守屋敬子　編・徳野博信　共立出版
『性フェロモン　オスを誘惑する物質の秘密』著・桑原保正　講談社選書メチエ
『香料商が語る東西香り秘話』著・相良嘉美　ヤマケイ新書
『調香師の手帖《ノオト》　香りの世界をさぐる』著・中村祥二　朝日文庫
『脳のイメージング』著・宮内哲　星詳子　菅野巖　栗城眞也　編・徳野博信　共立出版
『意識はいつ生まれるのか　脳の謎に挑む統合情報理論』著・マルチェッロ・マッスィミーニ　ジュリオ・トノーニ　訳・花本知子　亜紀書房
『脳のなかの幽霊、ふたたび』著・V・S・ラマチャンドラン　訳・山下篤子　角川文庫
『ウソの科学騙しの技術　サイエンス・サイトーク』著・日垣隆　他　新潮OH!文庫

『脳科学の教科書 神経編』編・理化学研究所脳科学総合研究センター 岩波ジュニア新書
『新・脳の探検』上下 著・フロイド・E・ブルーム 他 監訳・中村克樹 久保田競 講談社ブルーバックス
『サイボーグ昆虫、フェロモンを追う』著・神崎亮平 岩波科学ライブラリー
『植物はなぜ薬を作るのか』著・斉藤和季 文春新書
『実験医学2014年11月号 特集・化学感覚と脳』羊土社
『脳のホルモンとこころ』著・伊藤眞次 朝倉書店

本書の執筆にあたりご協力下さった先生方に、心より御礼申し上げます。有り難うございました。

本書は文庫書き下ろしです。

# バチカン奇跡調査官《きせきちようさかん》　アダムの誘惑《ゆうわく》

藤木《ふじき》　稟《りん》

角川ホラー文庫　　21730

令和元年７月25日　初版発行
令和７年５月30日　３版発行

発行者———山下直久
発　行———株式会社KADOKAWA
〒102-8177　東京都千代田区富士見2-13-3
電話 0570-002-301（ナビダイヤル）
印刷所———株式会社KADOKAWA
製本所———株式会社KADOKAWA
装幀者———田島照久



●お問い合わせ
https://www.kadokawa.co.jp/（「お問い合わせ」へお進みください）
※内容によっては、お答えできない場合があります。
※サポートは日本国内のみとさせていただきます。
※Japanese text only



ISBN978-4-04-107447-3　C0193　　◆◇◇

# 角川文庫発刊に際して

角川源義

第二次世界大戦の敗北は、軍事力の敗北であった以上に、私たちの若い文化力の敗退であった。私たちの文化が戦争に対して如何に無力であり、単なるあだ花に過ぎなかったかを、私たちは身を以て体験し痛感した。西洋近代文化の摂取にとって、明治以後八十年の歳月は決して短かすぎたとは言えない。にもかかわらず、近代文化の伝統を確立し、自由な批判と柔軟な良識に富む文化層として自らを形成することに私たちは失敗して来た。そしてこれは、各層への文化の普及滲透を任務とする出版人の責任でもあった。

一九四五年以来、私たちは再び振出しに戻り、第一歩から踏み出すことを余儀なくされた。これは大きな不幸ではあるが、反面、これまでの混沌・未熟・歪曲の中にあった我が国の文化に秩序と確たる基礎を齎らすためには絶好の機会でもある。角川書店は、このような祖国の文化的危機にあたり、微力をも顧みず再建の礎石たるべき抱負と決意とをもって出発したが、ここに創立以来の念願を果すべく角川文庫を発刊する。これまで刊行されたあらゆる全集叢書文庫類の長所と短所とを検討し、古今東西の不朽の典籍を、良心的編集のもとに、廉価に、そして書架にふさわしい美本として、多くのひとびとに提供しようとする。しかし私たちは徒らに百科全書的な知識のジレッタントを作ることを目的とせず、あくまで祖国の文化に秩序と再建への道を示し、この文庫を角川書店の栄ある事業として、今後永久に継続発展せしめ、学芸と教養との殿堂として大成せんことを期したい。多くの読書子の愛情ある忠言と支持とによって、この希望と抱負とを完遂せしめられんことを願う。

一九四九年五月三日